Contemporánea

**J. M. Coetzee** nació en 1940 en Ciudad del Cabo y se crió en Sudáfrica y Estados Unidos. Es profesor de literatura en la Universidad de Ciudad del Cabo, traductor, lingüista, crítico literario y, sin duda, uno de los escritores más importantes que ha dado estos últimos años Sudáfrica, y de los más galardonados. Premio Nobel de Literatura en 2003, en 1974 publicó su primera novela, *Dusklands*. Le siguieron *En medio de ninguna parte* (1977), con la que ganó el CNA, el primer premio literario de las letras sudafricanas; *Esperando a los bárbaros* (1980), también premiada con el CNA; *Vida y época de Michael K.* (1983), que le reportó su primer Booker Prize y el Prix Étranger Femina; *Foe* (1986); *La edad de hierro* (1990); *El maestro de Petersburgo* (1994); *Desgracia* (1999), que le valió un segundo Booker Prize, el premio más prestigioso de la literatura en lengua inglesa; *Infancia* (2000), *Juventud* (2002), *Elizabeth Costello* (2004), *Hombre lento* (2005) y *Diario de un mal año* (2007). También ha publicado varios libros de ensayo, entre ellos *Contra la censura* (1997), *Las vidas de los animales* (1999) y *Costas extrañas* (2002). Asimismo, le han sido concedidos el Jerusalem Prize y The Irish Times International Fiction Prize. En España ha sido galardonado con el Premi Llibreter 2003 y el Premio Reino de Redonda creado por el escritor Javier Marías.

PREMIO NOBEL DE LITERATURA

# J. M. Coetzee

## Desgracia

*Traducción de*
Miguel Martínez-Lage

DEBOLS!LLO

**Desgracia**
Título original: *Disgrace*

Primera edición con esta portada en España: abril, 2009
Primera edición en formato Debolsillo en México: octubre, 2009
Primera reimpresión: septiembre, 2011
Segunda reimpresión: marzo, 2012
Tercera reimpresión: mayo, 2013
Cuarta reimpresión: mayo, 2014
Quinta reimpresión: enero, 2015

D. R. © 1999, J. M. Coetzee

Publicado por acuerdo con Peter Lampack Agency, Inc.,
Nueva York

D. R. © de la traducción: Miguel Martínez-Lage

D. R. © 2000, de la edición en castellano para todo el mundo:
Penguin Random House Grupo Editorial, S.A.
Travessera de Gràcia, 47-49, 08021, Barcelona

D. R. © 2015, derechos de edición para México en lengua castellana:
Penguin Random House Grupo Editorial, S.A. de C.V.
Blvd. Miguel de Cervantes Saavedra núm. 301, 1er piso,
colonia Granada, delegación Miguel Hidalgo, C.P. 11520,
México, D.F.

www.megustaleer.com.mx

Comentarios sobre la edición y el contenido de este libro a:
megustaleer@penguinrandomhouse.com

ISBN 978-607-429-650-1

Impreso en los talleres de Litográfica Ingramex, S.A. de C.V.
Centeno núm. 162-1, colonia Granjas Esmeralda, México, D.F.

Impreso en México/*Printed in Mexico*

# 1

Para ser un hombre de su edad, cincuenta y dos años y divorciado, a su juicio ha resuelto bastante bien el problema del sexo. Los jueves por la tarde coge el coche y va hasta Green Point. A las dos en punto toca el timbre de la puerta de Windsor Mansions, da su nombre y entra. En la puerta del número 113 le está esperando Soraya. Pasa directamente hasta el dormitorio, que huele de manera agradable y está tenuemente iluminado, y allí se desnuda. Soraya sale del cuarto de baño, deja caer su bata y se desliza en la cama a su lado.

—¿Me has echado de menos? —pregunta ella.

—Te echo de menos a todas horas —responde. Acaricia su cuerpo moreno como la miel, donde no ha dejado rastro el sol; lo extiende, lo abre, le besa los pechos; hacen el amor.

Soraya es alta y esbelta; tiene el cabello largo y negro, los ojos oscuros, líquidos. Técnicamente, él tiene edad más que suficiente para ser su padre; técnicamente, sin embargo, cualquiera puede ser padre a los doce años. Lleva más de un año en su agenda y en su libro de cuentas; él la encuentra completamente satisfactoria. En el desierto de la semana, el jueves ha pasado a ser un oasis de *luxe et volupté*.

En la cama, Soraya no es efusiva. Tiene un temperamento más bien apacible, apacible y dócil. Es chocante que en sus opiniones sobre asuntos de interés general tienda a ser moralista. Le parecen ofensivas las turistas que muestran sus pechos («ubres», los llama) en las playas públicas; considera que habría que hacer una redada, capturar a todos los mendigos y vagabundos y ponerlos a trabajar limpiando las calles. Él no le pregunta cómo casan sus opiniones con el trabajo mediante el cual se gana la vida.

Como ella lo complace, como el placer que le da es inagotable, él ha terminado por tomarle afecto. Cree que, hasta cierto punto, ese afecto es recíproco. Puede que el afecto no sea amor, pero al menos es primo hermano de este. Habida cuenta del comienzo tan poco prometedor por el que pasaron, los dos han tenido suerte: él por haberla encontrado, ella por haberlo encontrado a él.

Sus sentimientos, y él lo sabe, son complacientes, incluso conyugales. Sin embargo, no por eso deja de tenerlos.

Por una sesión de hora y media le paga cuatrocientos rands, la mitad de los cuales se los embolsa Acompañantes Discreción. Es una pena, o a él se lo parece, que Acompañantes Discreción se quede con tanto. Lo cierto es que el número 113 es de su propiedad, como lo son otros pisos de Windsor Mansions; en cierto sentido, también Soraya es de su propiedad, o al menos esa parte de ella, esa función.

Él ha jugueteado con la idea de pedirle que lo reciba en sus horas libres. Le gustaría pasar con ella una velada, tal vez incluso una noche entera. Pero no la mañana siguiente. Sabe demasiado de sí mismo para someterla a la mañana siguiente, al momento en que él se muestre frío, malhumorado, impaciente por estar a solas.

Ese es su temperamento. Su temperamento ya no va a cambiar: es demasiado viejo. Su temperamento ya está cuajado, es inamovible. Primero el cráneo, luego el temperamento: las dos partes más duras del cuerpo.

Sigue el dictado de tu temperamento. No se trata de una filosofía, él no lo dignificaría con ese nombre. Es más bien una regla, como la Regla de los Benedictinos.

Goza de buena salud, tiene la cabeza despejada. Por su profesión es, o mejor dicho ha sido, un erudito, y la erudición todavía ocupa, bien que de manera intermitente, el centro mismo de su ser. Vive de acuerdo con sus ingresos, de acuerdo con su temperamento, de acuerdo con sus medios emocionales. ¿Que si es feliz? Con arreglo a la mayoría de los criterios él diría que sí, cree que lo es. De todos modos, no ha olvidado la última intervención del coro en *Edipo rey*. No digáis que nadie es feliz hasta que haya muerto.

En el terreno del sexo, aunque intenso, su temperamento nunca ha sido apasionado. Si tuviera que elegir un tótem, sería la serpiente. Los encuentros sexuales entre Soraya y él deben de ser parecidos, imagina, a la cópula de dos serpientes: prolongada, absorta, pero un tanto abstracta, un tanto árida, incluso cuando más acalorada pueda parecer.

¿Será también la serpiente el tótem de Soraya? No cabe duda de que con otros hombres se convertirá en otra mujer: *la donna è mobile*. En cambio, en el orden puramente temperamental, la afinidad que tiene con él no puede fingirla. Imposible.

Aunque por su profesión es una mujer de vida alegre, él confía en ella, al menos dentro de un orden. Durante sus sesiones él le habla con cierta libertad, y algunas veces incluso llega a desahogarse. Ella conoce a grandes rasgos cómo es su vida. Le ha oído relatar la historia de sus dos matrimonios, le ha oído hablar de su hija, está al corriente de los altibajos de la hija. Sabe cuáles son sus opiniones en muchos terrenos.

De su vida fuera de Windsor Mansions, Soraya no suelta prenda. Soraya no es su verdadero nombre, él de eso está seguro. Hay síntomas de que ha tenido un hijo, puede que varios. Tal vez ni siquiera sea una profesional. Es posible que solo trabaje para la agencia una o dos tardes por semana, y que durante el resto de su existencia lleve una vida respetable en los suburbios, en Rylands o Athlone. Sería insólito en el caso de una musulmana, pero todo es posible en los tiempos que corren.

De su trabajo le cuenta poca cosa: prefiere no aburrirla. Se gana la vida en la Universidad Técnica de Ciudad del Cabo, antes Colegio Universitario de Ciudad del Cabo. Antiguo profesor de lenguas modernas, desde que se fusionaron los departamentos de Lenguas Clásicas y Modernas por la gran reforma llevada a cabo años antes, es profesor adjunto de Comunicaciones. Como el resto del personal que ha pasado por la reforma, tiene permiso para impartir una asignatura especializada por cada curso, sin tener en cuenta el número de alumnos matriculados, pues se considera positivo para la moral del personal. Este año imparte un curso sobre los poetas románticos. Durante el resto de su tiempo da clase de Comunicaciones 101, «Fundamentos de comunicación», y de Comunicaciones 102, «Conocimientos avanzados de comunicación».

Si bien diariamente dedica horas y horas a su nueva disciplina, la premisa elemental de esta, tal como queda enunciada en el manual de Comunicaciones 101, se le antoja absurda: «La sociedad humana ha creado el lenguaje con la finalidad de que podamos comunicarnos unos a otros nuestros pensamientos, sentimientos e intenciones». Su opinión, por más que no la airee, es que el origen del habla radica en la canción, y el origen de la canción, en la necesidad de llenar por medio del sonido la inmensidad y el vacío del alma humana.

A lo largo de una trayectoria académica que ya abarca un cuarto de siglo en activo ha publicado tres libros, ninguno de los cuales ha causado gran conmoción, ni tampoco ha recibido siquiera una acogida digna de ser tenida en cuenta: el primero, sobre la ópera (*Boito y la leyenda de Fausto: la génesis de Mefistófeles*), el segundo sobre la visión como erotismo (*La visión de Richard de Saint Victor*), el tercero sobre Wordsworth y la historia (*Wordsworth y el peso del pasado*).

A lo largo de los últimos años ha acariciado la idea de escribir un libro sobre Byron. Al principio pensó que no pasaría de ser sino un libro más, otra obra de crítica. Sin embargo, todos sus empeños por comenzar a escribirlo han terminado arrinconados por el tedio. La verdad es que está hastiado de la crítica, hastiado de la prosa que se mide a tanto el metro. Lo que desea escribir es algo musical: *Byron en Italia*, una meditación sobre el amor entre los dos sexos en forma de ópera de cámara.

Mientras prepara sus clases de comunicación, revolotean en su cabeza frases, melodías, fragmentos de canciones de esa obra todavía no escrita. Nunca ha sido ni se ha sentido muy profesor; en esta institución del saber tan cambiada y, a su juicio, emasculada, está más fuera de lugar que nunca. Claro que, a esos mismos efectos, también lo están otros colegas de los viejos tiempos, lastrados por una educación de todo punto inapropiada para afrontar las tareas que hoy día se les exige que desempeñen; son clérigos en una época posterior a la religión.

Como no tiene ningún respeto por las materias que imparte, no causa ninguna impresión en sus alumnos. Cuando les habla, lo miran sin verlo; olvidan su nombre. La indiferencia de todos ellos lo indigna más de lo que estaría dispuesto a reconocer. No obstante, cumple al pie de la letra con las obligaciones que tiene para con ellos, con sus padres, con el estado. Mes a mes les encarga trabajos, los recoge, los lee, los devuelve anotados, corrige los errores de puntuación, la ortografía y los usos lingüísticos, cuestiona los puntos flacos de sus argumentaciones y adjunta a cada trabajo una crítica sucinta y considerada, de su puño y letra.

Sigue dedicándose a la enseñanza porque le proporciona un medio para ganarse la vida, pero también porque así aprende la virtud de la humildad, porque así comprende con toda claridad cuál es su lugar en el mundo. No se le escapa la ironía, a saber, que el que va a enseñar aprende la lección más profunda, mientras que quienes van a aprender no aprenden nada. Es uno de los rasgos de su profesión que no comenta con Soraya. Duda que exista una ironía capaz de estar a la altura de la que vive ella en la suya.

En la cocina del piso de Green Point hay un hervidor, tazas de plástico, un bote de café instantáneo, un cuenco lleno de bolsitas de azúcar. En la nevera hay una buena cantidad de botellas de agua mineral. En el cuarto de baño, jabón y una pila de toallas; en el armario, ropa de cama limpia y planchada. Soraya guarda su maquillaje en un neceser. Es un sitio asignado, nada más: un sitio funcional, limpio, bien organizado.

La primera vez que lo recibió, Soraya llevaba pintalabios de color bermellón y sombra de ojos muy marcada. Como no le gustaba ese maquillaje pegajoso, le pidió que se lo quitara. Ella obedeció; desde entonces, no ha vuelto a maquillarse. Es de esas personas que aprenden rápido, que se acomodan, se amoldan a los deseos ajenos.

A él le agrada hacerle regalos. Por Año Nuevo le regaló un brazalete esmaltado; por el festejo con que concluye el Ramadán, una pequeña garza de malaquita que le llamó la atención en el escaparate de una tienda de regalos. Él disfruta con la alegría de ella, una alegría sin afectación.

Le sorprende que una hora y media por semana en compañía de una mujer le baste para sentirse feliz, a él, que antes creía necesitar una esposa, un hogar, un matrimonio. En fin de cuentas, sus necesidades resultan ser muy sencillas, livianas y pasajeras, como las de una mariposa. No hay emociones, o no hay ninguna salvo las más difíciles de adivinar: un bajo continuo de satisfacción, como el runrún del tráfico que arrulla al habitante de la ciudad hasta que se adormece, o como el silencio de la noche para los habitantes del campo.

Piensa en Emma Bovary cuando regresa a su domicilio saciada, con la mirada vítrea, después de una tarde de follar sin parar. *¡Así que esto es la dicha!*, dice Emma maravillada al verse en el espejo. *¡Así que esta es la dicha de la que habla el poeta!* En fin: si la pobre, espectral Emma llegara alguna vez a aparecer por Ciudad del Cabo, él se la llevaría de paseo uno de esos jueves por la tarde para enseñarle qué puede ser la dicha: una dicha moderada, una dicha temperada.

Un sábado por la mañana todo cambia. Está en el centro de la ciudad para resolver unas gestiones; va caminando por Saint George's Street cuando se fija de pronto en una esbelta figura que camina por delante de él, en medio del gentío. Es Soraya, es inconfundible, y va flanqueada por dos niños, dos chicos. Los tres llevan bolsas y paquetes; han estado de compras.

Titubea, decide seguirlos de lejos. Desaparecen en la Taberna del Capitán Dorego. Los chicos tienen el cabello lustroso y los ojos oscuros de Soraya. Solo pueden ser sus hijos.

Sigue de largo, vuelve sobre sus pasos, pasa por segunda vez delante de la Taberna del Capitán Dorego. Los tres están sentados a una mesa junto a la ventana. A través del cristal, por un instante, la mirada de Soraya se encuentra con la suya.

Siempre ha sido un hombre de ciudad, capaz de hallarse a sus anchas en medio de un flujo de cuerpos en el que el erotismo anda al acecho y las miradas centellean como flechas. Sin embargo, esa mirada entre Soraya y él es algo que lamenta en el acto.

En su cita del jueves siguiente ninguno de los dos menciona lo sucedido. No obstante, ese recuerdo pende incómodo entre los dos. Él no tiene el menor deseo de alterar lo que para Soraya debe de ser una precaria doble vida. A él le parecen muy bien las dobles vidas, las triples vidas, las vidas vividas en compartimientos estancos. Tal vez, si acaso siente una mayor ternura por ella. *Tu secreto está a salvo conmigo*: eso es lo que quisiera decir.

Pese a todo, ni él ni ella pueden dejar a un lado lo ocurrido. Los dos niños se convierten en presencias que se interponen entre ellos, que se esconden como sombras quietas en un rincón de la habitación en donde copulan su madre y ese desconocido. En brazos de Soraya él pasa a ser fugazmente su padre: padre adoptivo, padrastro, padre en la sombra. Después, cuando sale de la cama de ella, nota los ojos de los dos chiquillos que lo escrutan con curiosidad, a hurtadillas.

A su pesar, centra sus pensamientos en el otro padre, en el padre de verdad. ¿Tiene acaso alguna idea, sabe siquiera por asomo en qué anda metida su mujer, o tal vez ha elegido la dicha de la ignorancia?

Él no tiene hijos varones. Pasó su niñez en una familia compuesta por mujeres. A medida que fueron desapareciendo la madre, las tías, las hermanas, a su debido tiempo fueron sustituidas por amantes, esposas, una hija. Estar en compañía de mujeres lo ha llevado a ser un amante de las mujeres y, hasta cierto punto, un mujeriego. Con su estatura, su buena osamenta, su tez olivácea, su cabello ondulado, siempre ha contado con un alto grado de magnetismo. Cada vez que miraba a una mujer de una determinada forma, con una intencionalidad determinada, ella siempre le devolvía la mirada; de eso podía estar seguro. Así ha vivido: durante años, durante décadas, esa ha sido la columna vertebral de su vida.

Y un buen día todo terminó. Sin previo aviso, lo abandonaron sus poderes. Las miradas que en sus buenos tiempos sin duda hubieran respondido a la suya pasaban de largo, pasaban a través de él. De la noche a la mañana se convirtió en una presencia fantasmal. Si le apetecía una mujer, a partir de entonces tuvo que aprender a requebrarla; muchas veces, de uno u otro modo, tuvo que comprarla.

Existió en un ansioso aluvión de promiscuidades. Tuvo líos con las esposas de algunos colegas; ligó con las turistas en los bares del paseo marítimo o en el club Italia; se acostó con furcias.

Conoció a Soraya en una pequeña sala de espera, en penumbra, ante la oficina principal de Acompañantes Discreción, una habitación con persianas venecianas, con plantas en los rincones y olor a tabaco rancio en el aire. En el catálogo de la empresa figuraba bajo el epígrafe: «Exóticas». En la fotografía aparecía con una flor de la pasión en el cabello y unas sombras casi inapreciables en el rabillo del ojo. El pie decía: «Solamente tardes». Eso fue lo que lo llevó a decidirse, la promesa de una estancia con las persianas entornadas, sábanas frescas, horas robadas.

Desde el principio fue muy satisfactorio, justamente lo que él buscaba. Había dado en el clavo. Al cabo de un año no ha sentido ninguna necesidad de volver a la agencia.

Entonces se produjo el encuentro accidental en Saint George's Street y el extrañamiento subsiguiente. Aunque Soraya sigue sin faltar a sus citas, él percibe una frialdad creciente; ella se transforma en una mujer más y él en otro cliente cualquiera.

Él tiene una idea atinada de cómo hablan entre sí las prostitutas sobre los hombres que las frecuentan, en concreto los hombres de edad avanzada. Cuentan anécdotas, se ríen, pero también se estremecen, tal como alguien se estremece al ver una cucaracha en el lavabo cuando va al cuarto de baño en plena noche. No falta mucho para que con finura, con malicia, también él sea fuente de estremecimientos parecidos. Es un destino al que no puede escapar.

El cuarto jueves después del incidente, cuando ya se dispone a dejar el apartamento, Soraya le hace el anuncio para el cual se ha aprestado él con todas sus fuerzas.

—Tengo a mi madre enferma. Voy a tomarme unas vacaciones para cuidarla. No vendré la semana que viene.

—¿Y la semana siguiente?

—No estoy segura. Depende de cómo evolucione. Lo mejor sería que llamaras antes por teléfono.

—No tengo tu número.

—Llama a la agencia. Allí te informarán de mis planes.

Aguarda unos días, luego llama a la agencia. ¿Soraya? Soraya ya no sigue con nosotros, le dice el encargado. No, no podemos ponerle en contacto con ella, eso es contrario a las normas de la casa. ¿No desea que le presente a una de nuestras chicas? Tenemos muchísimas exóticas para elegir: malayas, tailandesas, chinas, lo que usted quiera.

Pasa una velada con otra Soraya —da la impresión de que Soraya se ha convertido en un *nom de commerce* muy habitual— en una habitación de hotel en Long Street. Esta no tiene más de dieciocho años, no tiene práctica, a su juicio es desabrida.

—Bueno, ¿y a qué te dedicas? —le pregunta ella al desnudarse.

—Un negocio de exportación e importación —contesta.

—Hay que ver —dice ella.

En su departamento trabaja una nueva secretaria. Se la lleva a almorzar a un restaurante discretamente alejado del campus universitario y la escucha; mientras ella da cuenta de la ensalada de langostinos, le habla del colegio de sus hijos. Hay traficantes que incluso se pasean por el patio, le dice, y la policía no hace nada. Su marido y ella llevan ya tres años inscritos en el consulado de Nueva Zelanda, en lista de espera para obtener un permiso de emigración.

—Vosotros lo tuvisteis mucho más fácil. O sea, no me refiero a lo bueno y a lo malo de la situación, sino a que al menos sabíais cuál era vuestro sitio.

—¿Nosotros? —dice él—. ¿Quiénes?

—Los de tu generación. Ahora todo el mundo escoge qué leyes son las que quiere obedecer. Esto es la anarquía. ¿Cómo vas a educar a tus hijos si están rodeados por la anarquía?

Se llama Dawn. La segunda vez que la lleva a almorzar por ahí hacen una parada en casa de él y se acuestan juntos. Resulta un fracaso. A sacudidas, agarrándose con uñas y dientes a quién sabe qué, ella alcanza un frenesí de excitación que, al final, a él tan solo le repugna. Le presta un peine, la lleva en su coche al campus.

Después de ese encuentro la rehúye y pone especial empeño en evitar la oficina en que trabaja. A cambio, ella lo mira mostrándose dolida y luego lo desaira.

Tendría que dejarlo de una vez por todas, retirarse, renunciar al juego. ¿A qué edad, se pregunta, se castró Orígenes? No es la más elegante de las soluciones, desde luego, pero es que envejecer no reviste ninguna elegancia. Es mera cuestión de despejar la cubierta, para que uno al menos pueda concentrarse en hacer lo que han de hacer los viejos: prepararse para morir.

¿No cabría la posibilidad de abordar a un médico y planteárselo? Debe de ser una operación sumamente simple; a los animales se la practican a diario, y los animales sobreviven bastante bien si hacemos caso omiso de cierto poso de tristeza. Amputar, anudar: con anestesia local, una mano firme y un punto de flema, cualquiera incluso podría practicárselo a sí mismo siguiendo un libro de texto. Un hombre sentado en una silla dándose un tajo: feo espectáculo, pero no más feo, al menos desde cierto punto de vista, que ese mismo hombre cuando se ejercita sobre el cuerpo de una mujer.

Sigue estando Soraya. Debería dar por cerrado ese capítulo. Muy al contrario, paga a una agencia de detectives para que la localicen. En cuestión de pocos días ha conseguido su verdadero nombre, su dirección, su número de teléfono. Llama a las nueve de la mañana, hora a la que su marido y sus hijos seguramente no estarán en casa.

—¿Soraya? —dice—. Soy David. ¿Cómo estás? ¿Cuándo podemos volver a vernos?

Sigue un largo silencio antes de que ella diga algo.

—No sé quién es usted —dice—. Y está acosándome en mi propia casa. Le pido que nunca vuelva a llamarme a este número, nunca más.

*Pedir*. Quiere decir *exigir*. Esa estridencia le sorprende: hasta ese instante jamás ha dado muestras de ser capaz de algo semejante. Sin embargo, ¿qué puede esperarse del depredador cuando asoma como un intruso en la guarida de la zorra, en el cubil de sus cachorros?

Cuelga el teléfono. Nubla su ánimo una sombra de envidia del marido al que jamás ha visto.

## 2

Sin los interludios de los jueves, la semana se torna monótona como el desierto. Hay días en los que ya no sabe qué hacer con su tiempo.

Pasa más horas en la biblioteca de la universidad y lee todo lo que encuentra sobre el círculo de Byron y sus allegados, incrementando sus notas sobre el asunto, que ya llenan dos gruesas carpetas. Disfruta de la quietud que a última hora de la tarde se adueña de la sala de lectura, disfruta del paseo que después da hasta su casa: el aire cortante del invierno, las calles húmedas y relucientes.

Un viernes por la noche regresa a su casa dando un rodeo por los viejos jardines de la universidad, y de pronto se fija en que una de sus alumnas recorre el mismo sendero que él. Va unos pasos por delante. Se llama Melanie Isaacs, es de su curso de los poetas románticos. No es la mejor de sus alumnas, pero tampoco es de las peores: es bastante lista, pero le falta interés.

Va remoloneando; no tarda en alcanzarla.

—Hola —le dice.

Ella le devuelve la sonrisa a la vez que cabecea; tiene una sonrisa más taimada que tímida. Es pequeñita y delgada, lleva el pelo negro muy corto, tiene los pómulos anchos, casi como una china, y los ojos grandes y oscuros. Siempre viste de manera llamativa. Hoy lleva una minifalda marrón combinada con un jersey de color mostaza y medias negras. Las tachuelas doradas del cinturón hacen juego con las bolas de oro que lleva por pendientes.

Está bastante colado por ella. No es algo nuevo: prácticamente no deja pasar un trimestre sin enamorarse en mayor o menor medida de alguna de sus alumnas. Ciudad del Cabo: una ciudad pródiga en belleza, en bellezas.

¿Sabrá ella que él está por la labor? Es probable. Las mujeres son sensibles a esas cosas, al peso que tiene esa mirada cargada de deseo.

Ha llovido; en las canaletas que bordean el camino canta el suave murmullo del agua.

—Mi estación preferida, y la hora del día que más me gusta —dice él—. ¿Vives por aquí?

—Ahí al lado. En un piso compartido.

—¿Y eres de Ciudad del Cabo?

—No, nací y me crié en George.

—Yo vivo aquí cerca. ¿Puedo invitarte a tomar algo?

Una pausa, cautela.

—De acuerdo, pero he de marcharme a las siete y media.

De los jardines pasan al tranquilo reducto residencial en el que vive él desde hace veinte años, primero con Rosalind, y luego, tras el divorcio, solo.

Abre la verja de seguridad, abre la puerta de su casa, hace pasar a la muchacha. Enciende las luces, la alivia del peso de su bolso. Tiene gotas de lluvia en el cabello. La mira embobado, francamente embelesado. Ella baja la mirada a la vez que le ofrece la misma sonrisa evasiva y tal vez algo coqueta que esbozó antes.

En la cocina él abre una botella de Meerlust y sirve una fuente de galletas saladas y queso. Al volver la encuentra de pie ante las estanterías, con la cabeza ladeada, leyendo los títulos de los lomos. Él pone música: el quinteto para clarinete de Mozart.

El vino, la música: un ritual al que suelen jugar los hombres y las mujeres, unos con otros. No hay nada malo en los rituales, de hecho se inventaron para hacer más llevaderos los momentos difíciles, delicados. Sin embargo, la chica que se ha llevado a casa no solo es treinta años más joven que él: es una estudiante, es su alumna, está bajo su tutela. Poco importa lo que ahora pase entre ellos, pues tendrán que volver a verse en calidad de profesor y alumna. ¿Estará él preparado para eso?

—¿Te lo pasas bien con el curso? —le pregunta.

—Me gustó Blake. Me gustó todo lo relacionado con el Wonderhorn.

—Wunderhorn.

—En cambio, Wordsworth no me entusiasma.

—Eso no deberías decírmelo a mí: Wordsworth ha sido uno de mis maestros.

Es cierto. Desde que alcanza a recordar, las armonías y las consonancias de *El preludio* han propagado sus ecos en su ser.

—Puede que a final de curso consiga tomarle cariño. A lo mejor, con el tiempo me agradará más. A veces pasa.

—Puede ser. De todos modos, según mi experiencia la poesía te habla y te llega a primera vista o no te llegará nunca. Hay un destello de revelación y un destello reflejo de respuesta. Es como el rayo. Como enamorarse.

Como enamorarse. ¿Seguirán enamorándose los jóvenes, o ese es un mecanismo obsoleto a estas alturas, algo innecesario, pintoresco, similar a las locomotoras de vapor? Él sí que está anticuado, ajeno a las realidades del momento. Por lo que alcanza a saber, eso de enamorarse podría haber pasado de moda y haber vuelto a estar de moda al menos media docena de veces.

—¿Escribes poesía? —le pregunta.

—Antes sí, cuando estaba en el instituto. Pero no era gran cosa. Ahora mismo no tengo tiempo para eso.

—¿Y otras pasiones? ¿No tienes alguna pasión literaria?

Ella frunce el ceño al oír esa extraña palabra.

—En segundo estudiamos a Adrienne Rich y a Toni Morrison. Ah, y a Alice Walker. Me metí muy a fondo en la obra de estas escritoras, pero yo no diría que fuera exactamente una pasión.

Vaya: así pues, no es una criatura apasionada. ¿No será que, mediante un rodeo, del modo más indirecto que pueda imaginarse, ella trata de disuadirlo?

—Voy a preparar algo de cena —le dice—. ¿Por qué no te quedas? Será algo muy sencillo.

Ella parece dubitativa.

—¡Vamos, anímate! —dice—. ¡Di que sí!

—Vale, pero antes he de hacer una llamada.

La llamada dura bastante más de lo que él había supuesto. Desde la cocina oye los murmullos, los silencios.

—¿Qué planes tienes para cuando acabes los estudios? —le pregunta después.

—Me dedicaré al diseño teatral. Escenografía y vestuario. De hecho, estoy preparando una diplomatura en teatro.

—¿Y por qué razón has escogido mi curso sobre los poetas del romanticismo?

Ella se para a pensar y arruga la nariz.

—Más que nada por el ambiente —contesta—. Además, no quería estudiar a Shakespeare otra vez. El año pasado ya estudié a Shakespeare.

Lo que él prepara para cenar es ciertamente muy simple: anchoas sobre un lecho de *tagliatelle* con salsa de champiñones. Deja que sea ella quien trocee los champiñones. Por lo demás permanece sentada en un taburete, viéndolo cocinar. Cenan en el comedor, él abre una segunda botella de vino. Ella devora la cena sin recato. Un apetito muy sano para ser tan delgada.

—¿Siempre cocinas para ti? —le pregunta.

—Vivo solo. Si no cocino yo, no lo hace nadie.

—Yo odio la cocina. Supongo que debería aprender.

—¿Por qué? Si de veras lo odias, cásate con un hombre que sepa cocinar.

Juntos, contemplan la imagen: la joven esposa vestida con atrevimiento, adornada con joyas llamativas, entra por la puerta y olisquea el aire con impaciencia; el marido, un pálido Príncipe Azul, aparece con un delantal y da vueltas a la cazuela en una cocina humeante. Las inversiones: de esa materia está hecha la comedia burguesa.

—Eso es todo —dice al final, cuando queda vacía la fuente—. No hay postre, a no ser que quieras una manzana o un yogur. Perdona, no sabía que iba a tener una invitada.

—Estaba muy rico —contesta. Vacía la copa y se pone en pie—. Gracias.

—Espera, no te vayas aún. —La toma de una mano y la lleva hasta el sofá—. Quiero enseñarte una cosa. ¿Te gusta la danza? No bailar; la danza. —Introduce una cinta en el vídeo—. Es una película de un tipo llamado Norman McLaren. Es bastante vieja. La encontré en la biblioteca. A ver qué te parece.

Sentados uno junto al otro en el sofá, ven la cinta. Dos bailarines en un escenario despojado de toda decoración van ejecutando los pasos. Filmadas con una cámara estroboscópica, las imágenes son una fantasmagoría de sus movimientos reales, y se extienden tras ellos como un abanico que aletease sin cesar. Es una película que él vio hace ya un cuarto de siglo, pero que sigue cautivándolo: el instante del presente y el pasado de ese instante, evanescente, son captados en un mismo espacio.

Ansía que la muchacha también esté cautivada, pero se da cuenta de que no.

Cuando termina la película, se levanta y deambula por la sala. Levanta la tapa del piano, pulsa un *do* sostenido.

—¿Tocas? —pregunta.

—Un poco.

—¿Clásica o jazz?

—No, jazz me temo que no.

—¿No te apetece tocar una pieza para mí?

—No, ahora no. Hace tiempo que no ensayo. Tal vez en otra ocasión, cuando nos conozcamos mejor.

Ella se asoma al estudio.

—¿Puedo echar un vistazo? —pregunta.

—Claro, enciende la luz.

Él pone más música: sonatas de Scarlatti, música para amansar a las fieras.

—Tienes muchos libros de Byron —dice cuando sale—. ¿Es tu autor preferido?

—Es que estoy trabajando sobre Byron, sobre la etapa que pasó en Italia.

—¿No murió muy joven?

—A los treinta y seis. Todos morían jóvenes. Si no, se secaban. O se volvían locos de atar y terminaban por encerrarlos. De todos modos, Byron no murió en Italia, sino en Grecia. Se fue a Italia para huir de las consecuencias de un escándalo, y terminó por acomodarse allí. Allí se instaló. Y allí vivió la última gran aventura amorosa de su vida. En aquella época, Italia era muy popular entre los ingleses que viajaban al extranjero. Estaban convencidos de que los italianos todavía se mantenían en contacto con su naturaleza, de que estaban menos constreñidos por las convenciones, de que eran más apasionados.

Ella vuelve a recorrer toda la sala.

—¿Esta es tu mujer? —pregunta al detenerse ante la fotografía enmarcada que hay sobre la mesita del café.

—Mi madre. Es una fotografía de cuando era joven.

—¿Estás casado?

—Lo estuve. Dos veces. Pero ya no lo estoy. —No añade: ahora me las arreglo con lo que me sale al paso.

No dice: ahora me contento con las putas—. ¿Puedo ofrecerte un licor?

Ella no desea tomar un licor, pero acepta un chorrito de whisky en el café. Mientras ella da un sorbo, él se inclina y le roza la mejilla.

—Eres un verdadero encanto —le dice—. Voy a invitarte a hacer una temeridad. —Vuelve a rozarla—. Quédate. Pasa la noche conmigo.

Ella lo mira con firmeza sin apartar la taza de sus labios.

—¿Por qué?

—Porque debes.

—¿Por qué debo?

—¿Por qué? Porque la belleza de una mujer no le pertenece solo a ella. Es parte de la riqueza que trae consigo al mundo, y su deber es compartirla.

Él todavía tiene la mano apoyada en la mejilla de ella. Ella no se retrae, pero tampoco cede.

—¿Y si ya la compartiera? —En la voz se le nota que casi está sin aliento. Siempre es excitante ser cortejada: excitante, placentero.

—Entonces, deberías compartirla más aún.

Palabras suaves, lisonjeras, tan antiguas como la seducción misma. Sin embargo, en ese momento él cree en esas palabras. Ella no es dueña de sí misma. La belleza no es dueña de sí misma.

—De los más bellos seres de la creación deseamos más aún —dice—, para que la belleza de la rosa jamás muera.

No ha sido una buena iniciativa. La sonrisa de ella pierde su calidad juguetona y móvil. El verso pentámetro, cuya cadencia tan bien sirvió para endulzar las palabras de la serpiente, ahora solo consigue crear un efecto de extrañeza. Ha vuelto a ser el profesor, el hombre libresco, el guardián de los tesoros de la cultura. Ella deja la taza sobre la mesa.

—Tengo que marcharme, me están esperando.

Ha despejado, lucen las estrellas.

—Hace una noche deliciosa —dice él abriendo la verja del jardín. Ella ni siquiera mira al cielo—. ¿Quieres que te acompañe a casa?

—No.

—Muy bien. Como quieras. Buenas noches. —Se acerca a ella, la abraza. Por un instante llega a sentir los pequeños pechos de ella contra sí. Acto seguido, ella se escurre de su abrazo y desaparece.

# 3

Ahí debería haber puesto fin a la historia, pero no lo hace. El domingo por la mañana va en su coche al campus, que está desierto, y entra en las oficinas de la secretaría general. Del archivo extrae la tarjeta de matrícula de Melanie Isaacs y copia sus datos personales: el domicilio de los padres, el domicilio en Ciudad del Cabo, el número de teléfono.

Marca el número, le contesta una voz de mujer.

—¿Melanie?

—Ahora se pone. ¿Quién la llama?

—Dígale que soy David Lurie.

Melanie… «melody»: una rima meretriz. No es un buen nombre para una chica así. A ver, cambiando el acento… Meláni, la morena. La oscura.

—¿Hola?

En esa única palabra capta toda su incertidumbre. Es demasiado joven. No sabrá cómo tratar con él; definitivamente debería dejarla en paz, pero está poseído por algo. La belleza de la rosa: el poema le da de lleno con la precisión de una flecha. Ella no es dueña de sí misma; tal vez tampoco sea él dueño de sus actos.

—Pensé que a lo mejor te apetecía salir a almorzar —le dice—. Puedo recogerte digamos que a las doce.

Ella todavía tiene tiempo de decir una mentira, de escurrir el bulto. Pero está demasiado confusa, y ese momento se va tal como viene.

Cuando él llega, está esperándolo en la acera, delante del edificio en que vive. Lleva unas mallas negras y un jersey negro. Tiene las caderas tan estrechas como una chiquilla de doce años.

La lleva a Hout Bay, al puerto. Durante el trayecto trata de que se sienta cómoda. Le pregunta por el resto de las asignaturas que estudia. Ella le dice que actúa en una obra teatral. Es uno de los requisitos de su diplomatura. Los ensayos le quitan muchísimo tiempo.

Ya en el restaurante resulta que no tiene apetito. Con evidente desánimo mira al mar.

—¿Te ocurre algo? ¿Quieres decírmelo?

Ella niega con la cabeza.

—¿Estás preocupada por nosotros?

—Puede ser —responde.

—Pues no tienes por qué. Yo me cuido de todo. No dejaré que lleguemos demasiado lejos.

Demasiado lejos: ¿qué entiende por lejos, qué es demasiado lejos en un asunto como este? Demasiado lejos… ¿será lo mismo para ella que para él?

Ha empezado a llover; las cortinas de lluvia barren la bahía desierta.

—¿Nos vamos? —dice él.

La lleva de nuevo a su casa. En el suelo de la sala de estar, mientras la lluvia repica en los cristales, hace el amor con ella. Tiene un cuerpo claro, sencillo, perfecto a su manera; aunque se muestra pasiva en todo momento, el acto a él le resulta placentero, tan placentero que tras el clímax cae en un estupor absoluto.

Cuando vuelve en sí ha dejado de llover. La muchacha yace bajo él con los ojos cerrados, las manos distendidas y alzadas por encima de la cabeza, el rostro levísimamente fruncido. Él tiene sus manos bajo el áspero jersey de ella, sobre sus senos. Sus mallas y sus braguitas están hechas un lío en el suelo; él tiene los pantalones a la altura de los tobillos. *Después de la tormenta*, piensa: como sacado de George Grosz.

Con la cara vuelta, ella se libera, recoge sus cosas, sale de la sala. En cuestión de minutos está de regreso, vestida.

—Tengo que irme —susurra. Él no hace ningún esfuerzo por impedírselo.

Despierta a la mañana siguiente en un estado de profundo bienestar que no se disipa. Melanie no está en clase. Desde su despacho llama a una floristería. ¿Rosas? No, tal vez no. Encarga unos claveles.

—¿Rojos o blancos? —pregunta la mujer.

¿Rojos? ¿Blancos?

—Envíe una docena de claveles rosas —dice.

—No tengo una docena de claveles rosas. ¿Quiere que le mande un surtido?

—Eso, un surtido —responde.

Llueve durante todo el martes; los nubarrones entran por el oeste y cubren toda la ciudad. Al atravesar el vestíbulo de la Facultad de Comunicación al término de su jornada, la descubre en la puerta: está en medio de un grupo de estudiantes que esperan a que escampe momentáneamente.

—Espérame aquí —le dice tras colocarse a sus espaldas y ponerle una mano en el hombro—. Te llevaré en coche a tu casa.

Vuelve con un paraguas. Al atravesar la plaza de entrada camino del aparcamiento, la atrae hacia sí para resguardarla de la lluvia. Una racha repentina vuelve del revés el paraguas; con torpeza, corren juntos hacia el coche.

Ella lleva un impermeable de plástico amarillo; en el coche, se baja la capucha. Está ruborizada; él repara en que le sube y le baja el pecho. Con la lengua, se limpia una gota de lluvia del labio superior. *¡Una niña!*, piensa él. *¡No es más que una niña! ¿Qué estoy haciendo?*

Sin embargo, el corazón se le desboca por el embate del deseo.

Conduce despacio, el tráfico es denso a última hora de la tarde.

—Ayer te eché de menos —le dice—. ¿Te encuentras bien?

Ella no contesta. Mira fijamente los limpiaparabrisas. En un semáforo en rojo él coge su mano fría.

—¡Melanie! —dice, y trata de hacerlo con tono ligero. Pero se le ha olvidado cómo es el cortejo. La voz que oye es la de un padre zalamero, no la de un amante.

Detiene el coche ante el edificio de ella.

—Gracias —le dice, y abre la portezuela.

—¿No vas a invitarme a subir?

—Creo que mi compañera de piso está en casa.

—¿Y esta noche?

—Esta noche tengo ensayo.

—Entonces, ¿cuándo volveré a verte?

Ella no responde.

—Gracias —repite, y sale del coche.

El miércoles sí va a su clase, y se sienta donde acostumbra. Todavía siguen con Wordsworth, con el Libro VI de *El preludio*: el poeta en los Alpes.

—*Desde una loma* —lee él en voz alta—,

> *también por vez primera contemplamos*
> *sin estorbos la cima del Mont Blanc, y nos llenó de pena*
> *la impresión de esa imagen sin alma en la retina*
> *que había desahuciado un pensamiento viviente*
> *que ya no podría existir.*

»Veamos. La majestuosa montaña blanca, el Mont Blanc, resulta una gran decepción. ¿Por qué? Empecemos por lo insólito del verbo que se aplica a esa situación, *desahuciar*. ¿Alguien lo ha buscado en el diccionario?

Silencio.

—Si lo hubierais buscado, habríais descubierto que *desahuciar* también tiene, en sentido figurado, el significado de arrebatar o desposeer, usurpar. Más que una usurpación, esto es, una deprivación, el poeta emplea un verbo que remite a la idea de que algo le ha sido robado. Sugiere que esa desposesión es completa.

»Las nubes se han disipado, dice Wordsworth; la cumbre está visible en su integridad, sin estorbos, y sin embargo se apena al verla. Parece una extraña reacción, teniendo en cuenta que se trata de un viajero que ha ido a conocer los Alpes. ¿Por qué esa pena? Tal como dice, porque una imagen sin alma, una mera impresión en la retina, se ha adueñado de aquello que hasta entonces era un pensamiento viviente, y lo ha desahuciado. ¿Cuál era ese pensamiento viviente?

De nuevo, silencio. El aire mismo que lo rodea mientras habla pende inerte, como una sábana. Un hombre que contempla una montaña: ¿por qué tiene que ser tan complicado?, parecen deseosos de quejarse los alumnos. ¿Qué respuesta podrá darles? ¿Qué le dijo a Melanie durante aquella primera velada? Que sin un destello de revelación no hay nada. En el aula, ¿dónde está ese destello de revelación?

Le lanza una rápida mirada. Tiene la cabeza inclinada; está absorta en el texto, o parece estarlo.

—Esa misma idea, la *usurpación*, aparece con ese mismo vocablo unos cuantos versos más adelante. La desposesión es uno de los temas de mayor hondura en toda la secuencia referida a los Alpes. Los grandes arquetipos mentales, las ideas puras, son arrebatadas, desahuciadas por meras imágenes sensoriales.

»Ahora bien, nadie puede llevar una vida cotidiana en el reino de las ideas puras, protegido de toda experiencia sensorial. La cuestión, así pues, no estriba en cómo podríamos mantener la pureza de la imaginación, cómo protegerla de las agresiones de la realidad. No, la cuestión ha de ser esta: ¿podemos hallar una forma de que ambas coexistan?

»Fijaos en el verso quinientos noventa y nueve. Wordsworth escribe acerca de los límites de la percepción sensorial. Es un tema que ya hemos tratado con anterioridad. A medida que los órganos sensoriales llegan al límite de su poder perceptivo, sus luces van apagándose. No obstante, en el momento en que expira, esa luz vuelve a aumentar una vez más, como aumenta la llama de una vela, y así nos permite atisbar lo invisible. Este es un pasaje bastante difícil; tal vez incluso esté en contradicción con el instante del Mont Blanc. Sin embargo, Wordsworth parece avanzar a tientas hacia una suerte de equilibrio: ya no se trata de la idea pura, envuelta por las nubes, ni de la imagen visual que arde cuando queda impresa en la retina, que nos abruma y nos decepciona con una claridad incontestable, sino de la imagen sensorial, tan fugaz como sea posible, como instrumento susceptible de agitar o activar la idea que yace enterrada, en un sustrato inferior, en el terreno de la memoria.

Hace una pausa. Incomprensión total. Ha ido demasiado lejos y demasiado deprisa. ¿Cómo podría acercarlos a su pensamiento? ¿Cómo podría acercarla a ella?

—Es como estar enamorado —dice—. Para empezar, si fuerais ciegos no os habríais enamorado nunca. Sin embargo, ¿de veras tenéis el deseo de ver a la amada a la fría claridad del aparato visual? Tal vez fuera preferible tender un velo sobre la mirada, de modo que la amada siguiera viviendo en su forma arquetípica, como una diosa.

Esa idea no existe en Wordsworth, pero al menos sirve para que despierten. *¿Arquetipos?*, parecen decirse. *¿Diosas? ¿De qué está hablando este? ¿Qué sabrá este vejestorio del amor?*

Un recuerdo lo invade: el momento en que, en el suelo, le subió a la fuerza el jersey y desnudó sus pechos pequeños, nítidos, perfectos. Por vez primera ella levanta la vista; su mirada se encuentra con la de él y en un destello lo ve todo. Confusa, baja de nuevo la mirada.

—Wordsworth escribe acerca de los Alpes —dice—. En este país no tenemos nada que se parezca a los Alpes, pero tenemos la cordillera de Drakensberg o, a una escala más reducida, Mountain Table, cumbres a las que ascendemos tras la estela de los poetas, con la esperanza de gozar de uno de esos momentos de revelación, tan wordsworthianos, de los que todos hemos oído hablar alguna vez. —Ahora habla por no callar, por disimular—. No obstante, esa clase de momentos no nos llegarán nunca, a no ser que el ojo esté medio enfocado en los grandes arquetipos de la imaginación que todos llevamos dentro.

¡Basta! Le asquea el timbre de su propia voz, y además siente lástima por ella, por obligarla a escuchar esas intimidades encubiertas. Da por terminada la clase y se queda en el aula, con la esperanza de cruzar con ella dos palabras. Ella, sin embargo, se marcha con los demás.

Una semana antes no era más que otra cara bonita en medio de la clase. Ahora es una presencia en su vida, una presencia que respira.


El auditorio del sindicato de estudiantes está a oscuras. Sin que nadie se fije en él, toma asiento en la última fila. Con la excepción de un hombre casi calvo, que lleva uniforme de bedel y que está unas cuantas filas más adelante, es el único espectador.

La obra que ensayan se titula *Crepúsculo en el Salón del Globo*: una comedia sobre la nueva Sudáfrica, ambientada en un salón de peluquería de Hillbrow, Johannesburgo. En el escenario, un peluquero exuberantemente gay atiende a dos clientas, una negra y una blanca. Los tres están de cháchara: hacen chistes, se insultan. El principio rector de la escena parece ser la catarsis: todos los desabridos, viejos prejuicios salen a la luz del día y son lavados en torrentes de risas.

Aparece en escena una cuarta figura, una muchacha con zapatos de plataforma y el cabello peinado en una catarata de bucles.

—Siéntate, cariño, que te atiendo en un momentito —dice el peluquero.

—Vengo por lo del trabajo —responde ella—, por el anuncio que ha puesto.

Tiene un acento marcadamente *Kaaps*, de la región de El Cabo: es Melanie.

—*Ag*, pues coge una escoba y haz algo útil —dice el peluquero.

Coge la escoba y recorre todo el escenario haciendo como que barre. La escoba se enreda con un cable. Supuestamente ha de haber un chispazo, seguido por un chillido y una desbandada, pero algo falla en la sincronización del efecto especial. La directora de la obra se planta en el escenario en dos zancadas; tras ella aparece un joven vestido de cuero negro que comienza a comprobar el enchufe.

—Tiene que ser más vivaz —dice la directora—. Hay que darle un aire como de los hermanos Marx. —Se vuelve hacia Melanie—. ¿Entendido? —Melanie asiente.

El bedel que tiene delante se levanta y, tras un hondo suspiro, se marcha del auditorio. Él también debería largarse. Es un asunto escabroso estar así a oscuras, espiando a una muchacha (sin querer, la palabra *rijoso* le pasa por la cabeza). Sin embargo, los viejos a cuya compañía parece a punto de sumarse, los mendigos y los vagabundos de gabardinas raídas y manchadas, de dientes postizos y orejas peludas… todos ellos también fueron en su día hijos de Dios, seres de extremidades rectas y mirada limpia. ¿Se les puede echar la culpa por aferrarse con uñas y dientes al sitio que todavía ocupan en el dulce banquete de los sentidos?

En el escenario se reanuda la acción. Melanie mueve la escoba con gestos bruscos. Un *bang*, un chispazo, gritos de alarma.

—No ha sido culpa mía —se queja Melanie—. *My gats!* ¡Dios mío! ¿Por qué ha de ser todo culpa mía, y siempre igual?

Sin hacer ruido, se levanta y sigue los pasos del bedel hacia la oscuridad que reina en el exterior.


Al día siguiente, a las cuatro en punto de la tarde, se presenta en su piso. Ella le abre la puerta; viste una camiseta arrugada, *culottes* de ciclista y unas zapatillas con forma de ardillas de dibujos animados que a él le resultan ridículas, carentes del elemental buen gusto.

No le ha dado aviso previo; está demasiado sorprendida para resistirse al intruso que se abalanza sobre ella. La toma en sus brazos; los miembros de ella quedan inertes, como los de una marioneta. Pronuncia palabras pesadas como garrotes, se las susurra en la delicada concha de su oreja.

—¡No, ahora no! —dice ella debatiéndose—. ¡Mi prima está a punto de volver!

Pero no hay nada que pueda pararlo. Se la lleva al dormitorio, le arranca las absurdas zapatillas, le besa los pies, se queda asombrado ante el sentimiento que ella evoca en su seno. Tiene alguna relación con su aparición en escena: la peluca, su forma de menear el trasero, la tosquedad y la crudeza al hablar. ¡Extraño es el amor! Pero proviene del estremecimiento de Afrodita, diosa de las olas espumeantes; de eso no cabe duda.

Ella no se le resiste. Lo único que hace es rehuirlo: aparta los labios, aparta los ojos. Deja que la tienda sobre la cama y la desnude: incluso le ayuda, pues levanta los brazos, arquea las caderas. Le sobrevienen pequeños escalofríos; en cuanto está desnuda, se cuela bajo el edredón como un topo que se abriese camino horadando la tierra, y le da la espalda.

No es una violación, no del todo, pero es algo no obstante carente de deseo, no deseado de principio a fin. Es como si hubiera decidido distenderse, morirse mientras dure, como un conejo cuando las fauces del zorro se cierran en torno a su cuello. Como si todo lo que se le haga, por así decirlo, se le hiciese lejos de sí.

—Pauline volverá en cualquier momento —dice cuando ha terminado—. Por favor, debes marcharte.

Él la obedece, pero cuando llega a su coche le invade tal abatimiento, un desánimo tan lúgubre, que permanece sentado, con los brazos cruzados sobre el volante y la cabeza apoyada en ellos, incapaz de moverse.

Un error, un error tremendo. En ese instante, y no tiene ninguna duda, ella, Melanie, está tratando de limpiarse de lo ocurrido, limpiarse de él. La ve abriendo el grifo de la bañera, la ve meterse en el agua con los ojos cerrados como los de una sonámbula. A él también le gustaría darse un baño.

Una mujer más bien paticorta con un traje de dos piezas serio pasa por delante de él y entra en el edificio. ¿Será la prima Pauline, la compañera de piso, la persona de cuya desaprobación tanto miedo tiene Melanie? Recupera el control de sí mismo, arranca el coche y se va.


Al día siguiente ella no se presenta en clase. Una falta de asistencia desafortunada, porque es el día del examen parcial. Después, cuando cumplimenta la hoja de asistencia, anota que ha estado presente y le pone una calificación de setenta. A pie de página añade una nota a lápiz: «Provisional». Setenta: la puntuación de un alumno irregular, ni buena ni mala.

Toda la semana siguiente ella sigue sin aparecer. Tampoco parece estar en su piso; la llama una vez tras otra, siempre sin respuesta. El domingo a medianoche suena el timbre de su casa. Es Melanie, vestida de negro de los pies a la cabeza, incluido un gorro de lana. Se le nota la tensión en la cara; se apresta para recibir su enojo, para aguantar una escena.

La escena no se produce. A decir verdad, es ella la que está avergonzada.

—¿Puedo dormir aquí esta noche? —le pregunta con un hilillo de voz y sin mirarle a los ojos.

—Pues claro, claro que sí. —Su corazón desborda alivio. Hace un gesto de acogida, la abraza y la estrecha contra sí; la nota rígida y fría—. Vamos, te prepararé una taza de té.

—No, no quiero té, no quiero nada. Estoy agotada, solo necesito dormir.

Le prepara una cama en la antigua habitación de su hija, le da un beso de buenas noches, la deja a solas. Media hora más tarde, cuando regresa, la encuentra profundamente dormida, todavía vestida por completo. Le quita los zapatos y la tapa con la sábana.

A las siete de la mañana, cuando los primeros pájaros empiezan a gorjear, llama a su puerta. Está despierta, tendida en la cama, con la sábana hasta la barbilla. Parece demacrada.

—¿Cómo te encuentras? —le pregunta.

Ella se encoge de hombros.

—¿Te pasa algo? ¿Quieres hablar?

Ella niega con la cabeza sin decir palabra.

Se sienta al borde de la cama, la atrae hacia sí. En sus brazos, ella comienza a sollozar. A pesar de su desdicha, él siente el cosquilleo del deseo.

—Ya, ya —le susurra tratando de consolarla—. Vamos, dime qué sucede. —Poco le falta para decir: «Dile a papaíto qué sucede».

Ella hace de tripas corazón y trata de hablar, pero está congestionada por el llanto. Él le acerca un pañuelo de papel.

—¿Puedo quedarme un rato? —le pregunta.

—¿Aquí? ¿Quedarte un rato? —repite él pensativamente. Ella ha dejado de llorar, pero todavía la atraviesan prolongados estremecimientos de pena—. ¿Te parece buena idea?

Ella no llega a decir si le parece o no una buena idea. En cambio, se aprieta más contra él, apoya su cara cálida contra su abdomen. La sábana cae a un lado, solo lleva una camiseta de tirantes y una braguita.

¿Sabe ella en qué está metiéndose en ese instante?

Cuando él dio el primer paso al encontrársela por los jardines de la universidad, tan solo pensó que sería un asuntillo rápido: un rápido principio, un final rápido. Ahora la tiene en su casa, y está claro que arrastra complicaciones a su paso. ¿A qué estará jugando? Debería obrar con cautela, de eso no hay duda alguna. Pero tal vez debería haber sido cauto desde el principio.

Se estira en la cama, a su lado. Lo último que necesita en esta vida es que Melanie Isaacs decida quedarse a vivir con él. Sin embargo, en ese instante esa misma idea le resulta embriagadora. Estará ahí todas las noches; todas las noches podrá él colarse en su cama de ese modo, colarse en su interior. La gente terminará por enterarse, siempre pasa igual; murmurarán a sus espaldas, incluso podría desatarse un escándalo. En cualquier caso, ¿qué importará? Un último aumento de la llama de la vela de los sentidos, justo antes de apagarse. Pliega la ropa de cama, la hace a un lado, se inclina hacia ella, le acaricia los pechos, las nalgas.

—Pues claro que puedes quedarte —murmura—. Claro que sí.

En su habitación, dos puertas más allá, suena la alarma del despertador. Ella se aleja de él, se cubre los hombros con la manta.

—Ahora he de marcharme —dice él—. Debo dar un par de clases. Procura dormir un poco más. Volveré a mediodía, podremos hablar entonces.

Le acaricia el cabello, le besa la frente. ¿Amante? ¿Hija? En lo más profundo de su corazón, ¿qué es lo que ella trata de ser? ¿Qué está ofreciéndole?

Cuando regresa a mediodía, ella se ha levantado y lo espera sentada a la mesa de la cocina, comiendo unas tostadas con miel y tomando un té. Parece completamente a sus anchas, como si de hecho estuviera en su casa.

—Bueno —dice él—. Tienes mucho mejor aspecto.

—Dormí después de que te fueras.

—¿Vas a contarme ahora qué está pasando?

Ella rehúye su mirada.

—No, ahora no —dice—. Tengo que marcharme, llego tarde. Te lo explicaré cuando nos veamos la próxima vez.

—¿Y cuándo será la próxima vez?

—Esta noche, después del ensayo. ¿Te va bien?

—Sí.

Se levanta, deja la taza y el plato en el fregadero (pero no los enjuaga siquiera), se vuelve hacia él.

—¿Estás seguro de que no te importa?

—No, no me importa. Está bien.

—Quería decirte que ya sé que me he saltado un montón de clases, pero es que los ensayos me quitan muchísimo tiempo.

—Lo entiendo. Quieres decirme que la obra teatral tiene total prioridad. Habría estado bien que me lo explicaras antes. ¿Irás mañana a clase?

—Sí, te lo prometo.

Se lo promete, pero es una promesa que no se puede

hacer cumplir. Se siente vejado, irritado. Ella se conduce de mala manera, está saliéndose con la suya, es demasiado; está aprendiendo a explotarlo, y probablemente aún lo explotará mucho más. Pero si ella se ha salido con la suya, él se ha salido con mucho más; si ella se conduce de mala manera, él se ha portado mucho peor. Mientras estén juntos, si es que lo están, él es quien lleva la voz cantante, ella es quien lo sigue. Más vale que no se olvide de eso.

# 4

Hace el amor con ella una vez más, en la cama, en el antiguo dormitorio de su hija. Es estupendo, tanto como la primera vez. Él empieza a conocer la manera que tiene ella de moverse. Es rápida, y está ávida de experiencias. Si no percibe en ella un apetito sexual pleno es solamente porque todavía es joven. Hay un momento que sobresale en el recuerdo, el momento en que ella lo engancha con la pierna por detrás de las nalgas para atraerlo más cerca de sí: cuando el tendón interno de su muslo se tensa contra él, siente el ímpetu del deseo y el alborozo. Quién sabe, piensa: tal vez a pesar de todo haya un futuro.

—¿Esto sueles hacerlo a menudo? —pregunta ella después.

—¿Esto? ¿El qué?

—Acostarte con tus alumnas. ¿Te has acostado con Amanda?

Él no responde. Amanda es otra alumna de su clase, una rubia más bien delgaducha. No tiene ningún interés por Amanda.

—¿Por qué te divorciaste? —le pregunta.

—Me he divorciado dos veces. Me he casado dos veces y me he divorciado otras dos.

—¿Qué fue de tu primera esposa?

—Es una larga historia. Te la contaré otro día.

—¿Tienes fotos?

—No colecciono fotos. No colecciono mujeres.

—¿A mí no me coleccionas?

—No, claro que no.

Ella se pone en pie y se pasea por la habitación recogiendo sus prendas con tan poco recato como si estuviera a solas. Él está acostumbrado a mujeres bastante más cohibidas en su manera de vestirse y desnudarse. Claro que las mujeres a las que está acostumbrado no son tan jóvenes, ni están tan bien formadas.


Esa misma tarde alguien llama a la puerta de su despacho. Entra un joven al que no ha visto nunca. Sin esperar su invitación toma asiento, echa un vistazo en derredor, hace un gesto de aquiescencia al fijarse en los anaqueles llenos de libros.

Es alto y fornido; lleva una perilla afilada y un pendiente en la oreja; viste una chupa de cuero negro y pantalones de cuero negro. Parece más viejo que la mayoría de los alumnos; parece que anda con ganas de pendencia.

—Así que tú eres el profesor —dice—. El profesor David. Melanie me ha hablado de ti.

—Entiendo. ¿Y qué te ha contado?

—Que te la estás tirando.

Se hace un largo silencio. Caramba, piensa: las golondrinas vuelven al nido para aparearse. Tendría que haberlo previsto: una chica como esa no podía aparecer en su vida sin traer complicaciones.

—¿Tú quién eres? —le dice.

El visitante no hace caso de su pregunta.

—Te creerás muy listo —sigue diciendo—. Un mujeriego de tomo y lomo. ¿Te parece que seguirás siendo igual de listo cuando tu mujer se entere de lo que te traes entre manos?

—Ya basta. ¿Tú quién eres?

—No me digas que ya basta. —Las palabras salen de

sus labios más deprisa, con el temblor de una amenaza—. Y no te vayas a creer que puedes meterte en la vida de los demás y largarte cuando te venga en gana. —Una luz baila en sus ojos negros. Se inclina sin llegar a levantarse y con ambas manos barre los papeles que tiene encima de la mesa. Los papeles salen volando.

Se pone en pie.

—¡Ya basta, he dicho! ¡Es hora de que salgas de aquí!

—¡*Es hora de que salgas de aquí!* —repite el muchacho burlándose de él—. Muy bien. —Se pone en pie y va hacia la puerta—. ¡Adiós, profesor Chips! Pero no te creas que hemos terminado. Tú espera y verás.

Y se larga.

Un bravucón, piensa. ¡Está liada con un bravucón, y ahora el que se ha metido en un buen lío con él soy yo! Se le revuelve el estómago.

Aunque se queda despierto hasta muy tarde, esperándola, Melanie no se presenta en su casa. En cambio, su coche, aparcado en la calle, es objeto de un acto de vandalismo. Le han deshinchado los neumáticos, le han inyectado pegamento en las cerraduras, le han empastado hojas de periódico en el parabrisas y le han rayado la pintura. Tendrá que cambiar las cerraduras. La factura asciende a seiscientos rands.

—¿No tiene idea de quién se lo ha hecho? —le pregunta el mecánico.

—No, ni la menor idea —contesta de modo cortante.


Tras este golpe de efecto, Melanie se mantiene distante. A él no le extraña: si él ha pasado vergüenza, ella también se siente así. Sin embargo, el lunes se presenta en clase. A su lado, medio recostado en la silla, con las manos en los bolsillos y un aire de cachazuda tranquilidad, está el chico de negro, el novio.

Por lo general suele haber un murmullo de charlas

entre los alumnos cuando él entra en clase. Hoy están callados. Aunque no consigue creer que sepan lo que está en juego, está claro que todos esperan a ver qué hace con el intruso.

¿Y qué es lo que va a hacer? Lo que le pasó con el coche no es suficiente, salta a la vista. Es evidente que aún faltan cuotas por pagar. ¿Qué puede hacer? Pues tendrá que apretar los dientes y pagar, ¿qué, si no?

—Sigamos con Byron —dice a la vez que se lanza a consultar sus apuntes—. Tal como vimos la semana pasada, la notoriedad y el escándalo no solo afectaron la vida privada de Byron, sino el modo en que sus poemas fueron recibidos por el público lector. Byron, el hombre, se vio refundido en sus propias creaciones poéticas: Harold, Manfred e incluso don Juan.

El escándalo. Qué lástima que ese haya de ser el tema de su clase. Pero no está en las mejores condiciones para improvisar.

Mira de reojo a Melanie. Por lo general, es de las que toman nota sin parar. Hoy se la ve pálida, exhausta; permanece sentada muy quieta, absorta en su libro. Muy a su pesar, a él se le desboca el corazón y se apiada de ella. Pobrecilla, piensa, ¡y yo, que la he tenido acurrucada contra mi pecho!

Les ha indicado que lean «Lara». Sus notas tratan sobre «Lara». No hay forma humana de que rehúya ese poema. Lee en voz alta:

*Y fue un forastero en este mundo palpitante,*
*un espíritu errante, arrojado de algún otro;*
*fue un bulto de oscuras imaginaciones, que porque quiso*
*dieron forma a los peligros que él evitó por azar.*

—¿Hay alguien que quiera glosar estos versos? ¿Quién es ese «espíritu errante»? ¿Por qué se hace llamar «un bulto»? ¿De qué otro mundo proviene?

Hace ya tiempo que dejó de sorprenderse ante el do de ignorancia de sus alumnos. Poscristianos, posthistóricos, postalfabetizados, lo mismo daría si ayer mismo hubieran roto el cascarón. Por eso no cuenta con que ninguno sepa nada sobre los ángeles caídos, ni sobre las fuentes en las que Byron pudo inspirarse. Lo que sí espera es una ronda de disparos a ciegas, de suposiciones hechas con buena intención, que, con suerte, él podrá guiar hasta que acierten en la diana. Hoy sin embargo se topa con el silencio, un silencio terco, que se organiza de manera palpable en torno al desconocido que sigue sentado entre todos ellos. No van a decir nada, no van a jugar de acuerdo con sus reglas del juego, al menos mientras haya un desconocido que los oiga y los juzgue y los vilipendie.

—Lucifer —dice—. El ángel arrojado del paraíso. Poca cosa sabemos sobre el modo en que viven los ángeles, pero podemos dar por hecho que no necesitan oxígeno, que no palpitan. Allá en el paraíso, el ángel de las tinieblas, Lucifer, no tenía que respirar, no palpitaba. De repente, sin previo aviso, se encuentra expulsado en este extraño «mundo palpitante» en el que vivimos. «Errante»: dícese del individuo que elige su propio camino, que vive peligrosamente, que incluso ronda adrede el peligro. Sigamos leyendo.

El chico no ha mirado el texto ni una sola vez. Por el contrario, con una sonrisilla en la boca, una sonrisilla en la que se nota, aunque sea de refilón, un aire de desconcierto, está pendiente de sus palabras.

> *Pudo*
> *en ocasiones renunciar a su bien por el bien ajeno,*
> *pero no por compasión, ni porque debiera,*
> *sino porque alguna extraña perversión del pensamiento*
> *lo llevó a seguir adelante con secreto orgullo*
> *y hacer lo que pocos o ninguno hubieran osado;*

*ese mismo impulso, en el momento de la tentación,*
*así también engañaría su espíritu arrimándolo al crimen.*

—Así pues, ¿qué clase de ser es el tal Lucifer?

A esas alturas, los alumnos con toda seguridad deben de percibir la corriente que pasa entre ellos, entre él y el muchacho. Solamente a él, a ese chico, ha sido formulada esa pregunta; como si estuviera dormido y acabara de ser convocado, el muchacho responde.

—Hace lo que le viene en gana. Le da lo mismo que sea bueno o malo. Si le apetece, lo hace.

—Exacto. Sea bueno o malo, si le apetece lo hace. No actúa por principios, sino por impulsos. Y la fuente de sus impulsos es algo que, para él, permanece en la oscuridad. Leamos unos cuantos versos más adelante: «No era de la cabeza su locura, sino del corazón». Un loco del corazón. ¿Y qué significa estar loco del corazón?

Empieza a preguntar más de la cuenta. Al muchacho le gustaría seguir algo más allá su intuición, de eso él se da perfecta cuenta. Le apetece demostrar que no solo entiende de motos y de ropas llamativas. Y es posible que sea cierto, pero allí, en el aula, ante tantos desconocidos, las palabras no acuden a sus labios. Menea la cabeza.

—No importa. Fijaos en que no se nos pide que condenemos a este ser que está loco del corazón, este ser en el que parece haber algo connaturalmente contrahecho. Muy al contrario, se nos invita a comprenderlo, e incluso a tomarle simpatía. Pero la simpatía tiene un límite. Aunque viva entre nosotros, no es uno de nosotros. Es exactamente lo que él mismo se ha llamado: un *bulto*, esto es, un monstruo. A la sazón, según sugiere Byron, no será posible amarlo, o no al menos en el sentido más profundo y más humano del término. Está condenado a la soledad.

Con las cabezas gachas, todos toman nota de sus palabras. Byron, Lucifer, Caín: para ellos, todo viene a ser lo mismo.

Terminan el poema. Da por concluida la clase antes de la hora; les encarga los primeros cantos de *Don Juan* para la próxima clase. Cuando están todos aún presentes, la llama:

—Melanie, ¿puedo hablar contigo un momento?

Con la cara contraída, agotada, se presenta ante él. De nuevo nota que se le desboca el corazón por ella. Si estuvieran a solas la abrazaría, trataría de darle ánimos. *Palomita mía*, la llamaría.

—¿Vamos a mi despacho? —dice en cambio.

Con el novio pisándoles los talones, la lleva por la escalera que conduce a su despacho.

—Espera ahí —dice al chico, y cierra la puerta.

Melanie se sienta delante de él, con la cabeza gacha.

—Querida mía —le dice—, estoy seguro de que lo estás pasando mal, lo sé, y no quisiera por nada del mundo ponerte las cosas más difíciles. Pero ahora debo hablarte como profesor. Tengo obligaciones con mis alumnos, con todos ellos. Lo que haga o deje de hacer tu amigo fuera del campus universitario es asunto suyo, pero yo no puedo permitir que venga a perjudicar mis clases. Haz el favor de decírselo de mi parte.

»En cuanto a ti, vas a tener que dedicar más tiempo a tus trabajos de clase. Vas a tener que asistir a clase con más frecuencia. Y vas a tener que hacer el examen al que no viniste.

Ella lo mira desconcertada, alarmada incluso. *Tú me has cortado el contacto con todos*, parece deseosa de decir. *Tú me has obligado a soportar tu secreto. Yo ya no soy solamente una alumna. ¿Cómo puedes hablarme de este modo?*

Cuando consigue hablar, lo hace con una voz tan sumisa que él apenas acierta a oírla.

—No puedo examinarme. No he terminado las lecturas.

Lo que él desea decir no se puede decir, no se puede decir con decencia. Todo lo que puede hacer es darle una señal, y confiar en que ella lo entienda.

—Tú haz el examen, Melanie. Hazlo como todos los demás. Lo de menos es que no estés preparada; lo que importa es que lo dejes hecho. A ver, fijemos una fecha. ¿Qué te parece el lunes que viene a la hora del almuerzo? Así tendrás todo un fin de semana para terminar las lecturas.

Ella alza el mentón y lo mira a los ojos desafiante. O no ha entendido, o es que rechaza su oferta.

—El lunes, aquí mismo. En mi despacho —repite.

Ella se pone en pie y se echa el bolso al hombro.

—Melanie, tengo mis responsabilidades. Al menos cumple con las formalidades, no hagas que se complique la situación más de lo necesario.

Responsabilidades: ella no dignifica esa palabra con una respuesta.

Esa misma noche, cuando vuelve a casa después de asistir a un concierto, para el coche ante un semáforo en rojo. Pasa a su lado una motocicleta al ralentí, una Ducati plateada sobre la que viajan dos figuras de negro. Van con casco, pero pese a todo los reconoce. Melanie va sentada detrás con las rodillas muy separadas y la pelvis arqueada. Nota un repentino aguijonazo de lujuria. *¡Yo he estado ahí!*, piensa. De pronto, la motocicleta arranca con un rugido y se los lleva.

# 5

No se presenta al examen convocado para el lunes. En cambio, él encuentra en su casillero un impreso oficial de renuncia: «La alumna 7710101SAM, la señorita. M. Isaacs, ha renunciado a su matrícula de COM 312 con efecto inmediato».

Apenas transcurre una hora cuando desde centralita le pasan una llamada telefónica a su despacho.

—¿Profesor Lurie? ¿Tiene unos minutos, por favor? Me llamo Isaacs, le llamo desde George. Mi hija es alumna suya, no sé si se acuerda de Melanie.

—Sí.

—Profesor, quisiera saber si no podría usted ayudarnos. Melanie ha sido muy buena estudiante, y ahora dice que va a dejar los estudios. Para nosotros esto ha supuesto un golpe terrible.

—No estoy seguro de entenderle...

—Dice que quiere abandonar sus estudios y encontrar un trabajo. Me parece que es echarlo todo por la borda después de haber estudiado tan duro durante tres años en la universidad y haber obtenido tan buenas calificaciones, justo cuando le faltaba tan poco para terminar. Me pregunto si puedo pedirle, profesor, que tenga una conversación con ella, que trate de hacerle ver las cosas con claridad, que entre en razón.

—¿No ha hablado usted con Melanie? ¿Sabe usted qué motivo puede haber tras esta decisión?

—Hemos pasado todo el fin de semana hablando por teléfono con ella, pero no hemos conseguido sacar nada en claro. Debe de estar muy involucrada en una obra de teatro en la que actúa, así que puede ser que sufra, no sé, un exceso de trabajo, o algo de estrés. Siempre se toma las cosas muy en serio, profesor. Ella es así, se implica a fondo en todo lo que hace. Pero creo que si usted quisiera hablar con ella, a lo mejor podría convencerla de que se lo replantease. Ella le tiene muchísimo respeto. No queremos que eche a perder todos estos años que lleva estudiando a cambio de nada.

Así que Melanie-Meláni, con sus baratijas compradas en Oriental Plaza y su incapacidad para sintonizar con Wordsworth, se toma las cosas muy en serio. Él nunca lo hubiera dicho, pero ¿qué otras cosas jamás hubiera dicho de ella?

—Me pregunto, señor Isaacs, si soy yo la persona más indicada para hablar con Melanie.

—¡Desde luego que lo es, profesor! ¡Ya lo creo! Tal como le digo, Melanie le tiene muchísimo respeto.

*¿Respeto? Está usted desfasado, señor Isaacs. Su hija perdió todo el respeto que pudiera tener por mí hace ya unas semanas, y lo perdió por espléndidas razones.* Eso es justamente lo que debería decir.

—Veré qué puedo hacer —dice en cambio.

No te saldrás con la tuya, se dice después. Y el padre Isaacs, en la lejana ciudad de George, tampoco olvidará esta conversación plagada de mentiras y evasivas. *Veré qué puedo hacer. ¿Por qué no ha sido más honesto? Yo soy el gusano que ha podrido la manzana,* debería haberle dicho. *¿Cómo voy a ayudarle yo, si soy precisamente la fuente de su congoja?*

Llama por teléfono a Melanie y se pone Pauline. Melanie no está disponible, le informa Pauline con voz gélida.

—¿Que no está disponible? ¿Qué quiere usted decir?

—Quiero decir que ella no desea hablar con usted.

—Dígale que se trata de su decisión de abandonar los estudios. Dígale que es una decisión muy precipitada.

La clase del miércoles le sale fatal. La del viernes aún peor. La asistencia es escasísima; los únicos alumnos que acuden a clase son los domesticados, los pasivos, los dóciles. Solo cabe una explicación: ha debido de correrse la voz.

Se encuentra en la oficina del departamento cuando oye una voz a sus espaldas.

—¿Dónde puedo encontrar al profesor Lurie?

—Aquí me tiene —dice sin pensar.

El hombre que pregunta por él es bajito, delgado, encorvado. Lleva un traje azul que le queda demasiado grande, y huele a tabaco.

—¿Profesor Lurie? Hemos hablado por teléfono. Soy Isaacs.

—Sí, encantado de conocerle. ¿Quiere que pasemos a mi despacho?

—No, no será necesario. —El hombre calla un instante, hace acopio de valor, respira hondo—. Profesor —empieza a decir cargando las tintas tanto como puede en su título académico—, será usted una persona sumamente educada y muy culta y todo lo demás, pero lo que ha hecho usted no está bien. —Hace una pausa, menea la cabeza—. No, no está nada bien.

Las dos secretarias no pretenden disimular su curiosidad. Además, en la oficina del departamento hay algunos alumnos; a medida que el desconocido comienza a hablar en voz bien alta, todos callan.

—Ponemos a nuestros hijos e hijas en manos de ustedes, pues pensamos que son ustedes de toda confianza. Si ya no podemos confiar siquiera en la universidad, ¿en quién vamos a hacerlo? Jamás pudimos creer que íbamos a enviar a nuestra hija a un nido de víboras. No, profesor Lurie: podrá ser usted todo lo encumbrado y poderoso que quiera, podrá tener toda clase de títulos, pero si yo estuviera en su lugar me sentiría sumamente avergonzado de mí mismo, y que Dios me ayude. Si resulta que he enfocado todo este asunto de un modo indebido, ahora tiene usted ocasión de decírmelo a las claras, pero mucho me temo que no me equivoco, se le nota a usted en la cara.

Esa es su ocasión, desde luego: que hable quien tenga que hablar. Sin embargo, permanece como si la lengua se le hubiera pegado al paladar, y la sangre le zumba en los oídos. Una víbora: ¿cómo va a desmentirlo?

—Discúlpeme —musita—, pero tengo otros asuntos de los que debo ocuparme.

Como si fuese un objeto de madera, se gira y se va.

Isaacs lo sigue por el pasillo, repleto de gente.

—¡Profesor! ¡Profesor Lurie! —lo llama—. ¡No puede irse así, como si tal cosa! ¡No huya! ¡Le aseguro que todavía no ha terminado de oírme!

Así es como empieza. A la mañana siguiente, con sorprendente celeridad, llega un comunicado interno de la oficina del Vicerrectorado (Asuntos del Alumnado) en el que se le notifica que se ha interpuesto una queja contra él acogida al artículo 3.1 del Código ético de la universidad. Se le solicita que contacte con la oficina del Vicerrectorado en cuanto le sea posible.

La notificación —que le llega en un sobre donde figura estampado el sello «Confidencial»— viene acompañada por una copia del código. El artículo 3 trata de la victimización o acoso de las personas sobre la base de su adscripción racial, pertenencia a un grupo étnico, confesión religiosa, género, preferencias sexuales o discapacidades físicas. El apartado 3.1 especifica lo tocante a la victimización o acoso de los alumnos por parte de los profesores.

Otro documento adjunto es el que describe la constitución y las competencias del comité de investigación. Lo lee con la desagradable sensación de que el corazón le bate en el pecho. A mitad de lectura pierde la concentración. Se levanta, cierra con llave la puerta de su despacho y vuelve a sentarse con el papel en la mano, procurando imaginar qué es lo que ha ocurrido.

Melanie jamás hubiera dado un paso semejante por su propia iniciativa, de eso está plenamente convencido. Es demasiado inocente, demasiado ignorante de su poder. Él, ese hombrecillo del traje demasiado holgado, debe de estar detrás de todo esto: él y la prima Pauline, la sencilla, la dueña. Ellos dos han debido de convencerla, vencer su resistencia y, al final, escoltarla a las oficinas de administración.

«Deseamos interponer una queja», han debido de decir.

«¿Interponer una queja? ¿Qué clase de queja?»

«Se trata de un asunto privado.»

«Una queja por acoso —habría mediado la prima Pauline mientras Melanie permanecía avergonzada ante el mostrador—. Contra un profesor.»

«Vayan a la sala número tal.»

En la sala número tal, él, Isaacs, se habría sentido más osado.

«Deseamos interponer una queja contra uno de los profesores.»

«¿Lo han pensado a fondo? ¿De veras que es eso lo que desean hacer?», habrá respondido el administrativo de turno, de acuerdo con el procedimiento habitual en casos como este.

«Sí, sabemos perfectamente qué es lo que deseamos hacer», habrá dicho él mirando a su hija, retándola a que pusiera la menor objeción.

Hay que rellenar un formulario. El papel se materializa delante de ellos junto a un bolígrafo. Una de las manos empuña el bolígrafo, una mano que él ha besado, una mano que él conoce íntimamente. Primero, el nombre de la demandante: MELANIE ISAACS, en esmeradas letras de molde. Por la columna de apartados varios, titubea la mano en busca del que debe señalar. *Ese*, apunta el dedo manchado de nicotina del padre. La mano se detiene, se apoya en el formulario, traza la equis en la casilla correspondiente, la cruz de la rectitud misma: *J'accuse*. Luego hay un espacio para el nombre del acusado. DAVID LURIE, escribe esa mano. PROFESOR. Por último, a pie de página, la fecha y la firma: el arabesco de la *M*, la *l* con una ampulosa lazada superior y el trazo recto, de arriba abajo, en el caso de la *I*; para terminar, un último adorno en el rabo de la *s*.

La suerte está echada. Dos nombres sobre la página, el suyo y el de ella, uno junto al otro. Dos en un lecho, pero ya no amantes, sino enemigos.

Llama a la oficina del Vicerrectorado y le conciertan una cita a las cinco en punto, fuera del horario habitual.

A las cinco en punto está esperando en el pasillo. Aram Hakim, pulcro y juvenil, sale para hacerlo pasar. Ya hay dos personas en el despacho: Elaine Winter, la jefa de su departamento, y Farodia Rassool, de la Facultad de Ciencias Sociales, que preside el comité conjunto de la universidad para asuntos de discriminación.

—Es bastante tarde, David, y todos sabemos por qué estamos aquí —dice Hakim—, así que vayamos directos al grano. ¿Cuál es la mejor manera de abordar este asunto?

—Podrías informarme sobre la queja interpuesta.

—Como quieras. Se trata de una queja interpuesta

por Melanie Isaacs. Y también —mira de reojo a Elaine Winter— se trata de ciertas irregularidades previas que parecen involucrar a la señorita Isaacs. ¿Elaine?

Elaine Winter entra al trapo. Él nunca le ha caído bien; lo considera un mero remanente del pasado, que cuanto antes se quite de en medio mejor será para todos.

—Hay algún punto oscuro sobre la asistencia a clase de la señorita Isaacs, David. Según afirma ella, y debo decir que he hablado con ella por teléfono, solo ha asistido a dos clases durante todo el mes pasado. De ser cierto, deberías haber dado cuenta de sus faltas de asistencia. También dice que no estuvo en clase el día del examen parcial. No obstante —echa un vistazo a la carpeta que tiene delante—, de acuerdo con tu hoja de incidencias, su asistencia es impecable y ha conseguido incluso una nota de setenta en el parcial. —Lo mira un tanto socarrona—. A menos que haya dos Melanie Isaacs...

—Solamente hay una —dice él—. No tengo defensa alguna.

Hakim interviene, conciliador.

—Amigos, este no es el momento de andarnos con cuestiones superfluas. Lo que deberíamos hacer —mira a las otras dos— es aclarar cuanto antes el procedimiento a seguir. No será preciso subrayar, David, que este asunto será tratado con la confidencialidad más estricta. Te lo garantizo. Tu nombre estará protegido en todo momento, al igual que el de la señorita Isaacs. Se ha de constituir una comisión cuya función sea determinar si existe fundamento o no para tomar medidas disciplinarias. Tú mismo, o tu representante ante la ley, tendréis la posibilidad de impugnar su composición. Las sesiones tendrán lugar a puerta cerrada. Entretanto, hasta que el comité emita una recomendación al rector y el rector actúe como estime oportuno, todo sigue igual que hasta ahora. La señorita Isaacs ha renunciado oficialmente a la matrícula del curso que tú impartes, y de ti se espera que te abstengas de trabar todo contacto con ella. ¿Se me pasa alguna cosa por alto? ¿Farodia, Elaine?

Fruncidos los labios, la doctora Rassool niega con un simple movimiento de la cabeza.

—Este asunto del acoso siempre es muy complejo, David, tan complejo como desafortunado, pero creemos que nuestro procedimiento es justo, de modo que iremos paso a paso y seguiremos las normas que ha comentado Hakim. Quisiera hacerte una recomendación: familiarízate a fondo con el procedimiento y, si te parece conveniente, provéete de un asesor legal.

Está a punto de responder, pero Hakim alza la mano a modo de advertencia.

—Consúltalo con la almohada, David —dice.

Esa es la gota que colma el vaso.

—No me digas qué he de hacer. No soy un crío.

Se va del despacho hecho un basilisco. Lo malo es que el edificio está cerrado y el portero se ha marchado ya. La puerta de atrás también está cerrada. Hakim tiene que abrirle la puerta para salir.

Llueve.

—Resguárdate en mi paraguas —dice Hakim. Y al llegar a su coche, añade—: Si no te importa que te hable de tú a tú, David, quiero que sepas que gozas de toda mi simpatía. Estas cosas pueden ser el infierno.

Conoce a Hakim desde hace años. Antiguamente, cuando hacía deporte, jugaban al tenis juntos. Ahora no está de humor para ese intercambio de camaradería varonil. Se encoge de hombros, irritado, y entra en su coche.

Se supone que ha de ser un asunto confidencial, pero está claro que no lo es: es evidente que la gente habla por los codos. ¿Por qué, si no, se apagan todas las conversaciones cuando entra en la sala de profesores? ¿Por qué una colega más joven, con la que hasta la fecha ha tenido un trato absolutamente cordial, deja su taza de té y se marcha con la vista al frente, sin saludarlo al pasar junto a él? ¿Por qué solo se presentan dos alumnos para su primera clase sobre Baudelaire?

Es la trituradora de las habladurías, piensa, que no para de funcionar de día ni de noche, y que hace trizas cualquier reputación. La comunidad de los rectos, de los que tienen toda la razón, celebra sesiones en cada esquina, por teléfono, a puerta cerrada. Murmullos maliciosos. *Schadenfreude.* Primero, la sentencia; luego ya vendrá el juicio.

Por los pasillos de la Facultad de Comunicación se toma muy a pecho lo de caminar con la cabeza bien alta.

Habla con el abogado que se ocupó de su divorcio.

—Vamos a ver si antes que nada dejamos bien clara una cosa —dice el abogado—. ¿Hasta qué punto son ciertas las imputaciones?

—Son bastante ciertas. Tuve una aventura con la chica.

—¿Una aventura? ¿Iba en serio?

—¿Qué más dará que fuera en serio? Pasada cierta edad, todas las aventuras van en serio. Igual que los ataques cardíacos.

—Bien, pues mi primer consejo es que, por pura estrategia, consigas que te represente una mujer. —Le facilita dos nombres—. Propón un acuerdo en privado. Cedes en ciertos frentes, tal vez solicitas incluso una excedencia, a cambio de lo cual la universidad convence a la chica, o a su familia, de que renuncie a interponer sus acusaciones. Es lo mejor que puedes esperar. Quédate con la tarjeta amarilla, minimiza los perjuicios, espera a que el escándalo se apague por sí solo.

—¿A qué frentes te refieres?

—A que aceptes someterte a un curso de aprendizaje de sensibilidad. A prestar servicios a la comunidad. A comenzar tratamiento con un psicólogo. Lo que puedas pactar.

—¿Tratamiento con un psicólogo? ¿Yo necesito tratamiento con un psicólogo?

—No te lo tomes a mal. Lo único que he querido decir es que una de las opciones que se te ofrecen podría ser esa.

—¿Para ponerme el tornillo que me falta? ¿Para curarme? ¿Para evitarme esos deseos inapropiados?

El abogado se encoge de hombros.

—Para lo que sea.

En el campus universitario, esa semana se inicia una Campaña de Sensibilización Popular Contra las Violaciones. Mujeres Contra la Violación, grupo de presión combativo donde los haya, anuncia una sentada de veinticuatro horas en solidaridad con las «víctimas recientes». Alguien le cuela un panfleto por debajo de la puerta del despacho: LAS MUJERES SE DEFIENDEN. Al pie, garabateado a lápiz, un mensaje personalizado: SE ACABÓ LO QUE SE DABA, CASANOVA.

Cena con su ex mujer, Rosalind. Llevan ocho años separados. Poco a poco, con cautela, han ido retomando una antigua amistad, al menos en cierto modo. Son como los veteranos de guerra. A él lo tranquiliza que Rosalind siga viviendo cerca; puede que ella sienta lo mismo. Es una persona con la que puede contar cuando llegue lo peor: la caída en la bañera, las manchas de sangre en una deposición.

Hablan de Lucy, hija única de su primer matrimonio, que ahora vive en una granja en la provincia del Cabo Oriental.

—Puede que pronto vaya a verla —dice él—. Estoy pensando en hacer un viaje.

—¿En pleno curso?

—El curso casi ha terminado. Solo quedan otras dos semanas de clase.

—¿Tiene algo que ver con los problemas que te han surgido? Tengo entendido que tienes problemas.

—¿Dónde lo has oído?

—Todo el mundo lo comenta, David. Todo el mundo

está al corriente de tu última aventura, incluidos los detalles más sabrosos. A nadie le interesa que esto quede en secreto, a nadie salvo a ti. ¿Me permites que te diga lo ridículo que me parece todo esto?

—No, no te lo permito.

—Pues tendrás que dejar que me explaye. Me parece ridículo y me parece escabroso. No sé qué es lo que haces con tus asuntos sexuales y tampoco tengo ganas de saberlo, pero te aseguro que esta no es la mejor manera de ir por la vida. ¿Cuántos años tienes? ¿Cincuenta y dos? ¿A ti te parece que a una chica joven le resulta placentero acostarse con un hombre de tu edad? ¿Tú crees que le gusta verte en medio de tus...? ¿Lo has pensado alguna vez?

Él permanece en silencio.

—No cuentes con mi simpatía, David. No cuentes con la simpatía de nadie. Ahora no hay simpatía, no hay compasión para nadie en estos tiempos que corren. Todos se van a poner contra ti, y, si lo piensas bien, ¿por qué no? De veras que no lo entiendo. ¿Cómo has podido?

Ha vuelto ese viejo tono, el tono que prevaleció durante los últimos años de su vida en común: el tono de la recriminación apasionada. Hasta la propia Rosalind debe de darse cuenta. Sin embargo, tal vez no le falte razón. Tal vez los jóvenes tengan todo el derecho del mundo a vivir protegidos del espectáculo que dan sus mayores cuando están inmersos en los espasmos de la pasión. A fin de cuentas, para eso están las putas: para hacer de tripas corazón y aguantar los momentos de éxtasis de los que ya no tienen derecho al amor.

—Bueno —sigue diciendo Rosalind—, me decías que vas a ver pronto a Lucy.

—Sí, he pensado que cuando termine la investigación interna cogeré el coche para irme a pasar unos días con ella.

—¿La investigación interna?

—Hay una reunión del comité la semana que viene.

—Caramba, qué rápido va todo. Y después de visitar a Lucy, ¿qué harás?

—Pues no lo sé. No estoy seguro de que se me permita volver a la universidad. Creo que no las tengo todas conmigo, pero es que tampoco estoy seguro de que me apetezca volver a dar clase.

Rosalind menea la cabeza.

—Qué final tan infame para tu carrera académica, ¿no crees? No te voy a preguntar si ha valido la pena por lo que le hayas sacado a esa chica, pero me parece un precio bastante elevado. ¿Qué harás después con todo tu tiempo? ¿Qué va a ser de tu pensión?

—Llegaré a algún acuerdo con ellos. Es imposible que me dejen sin blanca.

—¿Imposible? Yo en tu lugar no estaría tan tranquilo. ¿Cuántos años tiene… tu enamorada?

—Veinte. Es mayor de edad. Tiene edad suficiente para saber a qué juega.

—Lo que se cuenta por ahí es que se tomó somníferos. ¿Es cierto?

—No sé nada al respecto. A mí eso me suena a pura invención. ¿Quién te ha dicho lo de los somníferos?

Ella hace caso omiso de su pregunta.

—¿Estaba enamorada de ti? ¿La dejaste plantada?

—No. Ni lo uno ni lo otro.

—Entonces no lo entiendo. ¿Por qué ha interpuesto la queja?

—¿Quién sabe? Ella no me confió nada. Alguna batalla, a saber de qué tipo, se estaba librando entre bastidores, y de esa batalla yo no supe nada. Por un lado, hay un novio celoso. Por otro, los padres indignados. Al final, la pobre debe de haberse venido abajo. Todo esto me ha cogido completamente por sorpresa.

—Deberías haber tenido un poco más de seso, David. Ya eres demasiado viejo para enredarte con las hijas de otras personas. Deberías haber supuesto que llegaría lo peor. En cualquier caso, todo esto me parece muy denigrante, la verdad.

—Aún no me has preguntado si la quiero. ¿No se supone que deberías preguntarme eso también?

—De acuerdo. ¿Estás enamorado de esa joven que está arrastrando tu nombre por el fango?

—Ella no es la responsable de eso. No le eches la culpa.

—¡Que no le eche la culpa! Pero… pero… ¿tú de qué lado estás? ¡Pues claro que le echo la culpa! Te culpo a ti y la culpo a ella. Todo esto es una desgracia de principio a fin. Una desgracia y una vulgaridad. Y no te creas que lamento lo que te he dicho.

En los viejos tiempos, llegados a este punto él se habría enfurecido. Pero esta noche no. Rosalind y él han desarrollado una piel bien gruesa para defenderse el uno contra el otro.

Al día siguiente lo llama Rosalind.

—David, ¿has visto el *Argus* de hoy?

—No.

—Bueno, pues prepárate. Aparece un artículo sobre ti.

—¿Qué dice?

—Mejor será que lo leas tú.

El reportaje aparece en la página tres: «Profesor imputado por acoso sexual», reza el titular. Se salta las primeras líneas. «… Está prevista su comparecencia ante un comité disciplinario para responder a una acusación de acoso sexual. La Universidad Técnica de Ciudad del Cabo no dice palabra acerca de este asunto, el último escándalo de una serie en la que se incluyen concesiones fraudulentas de becas y presuntas sesiones de sexo en grupo en algunas residencias de estudiantes. No ha sido posible hablar con Lurie (53 años), autor de un libro sobre William Wordsworth, el poeta de la naturaleza.»

William Wordsworth (1770-1850), el poeta de la naturaleza. David Lurie (1945-?), comentarista y desgraciado discípulo del susodicho William Wordsworth. Bendito sea el retoño recién parido. No será un paria. Bendita sea la criatura.

# 6

La comparecencia se celebra en una sala de juntas contigua al despacho de Hakim. Alguien lo hace pasar a la sala y lo sienta a una cabecera de la mesa: nada menos que Manas Mathabane, profesor de Estudios Religiosos, que presidirá la comisión de investigación. A su izquierda se sientan Hakim, su secretaria y una joven, una estudiante; a su derecha, los tres componentes de la comisión de Mathabane.

No está nervioso. Al contrario, se siente muy seguro de sí mismo. El corazón le late acompasado, ha dormido bien. Será la vanidad, piensa, la peligrosa vanidad del jugador: vanidad y convicción de estar en lo cierto. Se ha internado en todo este proceso con un estado de ánimo poco aconsejable. Pero le da igual.

Con un movimiento de cabeza saluda a los miembros de la comisión. A dos ya los conoce: Farodia Rassool y Desmond Swarts, decano de la Facultad de Ingeniería. La tercera, según la información impresa que tiene delante de las narices, es una experta en finanzas que da clases en la Facultad de Económicas.

—La comisión aquí reunida, profesor Lurie —dice Mathabane para abrir la sesión—, carece de poderes. Tan solo podrá emitir recomendaciones. Por si fuera poco, está usted en su derecho si desea impugnar la composición de la misma. Así pues, permítame preguntarle si hay algún miembro de la comisión que, según su recto saber y entender, pudiera actuar de forma prejuzgada contra su persona.

—No está en mi ánimo hacer ninguna impugnación legal —responde—. Sí que tengo ciertas reservas de índole filosófica, pero imagino que eso estará fuera de lugar.

Hay cambios de postura de todos los presentes y algún que otro movimiento de inquietud.

—Entiendo que es aconsejable que nos circunscribamos al sentido legal del término —dice Mathabane—. No tiene usted ninguna objeción a la composición de la comisión. ¿Tiene alguna objeción a la presencia de una estudiante, en calidad de observadora, que pertenece a la Liga Contra la Discriminación?

—No tengo ningún miedo de la comisión. No tengo ningún miedo de la observadora.

—Muy bien. Vayamos al asunto que nos ocupa. La primera demandante es la señorita Melanie Isaacs, alumna del programa de teatro, quien ha hecho una declaración de la que todos ustedes tienen copia. ¿Es preciso que resuma esa declaración? ¿Profesor Lurie?

—¿He de entender, señor presidente, que la señorita Isaacs no comparecerá ante esta comisión?

—La señorita Isaacs compareció ayer ante esta comisión. Permítame recordarle una vez más que esto no es un juicio, sino una investigación. Las reglas que rigen nuestro procedimiento no son las de un tribunal legal. ¿Le plantea esto algún problema?

—No.

—Un segundo demandante, en relación con el primero —sigue diciendo Mathabane—, es el que representa a la Oficina de Registro por mediación de la Oficina de Actas de los Alumnos, y su demanda se refiere a la validez de las actas que corresponden a la señorita Isaacs. La demanda consiste en aclarar que la señorita Isaacs no asistió a todas las clases y tampoco cumplimentó todos los trabajos escritos de la asignatura, por no decir que no estuvo presente en todos los exámenes en los cuales ha acreditado usted su presencia.

—¿Eso es todo? ¿Esas son las acusaciones que se me imputan?

—Así es.

Respira hondo.

—Estoy convencido de que los miembros de esta comisión tienen mejores asuntos en los cuales ocupar su tiempo, antes que meterse a discutir de nuevo, pormenorizadamente, una historia sobre la cual no cabrá discrepancia alguna. Me declaro culpable de ambos cargos. Emitan ustedes su veredicto y sigamos cada cual con su vida.

Hakim se inclina hacia Mathabane: entre ambos cruzan palabras inaudibles.

—Profesor Lurie —dice Hakim—, me veo en la obligación de repetirle que esto es tan solo una comisión de investigación. Su cometido estriba en oír a las dos partes en litigio y emitir después una recomendación. Carece del poder de tomar decisiones al respecto. Vuelvo a preguntarle si no sería mejor que lo representase alguien que tuviese conocimiento de nuestros procedimientos.

—No necesito de ninguna representación. Estoy en perfectas condiciones de representarme a mí mismo ante esta comisión. ¿Debo entender que, a pesar de la súplica que acabo de hacerles, hemos de continuar la vista preliminar del caso?

—Deseamos darle la oportunidad de que manifieste cuál es su postura.

—He dejado bien clara mi postura. Soy culpable.

—¿Culpable de qué?

—De todo lo que se me acuse.

—Su actitud solo nos llevará a dar rodeos, profesor Lurie.

—Insisto: culpable de todo lo que declare la señorita Isaacs y de falsear las actas.

Interviene Farodia Rassool.

—Dice usted que acepta la declaración de la señorita Isaacs, profesor Lurie, pero ¿ha llegado a leerla con el debido detenimiento?

—No deseo leer la declaración de la señorita Isaacs. La acepto tal cual está. No conozco razón alguna por la cual debiera mentir la señorita Isaacs.

—Ya, pero... ¿no sería más prudente por su parte que leyera la declaración antes de aceptarla?

—No. En la vida hay cosas más importantes que la prudencia.

Farodia Rassool se retrepa en su butaca.

—Todo esto es muy quijotesco, profesor Lurie. Me pregunto si puede permitírselo usted. Tengo la impresión de que nuestro deber también estriba en protegerle a usted de sí mismo.

Dedica a Hakim una sonrisa glacial.

—Dice usted que no ha buscado asesoramiento legal de ninguna clase. ¿No ha consultado este asunto con alguien, con un sacerdote, por ejemplo, o con un psicólogo? ¿Estaría dispuesto a someterse a tratamiento psicológico?

La pregunta la formula la joven de la Facultad de Económicas. Él nota que empieza a erizársele el vello.

—No, no he solicitado asesoramiento alguno, y tampoco tengo intención de hacerlo. Soy un hombre adulto. No soy receptivo a los consejos. Me encuentro al margen del alcance que puedan tener los consejos. —Se vuelve hacia Mathabane—. He hecho mi declaración de culpabilidad, luego ¿existe alguna razón de que prosigamos este debate?

Entre Mathabane y Hakim se dirime una nueva consulta en susurros.

—Se me ha propuesto que la comisión haga un inciso —dice Mathabane— para discutir la declaración del profesor Lurie.

Ronda de asentimientos por parte de los presentes.

—Profesor Lurie, ¿puedo pedirle que salga unos minutos de esta sala, usted y la señorita Van Wyk, mientras la comisión delibera?

Junto con la estudiante observadora, se retira al despacho de Hakim. Entre ellos no se cruza una sola palabra. Está claro que la chica se siente incómoda. SE ACABÓ LO QUE SE DABA, CASANOVA. ¿Qué pensará del tal Casanova, ahora que lo tiene cara a cara?

Vuelven a convocarlos. El ambiente de la sala de juntas no es bueno. A él le parece que se ha agriado incluso más que antes.

—Bien —dice Mathabane—, reanudemos la sesión: profesor Lurie, ¿dice usted que acepta la verdad contenida en las acusaciones vertidas contra su persona?

—Acepto todo lo que la señorita Isaacs quiera alegar.

—Doctora Rassool, ¿hay algo que desee decir?

—Sí. Quiero que conste una objeción a estas respuestas que da el profesor Lurie, porque las considero fundamentalmente evasivas. El profesor Lurie dice que acepta las acusaciones. Sin embargo, cuando tratamos de precisar qué es lo que de hecho acepta, nos encontramos con una burla sutil por su parte. A mí eso me hace pensar que acepta las acusaciones solo de forma nominal. En un caso con tantas connotaciones como este, la comunidad tiene todo el derecho a saber...

No está dispuesto a dejarlo pasar así.

—Este caso carece de connotaciones —replica.

—La comunidad tiene todo el derecho a saber —sigue diciendo ella a la vez que levanta la voz con una facilidad que demuestra que ha ensayado una y mil veces la manera de pasar por encima de él—, a saber qué es lo que el profesor Lurie reconoce de manera específica, y cuál es, por tanto, la razón de que se le censure.

—Caso de que sea censurado —puntualiza Mathabane.

—Caso de que lo sea. No podremos cumplir con nuestro cometido si no obramos con claridad cristalina tanto en nuestra manera de percibir el caso como en nuestra manera de recomendar lo que haya de hacerse, con respecto a los actos por los cuales se ha de censurar al profesor Lurie.

—En nuestra manera de percibir el caso obramos con claridad cristalina, doctora Rassool. La cuestión estriba en saber si en el ánimo del profesor Lurie reina esa misma claridad cristalina.

—Exacto. Ha expresado usted con toda exactitud lo que yo deseaba decir.

Lo más sensato sería callarse la boca, pero él no lo hace.

—Lo que yo perciba y el modo en que lo perciba es asunto mío, Farodia, y no suyo —dice—. Con franqueza, entiendo que lo que desean de mí no es una respuesta, sino una confesión. Pues bien: no he de confesar. Expreso una súplica, y tengo derecho a hacerlo. Quiero que se me considere culpable de acuerdo con las acusaciones, esa es mi súplica ante esta comisión. Hasta ahí estoy dispuesto a llegar.

—Señor presidente, quiero expresar mi protesta. Esta cuestión va mucho más allá de los simples tecnicismos. El profesor Lurie se declara culpable, y yo me pregunto: ¿acepta él cargar con su culpa o simplemente cumple el trámite con la esperanza de que el caso quede enterrado por el papeleo burocrático al uso y termine por caer en el olvido? Si se limita a cumplir el trámite, le apremio para que le sea impuesta la pena más severa.

—Permítame recordarle una vez más, doctora Rassool —dice Mathabane—, que no está en nuestra mano la imposición de pena alguna.

—En tal caso, propongo que recomendemos la pena

más severa que pueda imponerse. El profesor Lurie será despedido de la universidad con efecto inmediato, y a la vez suspendido de todos sus beneficios y privilegios.

—¿David? —La voz pertenece a Desmond Swarts, que hasta el momento no había abierto la boca—. David, ¿estás seguro de que esta es la mejor manera que tienes de afrontar tu situación? —Swarts se gira hacia el presidente—. Señor presidente, tal como dije cuando el profesor Lurie se encontraba ausente de la sala, soy de la firme opinión de que en calidad de miembros de un claustro universitario no deberíamos proceder contra un colega de manera tan fría y formalista. David, ¿estás seguro de que no quieres solicitar un aplazamiento de la vista preliminar del caso para disponer de un tiempo de reflexión, tal vez para consultar con alguien?

—¿Por qué? ¿Qué es lo que habría de reflexionar?

—La gravedad de tu situación, y si te lo digo es porque no estoy muy seguro de que lo hayas comprendido a fondo. Si quieres que te lo diga sin pelos en la lengua, corres el riesgo de perder tu trabajo. Y eso no es ninguna broma en los tiempos que corren.

—¿Qué me aconsejas que haga? ¿Que suprima lo que la doctora Rassool ha calificado de burla sutil en mi manera de hablar? ¿Que derrame abundantes lágrimas de contrición? ¿Bastaría con eso para salvarme?

—Tal vez te cueste trabajo creerlo, David, pero los que estamos sentados en torno a esta mesa no somos tus enemigos. Todos nosotros tenemos nuestros momentos de flaqueza, todos somos humanos. Tu caso no es excepcional. Nos gustaría hallar una vía para que sigas adelante con tu carrera académica.

Hakim se suma a la filípica con toda naturalidad.

—Nos gustaría ayudarte, David, encontrar una salida de lo que sin duda es una pesadilla.

Son sus amigos. Quieren salvarlo de sus propias debilidades, hacerle despertar de su pesadilla. No desean verlo mendigando por las calles. Desean que vuelva a dar clase.

—En este coro de buenas voluntades —dice— no distingo voces femeninas.

Se hace el silencio.

—Muy bien —añade—, como ustedes gusten. Permítanme hacer mi confesión. La historia comienza una tarde, ya de anochecida. He olvidado la fecha, pero sé que no hace todavía mucho tiempo. Iba caminando por los viejos jardines de la universidad y resultó que también pasaba por allí la joven en cuestión, la señorita Isaacs. Nuestros caminos se cruzaron. Cambiamos algunas palabras, y en ese momento sucedió algo que, como no soy poeta, ni siquiera trataré de describir. Baste decir que Eros entró en escena. Y después de esa aparición yo ya no fui el mismo de antes.

—¿Que ya no fue el mismo qué? —pregunta la experta en finanzas con cautela.

—Quiero decir que ya no fui el mismo de siempre. Dejé de ser un divorciado de cincuenta y dos años de edad y sin nada que hacer en esta vida. Me convertí en un sirviente de Eros.

—¿Es esa la defensa que quiere proponernos? ¿Un impulso irresistible?

—No se trata de una defensa. Ustedes desean una confesión y yo les ofrezco una confesión. En cuanto al impulso, lejos estuvo de ser irresistible. Muchas veces, en el pasado, me he negado a ceder a impulsos muy similares, y conste que me avergüenza reconocerlo.

—¿No consideras que la propia naturaleza de la vida académica por fuerza exige ciertos sacrificios? ¿No crees que por el bien de todos nosotros hemos de negarnos ciertas gratificaciones? —le pregunta Swarts.

—¿Tienes en mente prohibir todo trato íntimo entre personas de distintas generaciones?

—No, no necesariamente. Pero en calidad de profesores ocupamos una posición de poder. Tal vez se trate de prohibirnos caer en la tentación de mezclar toda relación de poder con una relación sexual. Y entiendo que esto es lo que se trata de dirimir en todo este asunto. Si no una prohibición, yo aconsejaría una cautela extrema.

Interviene Farodia Rassool.

—Ya estamos dando vueltas a la noria otra vez, señor presidente. Sí, dice que es culpable; no obstante, cuando procuramos obtener algo más específico, de golpe y porrazo se trata no del abuso del que ha sido víctima una joven, que de eso no se confiesa culpable, sino de un mero impulso al que no pudo o no quiso resistirse, sin hacer una sola mención del dolor que ha causado, una sola mención de la ya larguísima historia de explotación de la que este asunto no es más que un nuevo capítulo. Por esa razón insisto en que es fútil seguir discutiendo con el profesor Lurie. Hemos de tomarnos su petición tal cual es y darle el valor que tiene; hemos de expresar nuestra recomendación en consonancia.

*Abuso*: estaba esperando a que saliera la palabra. Dicha por una voz que tiembla debido a la rectitud de que se inviste. ¿Qué es lo que ve ella cuando lo mira, y que la mantiene sumida en semejante pozo de cólera? ¿Un tiburón suelto entre los pobres peces chicos? ¿O acaso es otra visión la que tiene, la de un macho dotado de un miembro grueso, enorme, hincándose en una chiquilla, mientras con su mano descomunal ahoga los chillidos de pánico que pugnan por salir de sus labios? ¡Qué absurdo! En ese instante lo recuerda: el día anterior estuvieron todos reunidos en esa misma sala, y Melanie estuvo ante ellos, Melanie, que apenas le llega a la altura del hombro. Desigual: ¿cómo podría negarlo?

—Yo tiendo a estar de acuerdo con la doctora Rassool —dice la experta en finanzas—. A menos que haya algo que el profesor Lurie desee añadir, creo que deberíamos proceder a tomar una decisión.

—Antes de eso, señor presidente —apunta Swarts—, me gustaría hacer un último ruego al profesor Lurie. ¿Existe algún tipo de declaración oficial que estuviera dispuesto a suscribir?

—¿Por qué? ¿Qué importancia tiene que suscriba una declaración oficial?

—Porque eso ayudaría a enfriar una situación que ha terminado por ser muy acalorada. Lo ideal sería que resolviésemos este asunto lejos de los focos de los medios de comunicación, y todos lo habríamos preferido así. Pero no ha sido posible. El caso ha recibido muchísima atención por parte de los medios, ha adquirido connotaciones que han escapado a nuestro control. Todas las miradas están pendientes de la universidad, del modo en que resolvamos el caso. Escuchándote, David, tengo la impresión de que estás recibiendo un tratamiento harto injusto. Y eso es un error. Los miembros de esta comisión nos vemos como personas que tratan de hallar una solución de compromiso que te permita mantener tu puesto de trabajo. Por eso he preguntado si existe una forma de declaración pública con la que puedas convivir, una declaración pública que nos permita recomendar algo por debajo de la sanción más severa, es decir, tu despido y tu censura.

—¿Quieres decir que si estoy dispuesto a humillarme y a suplicar clemencia?

Swarts suspira.

—David, de poco servirá que te mofes de nuestros esfuerzos. Acepta al menos un aplazamiento, de modo que puedas pensar más a fondo en tu delicada situación.

—¿Qué deseas que contenga esa declaración?

—Un reconocimiento explícito de que te equivocaste.

—Eso lo he reconocido antes. Y libremente. He dicho que soy culpable de los cargos que se me imputan.

—No juegues con nosotros, David. Hay una diferencia clara entre declararse culpable de una acusación y reconocer que te equivocaste, y lo sabes de sobra.

—¿Y con eso estarás satisfecho? ¿Con que reconozca que me equivoqué?

—No —dice Farodia Rassool—. Eso sería como volver a empezar. En primer lugar, el profesor Lurie debe hacer su declaración. Luego, llegado el caso, nosotros decidiremos si nos resulta aceptable a modo de disculpa. Aquí no se negocia previamente sobre el contenido que haya de tener esa declaración. La declaración debe salir de él, con sus propias palabras. Luego veremos si lo dice de corazón.

—¿Y así supone usted que lo adivinará a ciencia cierta por las palabras que yo emplee, que adivinará si es de corazón?

—Así veremos cuál es la actitud que expresa. Veremos si expresa o no la debida contrición.

—Muy bien. Me beneficié de mi situación, del privilegio de que gozaba cara a cara con la señorita Isaacs. Me equivoqué al hacerlo y lo lamento. ¿Le parece suficiente?

—La cuestión no es si me parece suficiente, profesor Lurie. La cuestión es, más bien, si será suficiente para usted. ¿Refleja sus sentimientos más sinceros?

Niega con un gesto.

—Le he formulado esas palabras, y ahora quiere algo más: que demuestre que son sinceras. Eso es una rematada ridiculez. Eso queda mucho más allá del alcance de la ley. Estoy harto, así que volvamos a jugar de acuerdo con las reglas establecidas. Me declaro culpable. Eso es cuanto estoy dispuesto a decir.

—Entendido —dice Mathabane desde su cabecera de la mesa—. Si no hay más preguntas para el profesor Lurie, le doy las gracias por su asistencia y le doy permiso para abandonar la vista del caso.

Al principio no lo reconocen. Ya va por la mitad de la escalera cuando oye el grito: *¡Es él!*, al cual sigue un alboroto de pasos.

Lo alcanzan al pie de la escalera; alguien incluso lo sujeta de la chaqueta para detenerlo.

—¿Podemos hablar un minuto con usted, profesor Lurie? —dice una voz.

No hace caso y sigue su camino, atravesando el vestíbulo lleno de gente. Todos se vuelven a mirar al hombre de notable estatura que huye de sus perseguidores.

Alguien le cierra el paso.

—¡Un momento! —dice ella. Él evita su mirada cara a cara, se protege con la mano. Se dispara un flash.

Una muchacha lo rodea. Lleva el pelo repleto de abalorios de ámbar; le cuelga recto a uno y otro lado de la cara. Sonríe, muestra su blanca dentadura.

—¿Podemos pararnos a hablar un momento? —le dice.

—¿De qué?

Alguien le pone una grabadora delante. Él la aparta con un ademán.

—De qué tal ha ido.

—¿El qué?

—Pues la vista del caso, claro.

La cámara vuelve a soltar un destello.

—No puedo hacer comentarios al respecto.

—Entiendo. ¿Sobre qué puede hacer algún comentario?

—No hay nada que desee comentar.

Los ociosos y los curiosos han comenzado a apiñarse a su alrededor. Si desea marcharse, tendrá que abrirse paso entre todos ellos.

—¿Lo lamenta? —dice la muchacha. Le acercan la grabadora todavía más a la cara—. ¿Se arrepiente de lo que hizo?

—No —dice—. He salido enriquecido de la experiencia.

A la muchacha no le desaparece la sonrisa de la cara.

—¿Así que lo haría otra vez?

—No creo que tenga una nueva oportunidad.

—Ya, pero ¿y si la tuviera?

—Eso no es una pregunta que pueda responderse.

La muchacha quiere más, más palabras para el vientre de la maquinita, pero por el momento se queda sin saber cómo arrastrarlo a ulteriores indiscreciones.

—¿Que salió qué de la experiencia? —oye que alguien pregunta *sotto voce*.

—Que salió enriquecido.

Murmullos.

—Pregúntale si pidió disculpas —le dice alguien a la chica.

—Ya se lo he preguntado.

Confesiones, disculpas: ¿a qué viene tanta sed de que se rebaje? Se hace el silencio. Se apiñan a su alrededor como los cazadores que han acorralado a una extraña bestia y que no saben cómo rematarla.


La fotografía aparece en el periódico estudiantil del día siguiente, con el siguiente pie: «¿Y ahora quién es el idiota?». En ella figura él con la mirada vuelta al cielo, a la vez que tiende una mano hacia la cámara. La pose es de sobra ridícula, pero lo que la convierte en una joya única en su especie es la papelera invertida que sostiene por encima de él un joven que ostenta una sonrisa de oreja a oreja. Gracias a un juego de perspectiva, la papelera parece estar posada sobre su cabeza como un capirote o un sambenito. Frente a semejante imagen, ¿qué le queda por hacer?

«La comisión no dice palabra sobre su veredicto —dice el titular—. La comisión disciplinaria que investiga las acusaciones de acoso sexual y de graves faltas contra la ética que pesan sobre el profesor David Lurie ayer no dijo palabra acerca del veredicto. El presidente, Manas Mathabane, solo accedió a reseñar que las conclusiones han sido remitidas al rector para que este pase a la acción.

»Tras una muestra de esgrima verbal con miembros de Mujeres Contra la Violación después de la vista del caso, Lurie (53 años) dijo que sus experiencias con las estudiantes le han resultado "enriquecedoras".

»Las quejas presentadas contra Lurie, experto en poesía romántica, por los estudiantes de sus clases fueron el detonante de la situación.»

En su domicilio recibe una llamada de Mathabane.

—La comisión ya ha emitido su recomendación, David, y el rector me ha pedido que hable contigo por última vez. Está dispuesto a no tomar medidas extremas, me ha dicho, con la condición de que hagas una declaración pública, de tu puño y letra, que sea satisfactoria tanto desde nuestro punto de vista como desde el tuyo.

—Manas, ya hemos pasado antes por ese trecho del camino. Yo...

—Espera. Escúchame, déjame terminar. Tengo delante de mí un borrador de la declaración que satisfaría nuestros requisitos. Es bastante breve. ¿Me permites que te lo lea?

—Adelante.

Mathabane lee:

—«Reconozco sin reservas de ninguna clase haber incurrido en un grave abuso contra los derechos humanos que sin duda tiene la firmante de la queja contra mí interpuesta, aparte de haber incurrido en un abuso de la autoridad que ha delegado en mí la universidad. Pido sinceras disculpas a ambas partes y acepto la sanción apropiada que pueda serme impuesta.»

—¿«La sanción apropiada que pueda serme impuesta»? ¿Qué quiere decir eso?

—Según entiendo, no se te firmará la carta de despido. Con toda probabilidad se te pedirá que solicites una excedencia. Si con el tiempo vuelves a desempeñar tu trabajo de profesor, eso es algo que dependerá de ti y de la decisión que tomen tu decano y el jefe del departamento.

—¿Eso es todo? ¿Esa es la oferta?

—Eso es lo que yo entiendo. Si manifiestas tu entera disposición a suscribir esa declaración, que tendrá consideración de súplica de perdón, el rector estará dispuesto a aceptarla precisamente con ese espíritu.

—¿Qué espíritu?

—Espíritu de arrepentimiento.

—Manas, ayer repasamos a fondo todo el asunto del arrepentimiento. Te dije lo que pensaba al respecto. No estoy dispuesto a pasar por eso. Antes he comparecido ante un tribunal oficialmente constituido, ante una ramificación de la ley. Ante ese tribunal laico confesé mi culpabilidad, una confesión laica. Con esa súplica de perdón debería ser suficiente. El arrepentimiento no tiene nada que ver ni aquí ni allá. El arrepentimiento pertenece a otro mundo, a otro universo, a otro discurso.

—Estás confundiendo varias cuestiones, David. No se te ordena que te arrepientas. Lo que suceda en tu alma es algo oscuro e impenetrable para nosotros, que solo somos miembros de lo que tú llamas un tribunal laico y simples seres humanos iguales que tú. Lo que se te pide es que firmes una declaración.

—¿Se me exige que pida disculpas aun cuando no sea con toda sinceridad?

—El criterio que aquí importa no es tu sinceridad o tu falta de sinceridad. Eso es asunto, tal como digo, que habrás de ventilar a solas con tu conciencia. El criterio que de veras importa es saber si estás dispuesto a reconocer tu falta en público y a dar los pasos precisos para remediarla.

—Ahora sí que hilamos fino. Se me ha acusado y me he declarado culpable de las acusaciones. Eso es todo lo que necesitáis de mí.

—No. Es más lo que necesitamos. No mucho más: algo más, eso es todo. Espero que veas con claridad que eso es lo que tienes que darnos.

—Pues lo siento, pero no. No lo veo.

—David, no puedo seguir protegiéndote de ti mismo. Estoy harto, y lo mismo sucede con el resto de la comisión. ¿Quieres tiempo para pensarlo más despacio?

—No.

—Muy bien. Solo puedo decirte que tendrás noticias del rector.

# 7

Una vez que toma la resolución de marcharse hay muy poca cosa que lo retenga. Vacía la nevera, cierra la casa y a mediodía se encuentra ya en plena autopista. Hace un alto en Oudtshoorn; en realidad ha salido con el alba, y a media mañana está cerca de su destino, la ciudad de Salem, en la carretera de Grahamstown a Kenton, en la provincia del Cabo Oriental.

La pequeña hacienda de su hija se halla al final de una sinuosa pista de tierra, a unos cuantos kilómetros de la ciudad: cinco hectáreas de tierra, casi todas cultivables, un molino de viento que extrae agua de un pozo, establos y cobertizos, y una casona baja, amplia, pintada de amarillo, con el tejado de chapa de hierro ondulada y un porche. Una alambrada y algunos macizos de capuchinas y geranios señalan la linde de entrada; el resto es una explanada de tierra suelta y gravilla.

Hay una vieja furgoneta Volkswagen aparcada a la entrada; aparca tras ella. De la sombra del porche asoma Lucy a la luz del sol. Durante un momento él no la reconoce. Ha pasado un año desde la última vez, y ella ha engordado. Ahora tiene las caderas y los pechos (busca la palabra más adecuada) amplios. Descalza, cómoda, sale a saludarlo con los brazos abiertos, y de hecho lo abraza y lo besa en la mejilla.

¡Qué maravilla de chica!, piensa al abrazarla; ¡qué grata bienvenida al final de un viaje tan largo!

La casona, que es grande, oscura e, incluso a mediodía, algo fría, data de la época de las familias numerosas, la época en que los invitados llegaban en carretas llenas. Hace ya seis años que Lucy se instaló en ella cuando era miembro de una comuna, una tribu de jóvenes que comerciaban con artesanía de cuero y cerámica cocida al sol en Grahamstown, gente que entre las hortalizas cultivaba a escondidas esa variedad de marihuana que en Sudáfrica llaman *dagga*. Al deshacerse la comuna e irse casi todos hacia New Bethesda, Lucy se quedó en la hacienda con su amiga Helen. Se había enamorado del lugar, según dijo; deseaba sacarle rendimiento. Él la ayudó a comprársela. Ahora, ahí la tiene, con su vestido de flores, descalza y todo, en una casa en la que reina el olor del pan recién hecho: ya no es una niña que juega a ser granjera, sino una sólida campesina, una *boer-vrou*.

—Voy a alojarte en la habitación de Helen —dice—. El sol entra por la mañana. No te haces a la idea de lo frías que han sido las mañanas todo este invierno.

—¿Cómo está Helen? —pregunta él. Helen es una mujer más bien grandota, de aspecto triste, voz profunda y cutis feo, algo mayor que Lucy. Nunca ha sido capaz de entender qué es lo que ha visto Lucy en ella; en su fuero interno desearía que Lucy encontrara a alguien mejor, o que alguien mejor la encontrara a ella.

—Helen vive en Johannesburgo desde abril. Aparte de la ayuda de algún lugareño, desde entonces estoy sola.

—Eso no me lo habías dicho. ¿No te pone nerviosa vivir aquí sola?

Lucy se encoge de hombros.

—Bueno, están los perros. Los perros todavía significan lo que significan. Cuantos más perros, mayor la disuasión. Y, en todo caso, si alguien decidiera asaltar la casa, no veo por qué iban a estar mejor dos personas que una sola.

—Caramba, eso es muy filosófico.

—Sí. Cuando todo lo demás me falla, me pongo a filosofar.

—Pero al menos tendrás un arma.

—Tengo un fusil. Voy a enseñártelo. Se lo compré a un vecino. Nunca lo he usado, pero lo tengo.

—Muy bien. Eso me gusta: una filósofa armada.

Los perros y el fusil; el pan en el horno y la cosecha a punto de medrar. Es curioso que su madre y él, los dos gente de ciudad, intelectuales, hayan engendrado este paso atrás, a esta joven y recia colona. Pero tal vez no sean ellos quienes la hayan engendrado: tal vez en eso tenga más que decir la historia misma.

Ella le ofrece un té. Él tiene hambre: engulle dos rebanadas grandes de pan untadas de mermelada de pera, también hecha en casa. Ha de tener cuidado: nada es tan molesto para un hijo, o una hija, como el funcionamiento interno del cuerpo de su padre o de su madre.

Ella tampoco tiene las uñas demasiado limpias. Suciedad del campo: es algo en el fondo honorable, supone.

Deshace la maleta en la habitación de Helen. Los cajones están vacíos; en el enorme armario ropero solo cuelga un mono de trabajo de dril azul. Si Helen se ha ido, está claro que no es por una breve temporada.

Lucy lo lleva a conocer la hacienda. Le recuerda que no malgaste el agua, que no contamine la fosa séptica con residuos que no podría procesar. Él se sabe la lección, pero vuelve a escucharla atento como un chico bien educado. Ella le muestra después las perreras. Cuando la visitó la vez anterior solo había una. Ahora son cinco, todas ellas bien construidas: una base de cemento, postes de acero inoxidable, puntales y una recia malla de aluminio, a la sombra de unos jóvenes eucaliptos. Los perros se excitan nada más verla: hay algunos dóberman, pastores alemanes, ridgebacks de Rhodesia, bull terriers, rottweilers.

—A todos los usan como perros de vigilancia. Perros trabajadores —dice—. Pasan aquí breves temporadas: quince días, una semana, a veces solo un fin de semana. Los perros de compañía suelen venir durante las vacaciones de verano.

—¿Y gatos? ¿No acoges gatos?

—No te rías. Estoy pensando en dedicarme también a los gatos, pero aún no lo tengo claro.

—¿Todavía montas el puesto en el mercado?

—Sí, los sábados por la mañana. Ya te llevaré.

Así se gana la vida: con los perros que aloja en las perreras y con las flores y las hortalizas que vende en el mercado. Nada podría ser más simple.

—¿No se aburren los perros? —Señala un bulldog hembra de pelaje castaño que está solo en una jaula; con la cabeza apoyada entre las patas delanteras los mira detenidamente sin tomarse la molestia de ponerse en pie.

—¿*Katy*? La han abandonado. Los dueños me deben varios meses. No sé qué voy a hacer con ella. Supongo que intentaré encontrarle un nuevo dueño. Está un poco tristona, pero por lo demás no se encuentra mal. Todos los días sale a hacer ejercicio. La llevo yo o la lleva Petrus. Forma parte de sus ocupaciones.

—¿Petrus?

—Ya lo conocerás. De un tiempo a esta parte es mi ayudante. En realidad, desde marzo es copropietario de las tierras. Todo un personaje.

Pasea con ella hasta más allá del murete de adobe que forma la presa, donde una familia de patos surca las aguas con serenidad; van más allá de las colmenas, hasta la huerta: arriates de flores y hortalizas de invierno… coliflores, patatas, remolacha, acelgas, cebollas. Visitan el molino de viento y la represa que se encuentra ya en la linde de la finca. En los últimos dos años ha llovido bastante y el nivel del agua del embalse ha subido.

Habla de todas esas cosas a sus anchas. Es una granjera de frontera, pero de nuevo cuño. En los viejos tiempos, ganado y maíz. Hoy día, perros y narcisos. Cuanto más cambian las cosas, más idénticas permanecen. La historia se repite, aunque con modestia. Tal vez la historia haya aprendido una lección.

Vuelven bordeando un canal de riego. Los pies descalzos de Lucy se aferran a la tierra rojiza y dejan huellas claras, bien marcadas. Es una mujer de una sola pieza, engastada en su nueva vida. ¡Bien! Si eso es lo que ha de dejar atrás —esta hija, esta mujer—, no tiene de qué avergonzarse.

—No hará falta que me entretengas —dice ya de vuelta en la casa—. Me he traído algunos libros. Solo necesito una silla y una mesa.

—¿Estás trabajando en algo en particular? —pregunta ella con recelo, pues su trabajo no es un asunto del que hablen a menudo.

—Tengo algo planeado. Algo sobre los últimos años de Byron. No será un libro, o no lo será en el sentido de los libros que he escrito hasta ahora. Más bien será algo para la escena. Los personajes hablan e incluso cantan.

—No sabía que aún tuvieras ambiciones de ese tipo.

—Me pareció que era el momento de darme ese lujo. Pero también hay algo más. Todos queremos dejar algo atrás el día que nos vayamos de este mundo. Al menos, el hombre desea dejar algo que valga la pena. Para una mujer es más fácil.

—¿Por qué te parece más fácil para una mujer?

—Quiero decir que lo tiene más fácil para crear algo con vida propia.

—¿No es lo mismo que ser padre?

—Ser padre… No puedo evitar la sensación de que, en comparación con la maternidad, la paternidad es un asunto un tanto abstracto. Pero, bueno, habrá que esperar a ver qué sale. Si sale algo, serás la primera que lo escuche. La primera y probablemente la única.

—¿Piensas escribir tú la música?

—En su mayor parte la tomaré prestada. No tengo escrúpulos a la hora de tomarla en préstamo. Al principio pensé que era un asunto que exigiría una orquestación bastante pródiga, algo del estilo de Strauss. Y eso habría estado fuera de mi alcance. Ahora me inclino a pensar del modo opuesto, es decir, en un acompañamiento muy escueto: violín, cello, oboe o tal vez fagot... Pero todo esto no pasa aún de ser mera idea. No he escrito una sola nota. He estado ocupado en otras cosas. Supongo que habrás tenido noticia de mis complicaciones.

—Rosalind me contó algo por teléfono.

—Bueno, ahora prefiero que no entremos en eso. En otro momento.

—¿Has dejado la universidad para siempre?

—He dimitido. Se me exigió la dimisión.

—¿No lo echarás de menos?

—¿Que si lo echaré de menos? No lo sé. Nunca he sido un gran profesor. Creo que cada vez tenía menos capacidad de compenetración con mis alumnos. Lo que yo les dijera les daba igual. Por eso es posible que no lo eche de menos. Es posible que disfrute de esta liberación.

Hay un hombre en el umbral, un hombre alto, con mono de trabajo azul, botas de goma y gorro de lana.

—Pasa, Petrus. Te presento a mi padre —dice Lucy.

Petrus se limpia las botas. Se dan la mano. Una cara curtida, llena de arrugas; ojos astutos. ¿Cuarenta? ¿Cuarenta y cinco?

—El pulverizador —dice—. Necesito el pulverizador.

—Está en la furgoneta. Espera, yo iré a buscarlo.

Se queda a solas con Petrus.

—Te encargas de los perros —dice para salvar el silencio.

—Cuido de los perros y trabajo en la huerta. Sí. —Petrus esboza una ancha sonrisa—. Soy el hortelano y el perrero. —Reflexiona un instante—. El hombre perro —añade, saboreando la idea.

—Acabo de llegar desde Ciudad del Cabo. A veces me preocupa mi hija, viviendo aquí sola. Y esto está muy aislado.

—Sí —dice Petrus—. Es peligroso. —Pausa—. Todo es peligroso hoy día. Pero aquí todo va bien, o eso creo yo. —Y sonríe otra vez.

Lucy regresa con un frasco.

—Ya sabes la medida: una cucharada por cada diez litros de agua.

—Sí, lo sé —dice Petrus, y sale agachándose un poco por la puerta.

—Petrus parece un buen hombre —observa él.

—Tiene la cabeza bien puesta sobre los hombros.

—¿Vive en la finca?

—Petrus y su mujer disponen del establo viejo. He instalado una toma de electricidad. Es bastante cómodo. Tiene otra mujer en Adelaida, e hijos, algunos ya mayores. De vez en cuando se marcha a pasar una temporada allí.

Deja que Lucy se ocupe de sus faenas y da un paseo hasta la carretera de Kenton. Hace un frío día de invierno; el sol ya se pone sobre las rojas colinas salpicadas a trechos de hierba rala y blanquecina. Tierra pobre, terreno poco fértil, piensa. Esquilmada. Solo vale para las cabras. ¿De veras se propone Lucy pasar allí el resto de sus días? Confía en que no sea más que una fase pasajera.

Se cruza con un grupo de chiquillos que vuelven a casa de la escuela. Los saluda; le devuelven el saludo. Modales del campo. Ciudad del Cabo empieza a desaparecer engullida por el pasado.

Sin previo aviso lo asalta un recuerdo de la muchacha: sus pechos nítidos y pequeños, sus pezones erectos, su vientre liso y plano. Una oleada de deseo lo atraviesa. Es evidente que, fuera lo que fuese, no ha concluido aún.

Regresa a la casa y termina de deshacer las maletas. Mucho tiempo ha pasado desde que convivía con una mujer. Tendrá que estar atento con sus modales, limpio y presentable a todas horas.

*Amplia* es una palabra en el fondo demasiado amable para describir a Lucy. Pronto será una mujer indudablemente gruesa. Se descuida, tal como sucede cuando uno se retira del campo del amor. *Qu'est devenu ce front poli, ces cheveux blonds, sourcils voûtés?*

La cena es sencilla: sopa y pan, luego boniatos. No suelen gustarle los boniatos, pero Lucy hace un aliño con cáscara de limón, mantequilla y pimienta que los vuelve gratos de comer, sabrosos incluso.

—¿Piensas quedarte una temporada? —le pregunta.

—¿Una semana? Digamos que una semana. ¿Podrás soportarme durante tanto tiempo?

—Puedes quedarte todo el tiempo que quieras. Solo me da miedo que te aburras.

—No me aburriré.

—Y al cabo de esa semana, ¿adónde piensas ir?

—Todavía no lo sé. Puede que siga viajando, que haga un largo viaje sin destino concreto.

—Pues que sepas que aquí eres bienvenido si quieres quedarte.

—Es muy amable que digas eso, querida, pero prefiero conservar tu amistad. Las visitas prolongadas no son provechosas para las buenas amistades.

—¿Y si no lo llamamos visita? ¿Y si dijéramos que has venido a refugiarte? ¿No aceptarías refugiarte aquí por tiempo indefinido?

—¿Quieres decir asilo? Las cosas todavía no se han puesto tan difíciles, Lucy. No soy un fugitivo.

—Rosalind me dijo que el ambiente allá era muy hostil.

—Yo me lo he buscado. Me ofrecieron una solución de compromiso que no quise aceptar.

—¿Qué clase de compromiso?

—Reeducación. Reforma de mi carácter. La palabra clave fue *consejo*.

—¿Y acaso eres tan perfecto que no puedes aceptar ni un solo consejo?

—Es que me recuerda demasiado a la China maoísta. Retractación, autocrítica, pedir disculpas en público. Soy un hombre chapado a la antigua, prefiero que en tal caso me pongan contra la pared y me fusilen. Así habría terminado todo.

—¿Fusilado? ¿Por tener un lío con una alumna? Un poco exagerado, David, ¿no te parece? Eso seguramente ocurre a todas horas. Desde luego, ocurría a todas horas cuando yo era estudiante. Si hubieran sancionado todos los casos, el profesorado se habría visto diezmado en un par de años.

Se encoge de hombros.

—Vivimos en una época puritana. La vida privada de las personas es un asunto público. La lascivia es algo respetable; la lascivia y el sentimiento. Lo que ellos querían era un espectáculo público: remordimiento, golpes en el pecho, llanto y crujir de dientes a ser posible. Un espectáculo televisivo, la verdad. Y yo a eso no me presto.

«La verdad —iba a añadir— es que pedían mi castración.» Pero no consigue pronunciar esas palabras, no ante su hija. De hecho, ahora que le llega por medio de otro, toda su intervención le resulta melodramática, excesiva.

—Así que tú seguiste en tus trece y ellos no dieron su brazo a torcer, ¿no es eso?

—Más o menos.

—No deberías ser tan inflexible, David. La inflexibilidad no es propia de los héroes. ¿No te queda tiempo aún para reconsiderar tu decisión?

—No, la sentencia es definitiva.

—¿Inapelable?

—Inapelable. Y no me quejo de nada. Si te declaras culpable de tanta vileza no puedes esperar simpatía a cambio. Al menos, no después de cierta edad. Después de cierta edad uno deja de ser atractivo, eso es lo que hay. No queda más remedio que tomárselo en serio y vivir como se pueda durante el resto de tus días. Cumplir tu condena.

—Pues es una lástima. Insisto en que te quedes todo el tiempo que quieras. Con el pretexto que te dé la gana.


Se acuesta temprano. En medio de la noche lo despierta una batería de ladridos. Hay un perro en concreto que ladra con insistencia, mecánicamente, sin cesar; los otros se suman a la algarabía, callan, pero no aceptan la derrota y se suman de nuevo al concierto.

—¿Eso sucede todas las noches? —pregunta a Lucy por la mañana.

—Terminas por acostumbrarte. Lo siento.

Él menea la cabeza.

## 8

Ha olvidado lo frías que pueden ser las mañanas de invierno en las tierras altas del Cabo Oriental. No ha viajado con la ropa más idónea; tiene que pedirle prestado a Lucy un jersey.

Con las manos en los bolsillos, camina entre los arriates de flores. Sin que alcance a verlo, pasa un automóvil ruidoso por la carretera de Kenton, y el ruido permanece en el aire quieto. Unos gansos vuelan en formación escalonada. ¿Qué hará con todo ese tiempo de que dispone?

—¿Te apetece dar un paseo? —dice Lucy a sus espaldas.

Se llevan a tres de los perros: dos dóberman jóvenes, a los que Lucy sujeta con una correa, y la bulldog hembra, la abandonada.

Con las orejas aplastadas hacia atrás, la bulldog se esfuerza por defecar. No lo consigue.

—Anda con problemas —dice Lucy—. Tendré que medicarla.

La bulldog sigue esforzándose con la lengua fuera, mira en derredor como si pasara vergüenza de que la vean así.

Dejan atrás la carretera, atraviesan un terreno yermo y luego un pinar poco poblado.

—La chica con la que estuviste liado... ¿Iba en serio? —pregunta Lucy.

—¿No te lo ha contado Rosalind?

—Sí, pero no con detalle.

—Ella es de esta parte del mundo. Nacida en George. Iba a una de mis clases. Como estudiante, poca cosa. Pero bellísima. ¿Que si iba en serio? No lo sé. Lo que sí está claro es que tuvo consecuencias muy serias.

—Pero ahora… ¿ha terminado? ¿No sigues enamoriscado de ella?

¿Ha terminado? ¿Sigue enamoriscado?

—Ya no tenemos contacto.

—¿Por qué te denunció?

—Eso no lo dijo; yo tampoco tuve ocasión de preguntárselo. Se encontró en una situación delicada. Por un lado estaba un joven, amante suyo, o ex amante, presionándola. Por otro, la presión de las clases. Además, sus padres se enteraron y viajaron a Ciudad del Cabo. Supongo que tanta presión resultó superior a sus fuerzas.

—Y luego estabas tú.

—Sí, luego estaba yo. Imagino que no he sido nada fácil de tratar.

Han llegado a un portón cuyo rótulo dice: INDUSTRIAS SAPPI. PROHIBIDO EL PASO. Se dan la vuelta.

—Bien —dice Lucy—, has tenido que pagar el precio. Tal vez, cuando lo recuerde, ella no te mire con malos ojos. Las mujeres tienen una asombrosa capacidad de perdonar.

Se hace el silencio. ¿Acaso pretende Lucy, su hija, hablarle de cómo son las mujeres?

—¿No has pensado en casarte otra vez? —pregunta Lucy.

—¿Con una mujer de mi edad? Yo no estoy hecho para el matrimonio, Lucy. Eso lo has visto con tus propios ojos.

—Ya, pero…

—Pero ¿qué? ¿Que es insólito seguir rondando a niñas pequeñas?

—Yo no he querido decir eso. Solo quiero decir que cada vez te resultará más difícil, a medida que pase el tiempo.

Nunca habían hablado los dos acerca de sus intimidades. Y no está resultando nada fácil. Claro que, si no con ella, ¿con quién podría hablar?

—¿Te acuerdas de aquel verso de Blake? —dice—. «Prefiero matar a un recién nacido en su cuna antes que albergar deseos no realizados.»

—¿Por qué me lo citas?

—Los deseos no realizados pueden terminar por ser muy feos, tanto en los viejos como en los jóvenes.

—¿Y qué?

—Que todas las mujeres con las que he estado me han enseñado algo acerca de mí mismo, hasta el extremo de que me han convertido en mejor persona.

—Espero que no te jactes de que la inversa sea verdad también, de que por el hecho de haberte conocido todas tus mujeres sean ahora mejores personas.

La mira cortantemente. Ella sonríe.

—Era broma —dice.

Regresan por la carretera asfaltada. En el desvío hacia la finca hay un rótulo que antes no había visto. FLORES CULTIVADAS. CYCA. —Y una flecha—: A 1 KM.

—¿Cycas? —dice—. Pensé que estaba prohibida la venta de cycas.

—Es ilegal coger las silvestres. Yo las cultivo a partir de semillas tratadas. Te las enseñaré.

Siguen su camino, los perros jóvenes dando tirones para librarse de la correa, la hembra de bulldog jadeando tras ellos.

—¿Y tú? ¿Es esto lo que le pides a la vida? —Hace un gesto abarcando el huerto, la casa en cuyo tejado destella la luz del sol.

—Me conformo —responde Lucy con calma.

Es sábado, día de mercado. Lucy lo despierta a las cinco de la mañana, tal como estaba convenido, con un café recién hecho. Bien abrigados para resistir el frío, se reúnen con Petrus en el huerto. A la luz de una lámpara de gas, está cortando las flores.

Se ofrece a realizar esa tarea y relevar a Petrus, pero enseguida tiene los dedos tan helados que no logra atar los ramilletes. Devuelve la cizalla a Petrus y se dedica a envolver las flores y empaquetarlas.

A las siete, cuando el alba roza las colinas y empiezan a desperezarse los perros, está terminado el trabajo. La furgoneta está cargada de cajas de flores, sacos de patatas, cebollas, coles. Conduce Lucy. Petrus ocupa la parte de atrás. No funciona la calefacción. Escrutando el panorama a pesar del cristal empañado, toma la carretera de Grahamstown. Él va sentado a su lado; comen los bocadillos que ha preparado ella. Le gotea la nariz; confía en que ella no se haya dado cuenta.

Así pues, una nueva aventura. Su hija, a la que en otra época llevaba él en su coche al colegio y a las clases de ballet, al circo y a la pista de patinaje, es quien ahora lo lleva de excursión y le enseña la vida, le enseña ese otro mundo con el que no está familiarizado.

En Donkin Square, los que tienen derecho a montar un puesto ya están colocando los caballetes y los tableros, exponiendo sus mercancías. Huele a carne quemada. Sobre la ciudad pende una fría neblina; la gente se frota las manos para entrar en calor, da pisotones contra el suelo, maldice. Todo un despliegue de camaradería y cordialidad del que Lucy, con gran alivio por su parte, se mantiene al margen.

Están en la zona de productos agrarios. A su izquierda, tres mujeres africanas con leche, *masa* y mantequilla a la venta; en un cubo cubierto por un trapo húmedo también tienen huesos para el caldo. A su derecha, una pareja de ancianos afrikaners a los que saluda Lucy antes de presentárselos como tía Miems y tío Koos, amén de un pequeño ayudante con un pasamontañas que no tendrá más de diez años. Igual que Lucy, venden patatas y cebollas, pero también mermelada, conservas, frutos secos, paquetes de té de *buchu*, té a la miel, especias.

Lucy ha llevado dos sillas de loneta. Toman café servido en un termo a la espera de los primeros clientes.

Dos semanas atrás estaba en un aula universitaria, explicando a la aburrida juventud del país la diferencia entre *consumir* y *consumar*, entre *arder*, *quemar*, *requemar*, *calcinar*, y el concepto del perfectivo en tanto que acción verbal cuya realización implica su terminación. ¡Qué lejos se le antoja todo eso! Vivo, he vivido, viví.

Las patatas de Lucy, amontonadas en un cesto, han sido lavadas. Las de Koos y Miems siguen sucias de tierra. A lo largo de la mañana, Lucy se embolsa cerca de quinientos rands. Sus flores se venden bien; a las once baja los precios y termina de vender los últimos productos. Hay ventas en abundancia en el puesto de lácteos y de carne; a la anciana pareja, sentados uno junto al otro, como dos estatuas de madera y sin sonreír, las cosas no les van tan bien.

Muchos clientes de Lucy la conocen por su nombre de pila: son mujeres de mediana edad, con un aire de propiedad en el modo en que la tratan, casi como si su éxito les perteneciera. Lo presenta en todas las ocasiones:

—Te presento a mi padre, David Lurie, que ha venido de visita desde Ciudad del Cabo.

—Debe estar orgulloso de su hija, señor Lurie —le dicen.

—Ya lo creo; muy orgulloso —responde.

—Bev se ocupa de la clínica para animales —dice Lucy tras una de las presentaciones—. A veces le echo una mano. Si no te importa, a la vuelta pasaremos por allí.

No le ha caído bien del todo Bev Shaw, una mujer bajita, regordeta, bulliciosa, de pecas oscuras, cabello muy corto y crespo, sin cuello apenas. No le agradan las mujeres que no se esfuerzan por resultar atractivas. Es una reticencia que ha tenido antes con las amigas de Lucy. No es que se sienta orgulloso: es un prejuicio que se ha hecho sitio en su ánimo, que se ha instalado en él. Su ánimo se ha tornado un refugio para los pensamientos viejos, vagos, indigentes, que no tienen otro sitio al que ir. Debería echarlos de allí a patadas, limpiar del todo el recinto. Pero no se toma esa molestia, o al menos no con la seriedad suficiente.

La Liga para el Bienestar de los Animales, que en tiempos fue una obra de caridad muy activa en Grahamstown, tuvo que cerrar su delegación. Sin embargo, un puñado de voluntarios dirigidos por Bev aún mantiene en funcionamiento una clínica animal en la vieja sede. No tiene nada en contra de los amantes de los animales, con los que Lucy se ha involucrado desde que él alcanza a recordar. No cabe duda de que el mundo sería un lugar peor sin sus buenos oficios. Por eso, cuando Bev Shaw abre la puerta de entrada adopta su mejor sonrisa, aunque en términos generales le repugna el olor a meadas de gato, a perros sarnosos, a amoníaco.

La casa es tal como la había imaginado: muebles desvencijados, abundancia de ornamentos (pastorcillas de porcelana, esquilas de vaca, un matamoscas de plumas de avestruz), una radio que murmura al fondo, el piar de los pájaros en las jaulas, gatos por todas partes, tantos que a la fuerza los tienen que pisar. No solo está Bev Shaw: también está Bill Shaw, igual de rechoncho que ella, tomándose un té a la mesa de la cocina, con la cara colorada como una remolacha, el cabello plateado y un jersey de cuello vuelto.

—Siéntate, siéntate, Dave —dice Bill—. Toma una taza, como si estuvieras en tu casa.

La mañana ha sido larga, está cansado, lo último que le apetece es hablar de tonterías con esas personas. Mira a Lucy.

—No vamos a quedarnos, Bill —dice ella—. Solo he pasado a recoger algunos medicamentos.

Por una ventana vislumbra el patio trasero de los Shaw: un manzano del que caen los frutos comidos por los gusanos, malas hierbas en abundancia, una zona vallada con planchas de hierro, palés de madera, neumáticos viejos, unas cuantas gallinas y lo que parece, por insólito que sea, un *duiker*, un cormorán que dormita en un rincón.

—¿Qué te ha parecido? —le dice Lucy después, ya en la furgoneta.

—No quisiera ser maleducado. Es una subcultura propia, estoy seguro. ¿No tienen hijos?

—No, no tienen hijos. Y no subestimes a Bev. No es una idiota. Es una persona que hace muchísimo el bien. Lleva años visitando la barriada chabolista de D Village, primero por cuenta de Bienestar de los Animales, luego por su cuenta.

—Debe de ser una batalla perdida de antemano.

—Sí, sí que lo es. Ya no hay subvenciones. En la lista de las prioridades de la nación no tienen sitio los animales.

—Debe deprimirse a menudo. Y tú también.

—Sí. O no. ¿Qué más da? Los animales a los que ella ayuda no están deprimidos. Al contrario, se sienten aliviados.

—Pues me parece excelente. Perdóname, hija, pero me cuesta un gran esfuerzo interesarme un poco por esta cuestión. Es admirable lo que tú haces, lo que hace ella, pero los defensores de los derechos y el bienestar de los animales a mí me parecen un poco como cierta clase de cristianos: todos tienen mucho brío, mucho ánimo, y tan buenas intenciones que al cabo de un rato a mí me entran ganas de irme por ahí y dedicarme al saqueo y al pillaje. O a dar de patadas a un gato.

A él mismo lo sorprende su salida de tono. No está de mal humor, ni mucho menos.

—En tu opinión, debería implicarme en asuntos de mayor importancia —dice Lucy. Van por la carretera; conduce sin mirarlo siquiera de reojo—. Piensas que, por ser hija tuya, debería dedicar mi vida a causas mejores.

Él ya está negando con la cabeza.

—No… no… no es eso… —murmura.

—Crees que debería pintar naturalezas muertas o ponerme a aprender ruso. No te agrada que tenga amistades como las de Bev o Bill Shaw, porque piensas que no me ayudarán a mejorar de vida.

—Lucy, eso no es cierto.

—Claro que es cierto. No me ayudarán a mejorar de vida, en el sentido material ni en el sentido espiritual. ¿Y quieres saber por qué? Porque no existe esa vida mejor. Esta es la única vida posible. Y la compartimos con los animales, por cierto. Ese es el ejemplo que tratan de dar las personas como Bev. Ese es el ejemplo que yo trato de seguir: compartir algunos de los privilegios del ser humano con los animales. No quiero reencarnarme en una futura existencia como perro o como cerdo y tener que vivir como viven los perros o los cerdos bajo nuestro dominio.

—Lucy, querida, no te enfades. Estoy de acuerdo en que esta es la única vida que existe. En cuanto a los animales, de acuerdo: seamos amables con ellos en la medida de nuestras posibilidades, pero tampoco perdamos la debida perspectiva. Pertenecemos a un orden de la creación distinto al de los animales. No es más elevado, pero es distinto. Y si vamos a ser amables, que sea por simple generosidad, no por sentirnos culpables o por temer las represalias.

Lucy respira hondo. Parece a punto de contestar a su homilía, pero no lo hace. Llegan a la casa en silencio.

# 9

Está sentado en el cuarto de estar, viendo un partido de fútbol por televisión. Van cero a cero; ninguno de los dos equipos parece tener ganas de ganar.

Los comentaristas alternan el sotho con el xhosa, lenguas de las que no entiende una sola palabra. Baja el volumen hasta no ser sino un murmullo. Sábado por la tarde en Sudáfrica, un lapso consagrado a los hombres y sus placeres. Da un par de cabezadas y se adormece.

Cuando despierta, Petrus se encuentra a su lado en el sofá, con una botella de cerveza en la mano. Ha subido el volumen.

—Son los Bushbucks —dice Petrus—. Mi equipo, vaya. Juegan contra los Sundowns.

Los Sundowns sacan un córner. Se arma un barullo en el área de meta. Cuando se posa la polvareda, el portero de los Bushbucks aparece tendido boca abajo, con la pelota sujeta contra el pecho.

—¡Es bueno! ¡Es muy bueno! —dice Petrus—. Es un portero estupendo. No hay que dejar que nos lo quiten.

El partido termina sin goles. Petrus cambia de canal. Boxeo: dos hombres minúsculos, tan pequeños que apenas le llegan al árbitro a la altura del pecho, dan vueltas alrededor el uno del otro, dan saltos, se lanzan puñetazos.

Se levanta y se aleja hasta el fondo de la casa. Lucy está tumbada en la cama, está leyendo.

—¿Qué lees? —le pregunta. Ella lo mira como si no entendiera, y entonces se quita los auriculares de los oídos—. ¿Qué estás leyendo? —repite, y de pronto añade—: Esto no funciona, ¿verdad que no? ¿Quieres que me marche?

Ella sonríe, deja el libro a un lado. *El misterio de Edwin Drood*: no es lo que él hubiera esperado.

—Siéntate, anda —le dice.

Él toma asiento al borde de la cama, le acaricia el pie descalzo con un gesto casi automático. Es un buen pie, bien torneado. Tiene una osamenta espléndida, como la de su madre. Una mujer en la flor de la edad, atractiva a pesar de su sobrepeso, a pesar de las ropas poco favorecedoras.

—David, según mi punto de vista todo va estupendamente bien. Me alegro de que estés aquí. Lo que pasa es que cuesta un tiempo hasta que te acostumbras a la vida en el campo, eso es todo. Cuando encuentres cosas que hacer dejarás de estar aburrido.

Él asiente sin prestar demasiada atención. Es atractiva, piensa, y sin embargo ya está pasada para los hombres. ¿Debería echárselo en cara a sí mismo, o le habría ocurrido de todos modos? Desde el mismo día en que nació su hija, no ha sentido por ella sino el amor más espontáneo, el amor más ilimitado. Es imposible que ella no se haya dado cuenta. ¿Acaso ha sido demasiado ese amor? ¿Acaso lo ha sentido ella como una carga? ¿Acaso le ha pesado tanto? ¿O es que ella le ha dado una interpretación más siniestra?

Se pregunta cómo le habrá ido a Lucy con sus amantes, y cómo lo habrán vivido ellos con ella. Nunca ha tenido ningún miedo a la hora de seguir un pensamiento por los caminos más tortuosos, y ahora tampoco lo tiene. ¿Ha engendrado tal vez a una mujer apasionada? ¿En qué se inspira, a qué recurre y a qué no en el terreno de los sentidos? ¿Son ellos dos capaces de hablar también de eso? La vida de Lucy no ha sido una vida precisamente protegida. ¿Por qué no habrían de mostrarse recíprocamente abiertos, por qué iban a delimitar fronteras en tiempos en que nadie más lo hace?

—Cuando encuentre cosas que hacer —dice a la vuelta de sus devaneos—. ¿Y qué me sugieres?

—Podrías echar una mano con los perros. Podrías trocear incluso la carne que les damos de comer. A mí eso siempre se me ha hecho muy cuesta arriba. Y luego está Petrus. Petrus anda muy ocupado con sus propias tierras. Podrías echarle una mano.

—Echarle una mano a Petrus, eso me gusta. Me gusta la picantez histórica que tiene. ¿Tú crees que me pagará algo por mi trabajo?

—Pregúntaselo. Estoy segura de que sí. A principios de año recibió una subvención del Ministerio de Agricultura, dinero suficiente para comprarme incluso una hectárea. ¿No te lo había dicho? La linde atraviesa la presa; la presa la compartimos. Desde allí hasta la valla, toda esa tierra es suya. Tiene una vaca que parirá en primavera. Tiene dos esposas, o una esposa y una novia. Si sabe jugar bien sus cartas, podría recibir una segunda subvención para construir una casa, y así podrá dejar el establo. De acuerdo con lo que se lleva en el Cabo Oriental, es un hombre de posibles. Pídele que te pague. Puede permitírselo. Yo no estoy muy segura de poder permitirme contar con sus servicios por más tiempo.

—De acuerdo, me ocuparé de la carne de los perros y me ofreceré a cavar zanjas para Petrus. ¿Qué más?

—Puedes echar una mano en la clínica. Allí están locos por contar con algún voluntario.

—Quieres decir que le eche una mano a Bev Shaw.

—Sí.

—No creo que nos llevemos nada bien.

—No tienes que llevarte bien con ella. Basta con que la ayudes, pero no cuentes con que te pague nada. Tendrás que hacerlo solo por la bondad de tu corazón.

—Tengo mis dudas, Lucy. Eso me suena sospechosamente a prestar servicios a la comunidad. Suena como si alguien, yo en este caso, tratase de reparar de algún modo sus antiguas fechorías.

—Si se trata de tus motivos, David, puedo asegurarte que los animales de la clínica no los pondrán en tela de juicio. No te harán preguntas, no va a importarles.

—De acuerdo, lo haré. Pero solo si no se trata de que me convierta en mejor persona de lo que soy. No estoy preparado para reformarme. Quiero seguir siendo el que soy. Si lo hago, será sobre ese supuesto. —Su mano sigue apoyada en el pie de ella. Ahora le aprieta fuerte el tobillo—. ¿Queda claro?

Ella le dedica lo que para él tan solo es una dulce sonrisa.

—Así que estás determinado a seguir siendo malo. Loco, malo y peligroso, si se te llega a conocer. Te prometo que aquí nadie te pedirá que cambies.

Ella le toma el pelo tal como su madre lo hacía en tiempos. Si acaso, tiene un ingenio más vivo aún. Él siempre ha sentido una gran atracción por las mujeres ingeniosas. Ingenio y belleza. Ni siquiera con la mejor voluntad del mundo podría haber encontrado una pizca de ingenio en Meláni. Pero sí le sobraba belleza.

Vuelve a traspasarlo de parte a parte: un leve estremecimiento de voluptuosidad. Es consciente de que Lucy lo observa. Él no parece ser capaz de ocultarlo. Es interesante.

Se pone en pie, sale al patio. Los perros más jóvenes se muestran encantados de verlo: trotan de un lado a otro de las jaulas, gimoteando de pura ansiedad. En cambio, la vieja bulldog hembra apenas se despereza.

Entra en su jaula, cierra la puerta tras de sí. La perra

levanta la cabeza, lo mira, vuelve a quedar abatida. Las mamas le cuelgan, flácidas.

Se acuclilla, la cosquillea detrás de las orejas.

—¿Qué, estamos abandonados los dos? —murmura.

Se tiende a su lado, sobre el pavimento de hormigón. Allá arriba, el cielo azul pálido. Relaja sus extremidades.

Es así como lo encuentra Lucy. Debe de haberse quedado dormido; lo primero que nota es que ella ha entrado en la jaula con el cuenco de agua y que la perra se ha levantado y olisquea los pies de Lucy.

—¿Haciendo amistades? —dice Lucy.

—No es fácil hacerse amigo de esta.

—Pobre *Katy*. Está deprimida. No la quiere nadie, y ella lo sabe. La ironía del caso es que debe de tener descendientes por toda la región, descendientes que seguro estarían encantados de compartir sus casas con ella. Pero no está en su mano el invitarla. Son parte del mobiliario, parte de los sistemas de alarma. Nos hacen el gran honor de tratarnos como a dioses, y nosotros se lo devolvemos tratándolos como meros objetos.

Salen de la jaula. La perra vuelve a echarse y cierra los ojos.

—Los Padres de la Iglesia tuvieron un larguísimo debate sobre ellos, y llegaron a la conclusión de que no tienen alma propiamente dicha —comenta él—. Tienen el alma atada al cuerpo, y sus almas mueren cuando mueren ellos.

Lucy se encoge de hombros.

—Yo no estoy muy segura de tener alma. No sabría reconocer un alma si la viera.

—Eso no es cierto. Tú eres un alma. Todos somos almas. Somos almas incluso antes de nacer.

Ella lo mira con cara rara.

—¿Qué vas a hacer con ella? —le dice.

—¿Con *Katy*? Si no me queda más remedio, me la quedaré.

—¿Nunca rechazas ningún animal?

—No, nunca. Bev sí. El suyo es un trabajo que nadie quiere hacer, por eso ella se ha hecho cargo. Es algo que la destroza de manera terrible. Tú la subestimas. Es una persona mucho más interesante de lo que piensas. Incluso si la mides según tus propios términos.

Sus propios términos… ¿cuáles son? ¿Esas mujeres chiquititas y cabizbajas, las que tienen la voz tan fea, merecen que no se les haga caso? Cae sobre su ánimo la sombra de un pesar: un pesar por *Katy*, sola en su jaula, pero también por él, por todos. Lanza un hondo suspiro sin tratar siquiera de ahogarlo.

—Perdóname, Lucy.

—¿Que te perdone? ¿Por qué? —Ella sonríe con ligereza, con un punto de burla.

—Por ser uno de los dos mortales que tuvieron a su cargo traerte a este mundo y por no haber sido un guía algo mejor para ti. Pero te aseguro que iré a echarle una mano a Bev Shaw. Eso sí, siempre y cuando no tenga que llamarla Bev. Es un nombre ridículo. Me recuerda al ganado. ¿Cuándo debo empezar?

—Yo me encargo de llamarla.

## 10

El letrero de la entrada de la clínica dice LIGA PARA EL BIENESTAR DE LOS ANIMALES W.O. 1529. Debajo figura una línea en la que se expone el horario de atención al público, pero lleva encima un trozo de cinta aislante que la tapa. Ante la puerta, una fila de personas que esperan su turno, algunas con animales. Nada más salir del coche lo rodea la chiquillería, críos que le piden unas monedas o que solo lo miran fijamente. Se abre paso entre las apreturas y el alboroto repentino de dos perros que, sujetos por sus amos, se gruñen y se ladran.

La sala de espera, pequeña y desprovista de todo adorno, está repleta. Para entrar, ha de pasar por encima de las piernas de uno de los ocupantes.

—¿La señora Shaw? —pregunta.

Una anciana le indica con un movimiento de la cabeza una puerta que cierra una simple cortina de plástico. La anciana sujeta una cabra con una cuerda corta; la cabra mira con evidente nerviosismo a los perros, y sus pezuñas hacen un ruido seco sobre las baldosas del suelo.

En la sala posterior, donde reina un acre olor a orina, Bev Shaw trabaja sobre una mesa baja recubierta por una lámina de acero. Con una linterna del tamaño de un bolígrafo examina la garganta de un perro joven que parece un cruce entre ridgeback de Rhodesia y chacal. Arrodillado sobre la mesa, un chiquillo descalzo que es obviamente el dueño del animal sujeta con fuerza la cabeza del perro bajo el brazo e intenta que no cierre la boca. El perro emite un gruñido sordo, bajo; tiene sus poderosos cuartos traseros en tensión. Con desmaña, él se suma a la lucha; presiona las patas traseras del perro hasta juntárselas, obligándole a sentarse sobre las ancas.

—Gracias —dice Bev Shaw. Está colorada—. Tiene un absceso debido a una muela picada. Aquí no tenemos antibióticos, así que... ¡sujétalo fuerte, *boytjie*! Habrá que sajarlo y confiar en que salga bien.

Con un bisturí sondea el interior de la boca. El perro da una tremenda sacudida, se libera de su sujeción, casi se suelta también del chico. Él lo sujeta cuando a punto estaba de bajarse de la mesa; por un instante lo mira a los ojos con ojos rebosantes de ira y de miedo.

—Así, de costado. Eso es —dice Bev Shaw. Sin dejar de emitir una especie de arrullo, toma en brazos al perro con manos expertas y lo tumba sobre un costado—. La cincha —dice. Pasa una ancha correa en torno al cuerpo del perro y cierra la hebilla—. Eso es —dice Bev Shaw—. Ahora, pensad en cosas buenas, en cosas que consuelen, en algo que tenga fuerza. Los perros saben qué está pensando cada uno, lo huelen.

Él carga todo su peso sobre el perro. Temeroso, con la mano envuelta en un trapo viejo, el niño abre a la fuerza las fauces del animal. Al perro se le nota el terror en los ojos.

—¡Tranquilo, tranquilo! —murmura.

Bev Shaw vuelve a sondear con el bisturí el interior de la boca. El perro resopla, se pone rígido, se relaja después.

—Ya está —dice—. Ahora habrá que dejar que la naturaleza siga su curso. —Desata la hebilla y habla con el niño en una lengua que parece un xhosa muy rudimentario. El perro, ya sobre las cuatro patas, se cobija bajo la mesa. En la superficie han quedado manchas de saliva y de sangre; Bev las limpia. El niño engatusa al perro para que salga con él.

—Gracias, señor Lurie. Su presencia es positiva. Me ha parecido que le agradan los animales.

—¿Que me agradan los animales? Me los como, así que supongo que sí, que me agradan. Al menos por partes.

Ella tiene el cabello como una masa de rizos diminutos. ¿Se lo rizará ella misma, con unas tenacillas? No es probable: le llevaría varias horas al día. Seguramente le crece el pelo así de rizado. Él nunca había visto semejante *tessitura* desde tan cerca. Las venas que tiene en las orejas son muy visibles, una filigrana roja y morada. Lo mismo le sucede en las venillas de la nariz. Y luego tiene un mentón que es como si le saliera recto del cuello, como una de esas torcaces que hinchan el pecho durante el cortejo. En conjunto, es llamativamente carente de atractivo.

Ella medita las palabras que acaba de decir él, como si no hubiera percibido el tono con que las dijo.

—Sí, en este país comemos muchísimos animales —dice—. Y no parece que eso nos siente muy bien. Y tampoco estoy muy segura de cómo podremos justificarlo ante ellos. —Y luego—: ¿Vamos con el siguiente?

¿Justificarlo? ¿Cuándo? ¿El día del Juicio Final? Él siente cierta curiosidad, desea saber más, pero no es el momento adecuado.

La cabra, que es un macho adulto, apenas puede caminar. Tiene la mitad del escroto, amarillento y morado, hinchada como un globo; la otra mitad es un amasijo de sangre coagulada y de tierra seca. Ha sido atacado por los perros, explica la anciana. Sin embargo, parece bastante valeroso, animado, combativo. Mientras Bev Shaw lo examina, suelta una corta ristra de cagarrutas que caen al suelo. De pie frente a él, sujetándolo por los cuernos, la mujer hace como que lo regaña.

Bev Shaw toca el escroto con una gasa sujeta por unas pinzas. La cabra suelta una coz.

—¿Puede sujetarle las patas? —pregunta, y de inmediato le indica el modo. Él amarra la pata posterior derecha a la pata delantera correspondiente. La cabra trata de soltar otra coz, se tambalea. Ella vuelve a limpiar la herida con delicadeza. La cabra tiembla, emite un balido: es un sonido feo, bajo y áspero.

A medida que desaparece la tierra de la herida, él comprueba que la tiene repleta de gusanos blancos que menean las cabezas ciegas. Se estremece.

—Un nido de moscardas —dice Bev Shaw—. Y al menos desde hace una semana. —Frunce los labios—. Tendría que habérmelo traído mucho antes —dice a la mujer.

—Sí —responde la anciana—. Todas las noches vienen los perros. Es lamentable. Y hay que pagar quinientos rands por un macho como este.

Bev Shaw se endereza.

—No sé qué podrá hacerse. No tengo la experiencia suficiente para intentar una amputación. Podría esperar a que venga el doctor Oosthuizen el jueves, pero entonces el animal quedaría estéril, y dudo mucho que ella lo quiera en tal condición. Luego está el asunto de los antibióticos. ¿Estará preparada para gastar dinero en antibióticos?

Vuelve a arrodillarse al lado de la cabra, le acaricia el cuello a contrapelo, se lo roza con su corta pelambrera. La cabra tiembla, pero sigue quieta. Indica a la mujer que le suelte los cuernos. La mujer obedece. La cabra no se altera.

Le habla en susurros.

—¿Y tú qué dices, amigo? —le oye decir—. ¿Qué me dices, eh? ¿Ya es suficiente?

La cabeza está absolutamente quieta, como si la cabra hubiera sido hipnotizada. Bev Shaw continúa acariciándola con la cabeza. Diríase que ella ha entrado también en trance.

Se rehace y se pone en pie.

—Me temo que es demasiado tarde —dice Bev Shaw a la mujer—. No conseguiré que mejore. Puede esperar a que venga el doctor el jueves o, si quiere, puede dejarla conmigo. Puedo darle un final en paz. Él dejará que se lo haga. ¿Quiere que lo haga? ¿Quiere que me la quede?

La mujer vacila, pero al final niega con la cabeza. Tira de la cabra en dirección a la puerta.

—Luego se la devuelvo —añade Bev Shaw—. Solo la ayudaré a pasar el mal trago, eso es todo. —Aunque trata de controlar su voz, él nota el acento de la derrota en su timbre. La cabra también los oye: da una coz contra la sujeción, embiste, agacha la cabeza, el bulto obsceno le retiembla por detrás. La mujer suelta la atadura y la deja a un lado. Se van.

—¿Qué es lo que ha querido insinuar? —pregunta él.

Bev Shaw oculta la cara, se suena.

—Nada. Conservo suficiente letal para las situaciones más difíciles, pero no puedo obligar a un dueño a tomar esa decisión. El animal le pertenece, tal vez prefiera sacrificarlo a su manera. ¡Qué pena! ¡Con lo valiente que se le veía, tan entera, tan confiada...!

*Letal*: ¿el nombre de una droga? No diría que no pueda ser una ocurrencia propia de los grandes fabricantes de fármacos. Súbita oscuridad, como en las aguas del Leteo.

—Tal vez el animal haya entendido más de lo que usted supone —dice. Para su sorpresa, descubre que está intentando consolarla—. Tal vez ya haya pasado por eso. Tal vez haya nacido con ese conocimiento, por así decirlo. En fin de cuentas, esto es África. Aquí hay cabras desde el origen de los tiempos. Nadie tiene que explicarles para qué sirve el acero, o el fuego. Saben cómo les sobreviene la muerte a las cabras. Están preparadas desde que nacen.

—¿Usted cree? —dice ella—. Yo no estoy tan segura. No creo que ninguno estemos preparados para morir, y menos aún sin alguien que nos haga compañía.

Las cosas empiezan a encajar. Así, tiene una primera intuición de cuál es la tarea que esa mujer bajita y fea se ha impuesto. Ese edificio desolador no es un lugar donde se cura; sus conocimientos de veterinaria son los de una simple aficionada, no llegarán siquiera a eso. Es más bien un lugar que sirve de último recurso. Recuerda entonces la historia de... ¿quién era? ¿San Humberto? En cualquier caso, un santo dio refugio a un ciervo que entró estrepitosamente en su capilla, jadeante, acosado, huyendo de la jauría con que le azuzaban los cazadores. Bev Shaw, que no es una veterinaria sino una sacerdotisa, llena a rebosar de supercherías New Age, intenta, por absurdo que sea, aliviar la pesada carga que soportan con tanto sufrimiento los animales de África. A Lucy le pareció que a él le resultaría interesante, pero Lucy se equivoca. La palabra no es interesante, ni mucho menos.

Pasa toda la tarde en el quirófano, ayudando en todo lo posible. Cuando dan por despachado el último de los casos del día, Bev Shaw le enseña el patio. En la jaula de los pájaros solamente hay un ave, una joven águila pescadora que tiene un ala rota. Por lo demás, hay perros: no son los perros de pura raza, bien cuidados, que custodia Lucy por temporadas, sino un hatajo de mestizos que llenan dos perreras hasta los topes, que ladran y aúllan, que gimen y dan saltos de pura excitación.

Ayuda a verter el pienso y a llenar los abrevaderos de agua. Vacían dos sacos de diez kilogramos cada uno.

—¿Y cómo paga usted el pienso? —pregunta.

—Nos lo venden al por mayor. Realizamos cuestaciones públicas. Recibimos donaciones. Ofrecemos un servicio de esterilización gratuito, y recibimos por ello una subvención del gobierno.

—¿Quién se ocupa de las operaciones?

—El doctor Oosthuizen, nuestro veterinario. Pero solo viene una tarde por semana.

Mira comer a los perros. Lo sorprende que apenas haya una sola pelea. Los pequeños y los débiles aceptan su suerte, y esperan su turno entre los demás.

—El problema es que son demasiados —dice Bev Shaw—. Es imposible que lo entiendan, y tampoco tenemos manera de decírselo. Son demasiados, según nuestro criterio, que no es el suyo. Si pudieran, se multiplicarían sin cesar hasta llenar la tierra. No creen que sea mala cosa tener camadas numerosas. Cuantos más cachorros, mejor. Y con los gatos pasa igual.

—Y con las ratas.

—Y con las ratas, desde luego. Eso me recuerda que debo avisarle de que ande con cuidado y vea si ha pescado pulgas cuando llegue a su casa.

Uno de los perros, ahíto, con los ojos relucientes de bienestar, le olisquea los dedos a través de la valla de alambre, y luego se los lame.

—Son muy igualitarios, ¿verdad? —comenta—. Ahí no hay clases. Ninguno es demasiado poderoso, ni está tan por encima como para no pararse a olisquear el trasero de los demás. —Se acuclilla, deja que el perro le huela la cara, el aliento. Tiene lo que a su juicio es sin duda un aire de inteligencia, aunque probablemente no sea el caso—. ¿Han de morir todos ellos?

—Los que no quiera nadie. Aquí nos encargamos de eso.

—¿Y es usted quien se ocupa de ese trabajo?

—Sí.

—¿No le importa?

—Me importa, ya lo creo. Me importa muchísimo.

Y no quisiera que lo hiciera por mí alguien a quien no le importe. ¿No está de acuerdo?

Él permanece en silencio. Luego:

—¿Sabe usted por qué me ha enviado mi hija a verla?

—Me dijo que tiene usted problemas.

—No solo problemas. Supongo que he caído en desgracia.

La observa con atención. Ella parece incómoda; tal vez solo sean imaginaciones suyas.

—Ahora que lo sabe, ¿todavía está dispuesta a darme una ocupación?

—Si usted está dispuesto… —Ella abre las palmas de las manos, presiona una contra la otra, vuelve a abrirlas. No sabe qué decir, y no será él quien la ayude.


Anteriormente ha pasado con su hija temporadas muy cortas. Ahora comparte con ella su casa, su vida. Tiene que andar con mucho tiento, no sea que los viejos hábitos vuelvan a instalarse: los hábitos del padre, como colocar el rollo de papel higiénico en su sitio, apagar las luces que ella deja encendidas, echar al gato fuera del sofá. Ensaya para la vejez, se dice de modo admonitorio. Ensaya para adaptarte y aprender a encajar entre los demás. Ensaya de cara al día en que tengas que irte al asilo.

Finge estar cansado y, después de cenar, se retira a su habitación. Hasta allí llegan tenues los ruidos de Lucy, que sigue su vida: cajones que se abren y se cierran, la radio, el murmullo de una conversación telefónica. ¿Estará llamando a Johannesburgo para hablar con Helen? ¿Será que su presencia en casa de ella las mantiene separadas? ¿Se atreverían a compartir cama mientras él estuviera en la casa? Si la cama crujiera en plena noche, ¿se sentirían azoradas? ¿Tan azoradas como para parar? De todos modos, ¿qué sabrá él de lo que hacen las mujeres cuando están juntas? Puede que las mujeres no necesiten hacer crujir las camas. ¿Y qué sabrá de esas dos en particular, de Lucy y Helen? Tal vez solo duerman juntas como duermen los niños, acurrucadas, tocándose, riéndose, volviendo a vivir su infancia las dos, más hermanas que amantes. Compartir una cama, compartir una bañera, hacer galletas de jengibre en el horno, ponerse las ropas de la otra. El amor sáfico: una excusa para ganar peso.

La verdad es que no le agrada pensar en su hija e imaginarla en un trance pasional con otra mujer; otra mujer, por cierto, bien simple. Con todo, ¿sería más feliz si el amante fuese un hombre? ¿Qué es lo que de veras quiere para Lucy? Desde luego, no que siga siendo para siempre una niña, inocente para siempre, para siempre suya; eso sí que no. Pero él es su padre, y a medida que un padre envejece se vuelve cada vez más, es inevitable, hacia su hija. Ella se convierte en su segunda salvación, en la novia de su juventud renacida. No es de extrañar que en los cuentos de hadas las reinas acosen a sus hijas hasta matarlas.

Suspira. ¡Pobre Lucy! ¡Pobres hijas! ¡Qué destino el suyo, qué carga han de soportar! Y los hijos: también ellos han de pasar por sus tribulaciones, aunque de eso no sabe tanto.

Ojalá pudiera dormir, se dice. Pero tiene frío. Y no tiene sueño.

Se pone en pie, se echa una chaqueta sobre los hombros, vuelve a la cama. Está leyendo las cartas de Byron correspondientes a 1820. Gordo, ya de más que mediana edad a sus treinta y dos años, Byron vive con los Guiccioli en Ravena: vive con Teresa, su amante complaciente, de piernas cortas, y con el marido de esta, tan untuoso como malévolo. El calor del verano, el té a última hora de la tarde, cotilleos provincianos, bostezos apenas disimulados. «Las mujeres se sientan en corro y los hombres echan fastidiosas partidas de naipes», escribe Byron. En el adulterio, el tedio del matrimonio redescubierto. «Siempre he contemplado los treinta como la barrera que frena cualquier deleite real o feroz en las pasiones.»

Vuelve a suspirar. ¡Qué breve el verano, antes del otoño primero y el invierno después! Sigue leyendo hasta pasada la medianoche, y ni siquiera de ese modo concilia el sueño.

# 11

Es miércoles. Se ha levantado temprano, pero Lucy madruga más que él. La encuentra contemplando los gansos silvestres de la presa.

—¿No son hermosos? —dice ella—. Vienen todos los años sin falta, y siempre son esos tres, siempre los mismos. Me siento muy afortunada de recibir su visita, de ser la elegida.

Tres. En cierto modo, podría ser una solución. Él, con Lucy y Melanie. O él, con Melanie y con Soraya.

Desayunan juntos y sacan a los dos dóberman a dar un paseo.

—¿Tú crees que podrías vivir aquí, en este rincón apartado del mundo? —le pregunta Lucy de sopetón.

—¿Por qué lo dices? ¿Es que necesitas un perrero nuevo?

—No, no estaba pensando en eso. Pero estoy segura de que podrías encontrar un trabajo en la Universidad de Rhodes, seguro que tienes contactos ahí, o si no en Port Elizabeth.

—No lo creo, Lucy. La verdad es que lo dudo mucho. Ya no estoy en el circuito. El escándalo me seguirá adonde quiera que vaya, lo llevo pegado a la piel. No, si encontrase un puesto de trabajo tendría que ser algo oscuro, como contable por ejemplo, si es que todavía existe ese oficio, o ayudante en una perrera.

—Pero si lo que pretendes es poner fin a la propagación del escándalo, ¿no crees que deberías defenderte, plantar cara? ¿No crees que las habladurías se multiplicarán sin cesar si te limitas a huir?

De niña, Lucy había sido apacible, retraída, y había estado presta a observarlo, pero nunca, al menos por lo que alcanzaba a colegir, a juzgarlo. Ahora, a sus veintitantos, ha comenzado a distinguirse. Los perros, la jardinería y el huerto, los libros de astrología, sus ropas asexuadas: en cada uno de esos rasgos reconoce una declaración de independencia tan considerada como determinada. También en su manera de volver la espalda a los hombres. En el modo en que hace su propia vida. En cómo sale de su propia sombra y la deja atrás. ¡Bien! ¡Eso le agrada!

—¿Eso es lo que crees que he hecho? —pregunta—. ¿Huir simplemente de la escena del crimen?

—Bueno, lo cierto es que te has retirado. En la práctica, ¿qué diferencia puede haber?

—No entiendes el meollo de la cuestión, cariño. La defensa que pretendes que haga es la defensa de un caso que ya no se sostiene. Se cae por su propio peso. Al menos en los tiempos en que vivimos. Si tratara de hacer esa defensa, nadie me prestaría la menor atención.

—Eso no es verdad. Aun cuando seas lo que dices ser, un dinosaurio moral, siempre habrá cierta curiosidad por oír lo que tenga que decir el dinosaurio. Yo, de entrada, siento curiosidad. ¿Cuál es tu defensa? A ver, oigámosla.

Él titubea. ¿De veras aspira a que él devane todavía más intimidades?

—Mi defensa se apoya en los derechos del deseo —dice—. En el dios que hace temblar incluso a las aves más diminutas.

Vuelve a verse en el piso de la muchacha, en su dormitorio, mientras fuera llueve a cántaros y del calefactor de la esquina emana un olor a parafina; vuelve a verse arrodillado sobre ella, quitándole la ropa, mientras ella deja los brazos yertos como si fuese una muerta. *Fui un sirviente de Eros*: eso es lo que desea decir, pero ¿será capaz de semejante desfachatez? *Fue un dios el que actuó a través de mí.* ¡Qué vanidad! Y sin embargo, no es mentira, no lo es del todo. En toda esta penosa historia hubo algo sin duda generoso que hizo todo lo posible por florecer. ¡Si al menos hubiera sabido que iba a ser tan corto...!

Vuelve a intentarlo, esta vez más despacio.

—Cuando eras pequeña, cuando todavía vivíamos en Kenilworth, los vecinos de al lado tenían un perro, un setter irlandés. No sé si te acuerdas.

—Vagamente.

—Bueno, pues era un macho. Cada vez que por el vecindario asomaba una perra en celo se excitaba y se ponía como loco, era casi imposible de controlar. Con una regularidad pavloviana, los dueños le pegaban. Y así fue hasta que llegó un día en que el pobre perro ya no supo qué hacer. Nada más olfatear a la perra echaba a corretear por el jardín con las orejas gachas y el rabo entre las patas, gimoteando, tratando de esconderse.

Hace una pausa.

—No entiendo adónde pretendes llegar —dice Lucy. Ciertamente, ¿adónde pretende llegar?

—En aquel espectáculo había algo tan innoble, tan ignominioso, que llegaba a desesperarme. A mí me parece que puede castigarse a un perro por una falta como morder y destrozar una zapatilla. Un perro siempre aceptará una justicia de esa clase: por destrozar un objeto, una paliza. El deseo, en cambio, es harina de otro costal. Ningún animal aceptará esa justicia, es decir, que se le castigue por ceder a su instinto.

—Así pues, a los machos hay que permitirles que cedan a sus instintos sin que nadie se lo impida. ¿Esa es la moraleja?

—No, esa no es la moraleja. La ignominia del espectáculo de Kenilworth estriba en que el pobre perro había comenzado a detestar su propia naturaleza. Ya ni siquiera era necesario darle una paliza. Estaba dispuesto a castigarse a sí mismo. Llegados a ese punto, habría sido preferible pegarle un tiro.

—O haberlo castrado.

—Puede ser. Pero en lo más hondo de su ser seguramente habría preferido recibir un disparo. Habría preferido esa solución al resto de las opciones que se le ofrecían: por una parte, renunciar a su propia naturaleza; por otra, pasarse el resto de sus días dando vueltas por el cuarto de estar, suspirando, olfateando al gato, volviéndose corpulento y reposado.

—David, ¿tú te has sentido siempre así?

—No, no siempre. Alguna vez me he sentido exactamente a la inversa: he sentido que el deseo es una pesada carga sin la cual podría apañármelas estupendamente.

—Debo decir —aclara Lucy— que ese es el planteamiento hacia el que más me inclino.

Él espera a que continúe, pero no lo hace.

—En cualquier caso —añade ella—, y por volver al asunto en cuestión, está claro que has sido expulsado y que eso deja sanos y salvos a tus colegas: ahora que el chivo expiatorio anda suelto por ahí, bien lejos, pueden respirar tranquilos.

¿Una afirmación? ¿Una pregunta? ¿Cree de veras que no es sino un chivo expiatorio?

—No creo que eso del chivo expiatorio sea la mejor manera de explicarlo —dice con cautela—. En la práctica, eso del chivo expiatorio funcionaba mientras hubiera un poder religioso que lo avalase. Se cargaban todos los pecados de la ciudad a lomos del chivo, se le expulsaba de la ciudad y la ciudad quedaba limpia de pecado. Si funcionaba, es porque todos los implicados sabían interpretar el ritual, incluidos los dioses. Luego resultó que murieron los dioses, y de golpe y porrazo fue preciso limpiar la ciudad sin ayuda divina. En vez de ese simbolismo fueron necesarios otros actos, actos de verdad. Así nació el censor en el sentido romano del término. La vigilancia pasó a ser la clave, la vigilancia de todos sobre todos. El perdón fue reemplazado por la purga.

Está dejándose llevar; sin querer, ha empezado a hilvanar una conferencia.

—De todos modos —concluye—, una vez que me he despedido de la ciudad, ¿qué es lo que hago ahora en el campo? Ayudar a cuidar a los perros. Ser la mano derecha de una mujer especializada en esterilización y eutanasia.

Lucy se echa a reír.

—¿Bev? ¿Tú crees que Bev forma parte del aparato represivo? ¡Bev te tiene miedo, hombre! Tú eres profesor; ella jamás había tratado a un profesor como los de antes. Le da miedo cometer errores gramaticales al hablar contigo.

Por el camino avanzan tres hombres hacia ellos, o dos hombres y un chico. Caminan deprisa, a largas zancadas, como los campesinos. El perro que camina junto a Lucy se detiene, se le eriza el pelo.

—¿Es como para que nos pongamos nerviosos? —pregunta él.

—No lo sé.

Acorta la correa de los dóberman. Los hombres llegan a su altura. Un movimiento de cabeza, un saludo, pasan de largo.

—¿Quiénes son? —pregunta.

—No los había visto en mi vida.

Llegan a la linde de la plantación y vuelven sobre sus pasos. Ya no se ven los hombres.

Mientras se acercan a la casa, oyen la algarabía de los perros enjaulados. Ladran sin cesar. Lucy aviva el paso.

Los tres están esperándolos. Los dos hombres permanecen algo apartados mientras el chico azuza a los perros y gesticula con brusquedad, amenazador. Los perros, enrabiados, ladran y le enseñan los dientes. El perro que lleva Lucy al lado trata de soltarse de la correa dando tirones. Incluso la vieja bulldog que él parece haber adoptado como si le perteneciera gruñe.

—¡Petrus! —llama Lucy. Pero no hay ni rastro de Petrus—. ¡Apártate de los perros! —exclama—. *Hamba!*

El chico retrocede y se reúne con sus acompañantes. Tiene la cara chata, inexpresiva, ojos de cerdo; lleva una camisa floreada, unos pantalones abolsados, un pequeño sombrero de paja para resguardarse del sol. Sus compañeros llevan los dos sendos monos de trabajo de dril azul. El más alto es apuesto, asombrosamente apuesto; tiene la frente alta y los pómulos bien dibujados, con unas fosas nasales amplias, abiertas.

Al aproximarse Lucy, los perros parecen calmarse. Abre la tercera jaula y hace pasar dentro a los dóberman. Un gesto sin duda valiente, piensa él, pero ¿será sensato?

—¿Qué desean? —interpela ella a los hombres.

Habla el más joven.

—Hemos de telefonear.

—¿Por qué han de telefonear?

—Su hermana —hace un vago gesto hacia atrás— está teniendo un accidente.

—¿Un accidente?

—Sí, muy grave.

—¿Qué clase de accidente?

—Un niño.

—¿Su hermana está teniendo un niño?

—Sí.

—¿De dónde son ustedes?

—De Erasmuskraal.

Lucy y él intercambian una mirada. Erasmuskraal,

dentro de los límites de la concesión de explotación forestal, es una aldea que carece de electricidad, de teléfono. La historia parece verosímil.

—¿Por qué no han llamado desde el puesto forestal?

—Nadie allí.

—Quédense ahí —dice Lucy, y luego se dirige al chico—: ¿Quién es el que desea telefonear?

Señala al hombre más alto, al más apuesto.

—Pase —dice. Abre el cerrojo de la puerta de atrás y entra. El más alto la sigue. Al cabo de un instante, el otro lo roza al pasar y también entra en la casa.

Hay algo que no encaja: lo sabe en el acto.

—¡Lucy, ven aquí! —la llama, sin saber de momento si seguirlos al interior o esperar ahí fuera, donde podrá vigilar al chico.

De la casa tan solo le llega el silencio.

—¡Lucy! —vuelve a llamar, y a punto está de entrar cuando el cerrojo se cierra por dentro.

—¡Petrus! —grita a voz en cuello.

El chico se vuelve y echa a correr a toda velocidad hacia la puerta de delante. Él suelta la correa de la bulldog.

—¡Tras él! —le grita. El perro sale al trote, pesadamente, tras el chico.

A la entrada de la casa los alcanza él. El chico ha empuñado una estaca de las que se usan como rodrigón y la emplea para mantener al perro a raya.

—¡Ssh... ssh... ssh! —jadea sin dejar de esgrimir el palo. Gruñendo, el perro lo rodea trazando círculos a izquierda y derecha.

Los deja allí y vuelve corriendo a la puerta de la cocina. La hoja inferior no está asegurada: bastan unas cuantas patadas para que se abra. Se agacha y, a gatas, entra en la cocina.

Lo alcanza un golpe en la coronilla. Tiene tiempo de pensar: *si todavía estoy consciente es que estoy bien*, pero los miembros se le vuelven de agua y se desploma.

Es consciente de que alguien lo arrastra por el suelo de la cocina. Entonces se desvanece.

Yace boca abajo sobre unas baldosas frías. Trata de ponerse en pie, pero de algún modo tiene las piernas bloqueadas, no puede moverlas. Vuelve a cerrar los ojos.

Está en el lavabo, el lavabo de la casa de Lucy. Aturdido, mareado, logra ponerse en pie. La puerta está cerrada; la llave ha desaparecido.

Se sienta en el retrete y procura reponerse. La casa está en silencio; los perros ladran, aunque más parece por obligación que por estar frenéticos.

—¡Lucy! —exclama con la voz quebrada. Y luego, más fuerte—: ¡Lucy!

Trata de liarse a patadas con la puerta, pero no está en su mejor momento, y dispone de poquísimo espacio, y la puerta es demasiado antigua, demasiado maciza.

Así pues, por fin ha llegado el día de la prueba. Sin aviso previo, sin fanfarrias, está ahí y él está en medio. Dentro del pecho, el corazón le martillea tan fuerte que también él, aunque sea con torpeza, tiene que haber caído en la cuenta. ¿Cómo han de comportarse él y su corazón frente a la prueba?

Su hija está en manos de unos desconocidos. Dentro de un minuto, dentro de una hora ya será demasiado tarde; todo lo que a ella esté pasándole quedará esculpido en piedra, pertenecerá al pasado. Pero *ahora* todavía no es demasiado tarde. *Ahora* es preciso hacer algo.

Aunque se esfuerza por oír algo, no discierne el menor sonido en la casa. Y está claro que si su hija estuviera llamando a alguien, aunque fuera amordazada, sin duda la oiría.

Aporrea la puerta.

—¡Lucy! —grita—. ¡Lucy! ¡Dime algo!

Se abre la puerta, recibe un golpe, pierde el equilibrio. Ante él está el segundo de los hombres, el más bajo, con una botella de litro, vacía, sujeta por el gollete.

—Las llaves —dice el hombre.

—No.

El hombre le propina un empujón. Retrocede, se queda sentado de nuevo en el retrete. El hombre levanta la botella. Se le nota cierta placidez en la cara: ni rastro de cólera. Lo que hace es meramente su trabajo: se trata de conseguir que alguien le entregue un objeto. Si entraña el golpearlo con una botella, lo hará sin vacilar. Le golpeará tantas veces como sea necesario, y si es necesario le romperá la botella en la crisma.

—Tómelas —dice—. Llévenselo todo, pero dejen en paz a mi hija.

Sin mediar palabra, el hombre toma las llaves y vuelve a encerrarlo.

Se estremece. Son un trío peligroso. ¿Por qué no lo reconoció cuando estaba a tiempo? Lo cierto es que no le han hecho daño: a él todavía no. ¿No cabe tal vez la posibilidad de que la casa contenga suficientes objetos para que se den por satisfechos? ¿No es posible que también dejen a Lucy sin hacerle ningún daño?

Desde detrás de la casa le llegan unas voces. Los ladridos de los perros vuelven a crecer, se les nota más excitados. Se pone de pie sobre la tapa del retrete y otea entre los barrotes del ventanuco.

Con el fusil de Lucy y una abultada bolsa de basura, el segundo hombre desaparece en ese instante al doblar la esquina de la casa. Se cierra la portezuela de un coche. Reconoce el ruido: es su coche. El hombre reaparece con las manos vacías. Durante un instante, los dos se miran directamente a los ojos. «*Hai!*», dice el hombre; sonríe con mala cara y le grita algunas palabras. Se oye una carcajada. Acto seguido, el chico se le suma y los dos se plantan bajo el ventanuco, inspeccionando al prisionero y discutiendo su destino.

Él habla italiano, habla francés, pero el italiano y el francés no le salvarán allí donde se encuentra, en lo más tenebroso de África. Está desamparado como una solterona, como un personaje de dibujos animados, como un misionero con su sotana y su salacot a la espera, las manos entrelazadas y los ojos clavados en el cielo, mientras los salvajes parlotean en su lenguaje incomprensible y se preparan para meterlo de cabeza en un caldero de agua hirviendo. La obra de las misiones: ¿qué ha dejado en herencia tan inmensa empresa destinada a elevar las almas? Nada, o nada que él alcance a ver.

Ahora aparece el más alto, el que lleva el fusil. Con la tranquilidad que da la práctica, introduce un cartucho en la recámara y apunta a la jaula de los perros. El mayor de los pastores alemanes, que babea de cólera, le gruñe y le tira mordiscos. Se oye un estampido; la sangre y los sesos se esparcen dentro de la jaula. Cesan los ladridos un instante. El hombre hace otros dos disparos. Un perro, alcanzado en el pecho, muere en el acto; el otro, con una herida abierta en el cuello, se sienta con pesadez, baja las orejas y sigue con la mirada los movimientos de ese individuo que ni siquiera se toma la molestia de administrarle un tiro de gracia.

Se hace el silencio. Los tres perros que quedan, sin un lugar donde esconderse, se retiran hasta el fondo de la perrera y gimen con voz queda. Tomándose su tiempo entre disparo y disparo, el hombre los liquida.

Se oyen pasos por el corredor y la puerta del lavabo vuelve a abrirse de golpe. Ante él aparece el segundo hombre; a sus espaldas vislumbra al chico de la camisa floreada, que está zampándose una tarrina de helado. Trata de abrirse paso de un empellón, rebasa al hombre, cae entonces de golpe. Una especie de zancadilla: deben de ser jugadores de fútbol.

Mientras permanece tendido en el suelo, es rociado de pies a cabeza con un líquido. Le arden los ojos, trata de frotárselos. Reconoce el olor: alcohol de quemar. Se esfuerza por levantarse, pero es empujado de nuevo al lavabo. Oye el frotar de un fósforo contra la raspa de la caja y en el acto se encuentra bañado por una llamarada azul.

¡Estaba equivocado! Ni su hija ni él van a quedar a sus anchas así como así. Se puede quemar, puede morir; si él puede morir, también puede morir Lucy, ¡sobre todo Lucy!

Se golpea la cara como un poseso; el cabello chisporrotea al prenderse; se revuelca, emite aullidos informes tras los cuales no hay una sola palabra. Trata de ponerse en pie, pero es obligado por la fuerza a permanecer tendido. Por un instante se aclara su visión y ve, a menos de un palmo de la cara, la pernera de dril azul y un zapato. La puntera está doblada hacia arriba; tiene briznas de hierba prendidas en la costura.

Una llama baila sin hacer ruido en el dorso de su mano. Logra arrodillarse y mete la mano en la taza del váter. Detrás de él, la puerta se cierra y la llave gira en la cerradura.

Se asoma a la taza del váter para salpicarse la cara con el agua y mojarse la cabeza. Percibe un desagradable olor a cabello chamuscado. Se pone en pie, apaga a manotazos las últimas llamaradas que tiene en la ropa.

Con bolas de papel higiénico empapadas en el agua de la taza se enjuaga la cara. Le escuecen los ojos, tiene un párpado casi cerrado del todo. Se pasa la mano por la cabeza y se mira las yemas de los dedos, renegridas por el hollín. Aparte de un trozo junto a la oreja, parece que se ha quedado sin pelo. Tiene todo el cuero cabelludo en carne viva, quemado del todo. Quemado, requemado.

—¡Lucy! —grita—. ¿Estás ahí?

Tiene una visión: Lucy lucha contra los dos hombres vestidos de dril azul, se debate por librarse de ellos. Es él quien se retuerce, tratando de quitarse la imagen de la cabeza.

Oye arrancar su coche, oye el crujido de los neumáticos sobre la gravilla. ¿Ha terminado? ¿Es que, por increíble que parezca, ya se marchan?

—¡Lucy! —grita una y otra vez, hasta oír un deje de locura en su propia voz.

Por fin, bendita sea, la llave gira en la cerradura. Cuando la puerta se abre del todo, Lucy ya le ha dado la espalda. Lleva un albornoz, está descalza, tiene el cabello húmedo.

Él la sigue por la cocina; la cámara frigorífica está abierta y hay comida desparramada por el suelo. Ella ha llegado hasta la puerta de atrás, y contempla la carnicería de la perrera.

—¡Mis perros, mis queridos perros! —la oye murmurar.

Abre la primera de las jaulas y entra. El perro que tiene la herida en el cuello todavía respira. Se inclina sobre él, le habla. El perro menea el rabo débilmente.

—¡Lucy! —vuelve a llamarla, y ahora por vez primera ella lo mira. Frunce el ceño.

—Pero… ¿qué demonios te han hecho? —dice.

—¡Mi queridísima hija! —dice él. La sigue hasta la jaula y trata de abrazarla. Con suavidad, pero decidida, ella rechaza su intento de abrazo.

El cuarto de estar es un desastre, igual que su propia habitación. Faltan cosas: su chaqueta, sus mejores zapatos… Y no es más que el principio.

Se mira en un espejo. Un amasijo de ceniza marrón, eso es todo cuanto queda de su pelo: le cubre el cuero cabelludo, la frente. Debajo de la ceniza, el cuero cabelludo se le ha tornado de un rosa intenso. Toca la piel: le duele, empieza a supurar. Tiene un párpado hinchado, cerrado; ha perdido las cejas y las pestañas.

Va al cuarto de baño, pero encuentra la puerta cerrada.

—No entres —oye decir a Lucy.

—¿Te encuentras bien? ¿Te han hecho daño?

Son preguntas estúpidas. Ella no contesta.

Procura lavarse la ceniza poniendo la cabeza bajo el grifo del fregadero, echándose vasos y más vasos de agua por encima. El agua le gotea por la espalda; tiene un estremecimiento de frío.

Sucede a diario, a cada hora, a cada minuto, se dice; sucede por todos los rincones del país. Date por contento de haber escapado de esta sin perder la vida. Date por contento de no ser ahora mismo un prisionero dentro del coche que se larga a toda velocidad, o de no estar en el fondo de un *donga*, un cauce seco, con un balazo en la cabeza. Date por contento de tener aún a Lucy. Sobre todo a Lucy.

Es un riesgo poseer cualquier cosa: un coche, un par de zapatos, un paquete de tabaco. No hay suficiente para todos, no hay suficientes coches, zapatos ni tabaco. Hay demasiada gente, y muy pocas cosas. Lo que existe ha de estar en circulación, de modo que todo el mundo tenga la ocasión de ser feliz al menos un día. Esa es la teoría: aférrate a la teoría, a los consuelos de la teoría. No es una maldad de origen humano, sino un vastísimo sistema circulatorio ante cuyo funcionamiento la piedad y el terror son de todo punto irrelevantes. Así es como hay que considerar la vida en este país: en sus aspectos más esquemáticos. De lo contrario, uno se volvería loco. Coches, zapatos, tabaco; también las mujeres. Ha de haber algún hueco dentro del sistema, un hueco para las mujeres y lo que les sucede.

Lucy ha aparecido por detrás de él. Se ha puesto unos pantalones y una gabardina; se ha peinado, se ha lavado la cara, está inexpresiva. Él la mira a los ojos.

—Querida, queridísima mía… —dice, y se atraganta al sentir un sollozo repentino.

Ella ni siquiera mueve un dedo para consolarlo.

—Esa quemadura tiene muy mala pinta —comenta—. Hay aceite para niños en el armario del cuarto de baño. Échate un poco. ¿Ha desaparecido tu coche?

—Sí. Creo que se han ido en dirección a Port Elizabeth. He de llamar a la policía.

—No puedes. Han destrozado el teléfono.

Ella lo deja. Él se sienta en la cama y espera. Aunque se ha echado una manta por encima, sigue temblando. Tiene hinchada una muñeca; le palpita de dolor. No logra recordar cómo se la ha lastimado. Ya anochece. Es como si toda la tarde hubiera pasado en un abrir y cerrar de ojos.

Vuelve Lucy.

—Han deshinchado las ruedas de la furgoneta —dice—. Iré caminando a casa de Ettinger. No creo que tarde. —Hace una pausa—. David, cuando te pregunten qué ha pasado, ¿te importaría contar solo tu propia historia, lo que te ha pasado a ti?

Él no la entiende.

—Tú cuenta lo que te ha pasado; yo contaré lo que me ha pasado a mí —repite.

—Vas a cometer un error —dice él con una voz que apenas pasa de ser un graznido.

—No, ni mucho menos —dice ella.

—¡Mi niña, mi niña! —dice él, y le tiende los brazos. Como ella no acude, deja la manta a un lado, se pone en pie y la abraza. La siente rígida como un palo, sin intención de ceder ni un ápice.

## 12

Ettinger es un viejo adusto que habla inglés con un marcado acento alemán. Es viudo, sus hijos han vuelto a Alemania, es el único de su familia que queda en África. Llega en su camioneta de tres litros de cilindrada con Lucy al lado y espera sin apagar el motor.

—Pues así es, nunca voy a ninguna parte sin mi Beretta —dice cuando circulan por la carretera de Grahamstown. Da un par de palmadas en la cartuchera que lleva en la cadera—. Lo mejor es que cada cual cuide de sí mismo, porque la policía no nos salvará de nada; ya no, de eso pueden estar seguros.

¿Tiene razón Ettinger? Si él tuviera una pistola, ¿habría salvado a Lucy? Lo duda. De haber tenido un arma en su poder, lo más probable es que ahora estuviera muerto, y Lucy también.

Se fija en que las manos todavía le tiemblan ligeramente. Lucy lleva los brazos cruzados sobre el pecho. ¿Será porque ella también tiembla?

Esperaba que Ettinger los llevase a la comisaría de policía, pero resulta que Lucy le ha indicado que los lleve directamente al hospital.

—¿Por mí o por ti? —le pregunta.

—Por ti.

—¿Y no querrá verme también a mí la policía?

—No hay nada que tú puedas contarles y yo no —responde ella—. ¿O sí?

En el hospital, Lucy entra a grandes zancadas por una puerta en cuyo dintel un rótulo dice PARTES DE LESIONES. Llena el formulario correspondiente y le hace sentarse en la sala de espera. Se le nota una gran fuerza interior; es toda decisión, mientras que el temblor de antes a él se le ha extendido por todo el cuerpo.

—Si te dan de alta, espera aquí —le indica—. Volveré a recogerte.

—¿Y tú? ¿Qué vas a hacer?

Ella se encoge de hombros. Si está temblando, desde luego que no se le nota.

Encuentra un asiento libre entre dos muchachas bastante voluminosas que bien podrían ser hermanas, una de ellas con un niño en brazos que no para de llorar, y un hombre que lleva un vendaje aparatoso y ensangrentado en una mano. Es el duodécimo de la fila. El reloj de pared marca las cinco y cuarenta y cinco. Cierra el ojo bueno y se deja caer en un sueño en el que las dos hermanas no cesan de cotillear, *chuchotantes*. Cuando abre el ojo, el reloj sigue marcando las cinco y cuarenta y cinco. ¿Estará estropeado? No: la manecilla del minutero da una sacudida y descansa en las cinco y cuarenta y seis.

Pasan dos horas antes de que la enfermera lo haga pasar a la consulta, y todavía habrá de esperar un buen rato hasta que le llegue la vez de ser recibido por la única médico de guardia, una joven de origen indio.

Las quemaduras que tiene en el cuero cabelludo no son graves, aunque debe tener cuidado de que no se le infecten. La doctora dedica más tiempo a explorarle el ojo. El párpado superior y el párpado inferior están pegados; separarlos resulta extraordinariamente doloroso.

—Ha tenido usted suerte —comenta ella después de la exploración—. El ojo en sí no está dañado, pero si hubieran empleado gasolina nos veríamos en una situación completamente distinta.

Sale de la consulta con la cabeza vendada, el ojo tapado, una bolsa de hielo aplicada sobre la muñeca. En la sala de espera lo sorprende encontrar a Bill Shaw. Bill, al que le saca una cabeza, lo sujeta por los hombros.

—Espantoso, absolutamente espantoso —le dice—. Lucy se ha quedado en nuestra casa. Iba a venir a recogerte, pero Bev le ha dicho que ni hablar. ¿Cómo te encuentras?

—Bien, estoy bien. Son quemaduras superficiales, nada serio. Lamento que os hayamos fastidiado la velada.

—¡No digas tonterías! —responde Bill Shaw—. ¿Para qué están los amigos? Tú habrías hecho lo mismo.

Pronunciadas sin el menor atisbo de ironía, esas palabras quedan impresas en él, indelebles. Bill Shaw cree que si él, Bill Shaw, hubiera recibido un golpe en la cabeza y luego su agresor le hubiese prendido fuego, él, David Lurie, habría ido en coche al hospital y se habría sentado a esperarlo sin llevar siquiera un periódico para pasar el rato, para llevarlo después a su casa. Bill Shaw cree que porque David Lurie y él compartieron una vez una taza de té, David Lurie es su amigo, y que por eso los dos tienen ciertas obligaciones mutuas. ¿Tendrá razón Bill Shaw, o acaso se equivoca? ¿Acaso es que Bill Shaw, nacido en Hankey, a menos de doscientos kilómetros de allí, y que trabaja en una ferretería, ha visto tan poco mundo que ni siquiera sabe que hay hombres que no traban amistades con facilidad, hombres cuya actitud frente a la amistad entre los hombres está corroída por el escepticismo? *Amigo*, en inglés moderno *friend*, proviene del inglés antiguo *freond*, que a su vez deriva del verbo *freon*, «amar». ¿Será que una simple taza de té es sello de un vínculo de amor a ojos de Bill Shaw? Con todo, de no ser por Bill y Bev Shaw, de no ser por el viejo Ettinger, de no ser por cierta clase de vínculos, ¿dónde estaría él ahora? En la granja hecha trizas, sin teléfono, entre unos cuantos perros muertos.

—Es espantoso, de veras —repite Bill Shaw ya en el coche—. Una atrocidad. Bastante lamentable es conocer esta clase de incidentes por el periódico, pero cuando encima le sucede a una persona que conoces… —Menea la cabeza—. Eso sí que te hace ver las cosas con claridad. Es como si volviéramos a estar en plena guerra.

Él no se toma la molestia de contestar. El día no ha muerto aún, está vivo y coleando. *Guerra, atrocidad*: cada palabra con la que alguien trata de envolver el día, el día mismo las engulle y desaparecen en su negra garganta.

Bev Shaw los recibe en la puerta. Lucy ha tomado un sedante, anuncia, y se ha tumbado hace un rato; es preferible no molestarla.

—¿Ha ido a ver a la policía?

—Sí, hay una denuncia por el robo de tu coche.

—¿Y ha visitado a un médico?

—Ya está todo en orden. ¿Tú cómo te encuentras? Me dijo Lucy que has sufrido graves quemaduras.

—Sí, tengo algunas quemaduras, pero no son tan graves como puede parecer.

—Deberías comer algo antes de descansar.

—No tengo hambre.

Ella le prepara un baño en su bañera, grande y anticuada, de hierro forjado. Él estira toda su pálida longitud y la sumerge en el agua humeante; trata de relajarse. Cuando es hora de salir de la bañera, resbala y poco le falta para caerse de bruces: se siente tan débil como un bebé, e igual de aturdido. Ha de llamar a Bill Shaw y padecer la ignominia de recibir su ayuda para salir de la bañera, para secarse, para ponerse el pijama que le presta. Después oye a Bill y a Bev que cuchichean en voz baja, y comprende que están hablando de él.

Ha salido del hospital con un frasco de analgésicos, un paquete de vendas especiales para quemaduras, un pequeño artilugio de aluminio para apoyar la cabeza cuando se acueste. Bev Shaw lo acomoda en un sofá que huele a gato; con una facilidad sorprendente se queda dormido enseguida. En mitad de la noche despierta en un estado de absoluta clarividencia. Tiene una visión: Lucy le ha hablado; el eco de sus palabras —«¡Ven, sálvame!»— sigue rebotando en sus oídos. En su visión, ella permanece en pie con las manos extendidas, el cabello húmedo y peinado hacia atrás, en medio de un campo que baña una luz muy blanca.

Se pone en pie, tropieza con una silla, la derriba. Se enciende una luz y Bev Shaw aparece ante él en camisón.

—He de hablar con Lucy —farfulla; tiene la boca reseca, la lengua espesa.

Se abre la puerta de la habitación en que descansa Lucy. Su aspecto nada tiene que ver con el de su visión. Tiene la cara abotargada por el sueño y se ata el cinturón de un albornoz que claramente no es suyo.

—Perdona, he tenido un sueño —dice. De pronto, la palabra *visión* es demasiado anticuada, demasiado absurda—. Creí que me estabas llamando.

Lucy menea la cabeza.

—No, no te llamaba. Ve a dormir, anda.

Tiene toda la razón, por supuesto. Son las tres de la madrugada, pero a él no se le pasa por alto, sería de hecho imposible, que por segunda vez en lo que va de día ella le ha hablado como si fuera un niño... un niño pequeño o un anciano.

Trata de conciliar el sueño otra vez, pero no puede. Habrá sido un efecto de las pastillas, se dice: no una visión, ni siquiera un sueño, tan solo una alucinación de origen químico. No obstante, la figura de la mujer en un campo bañado por una luz muy blanca persiste ante él. «¡Sálvame!», grita su hija, y sus palabras resultan claras, resonantes, inmediatas. ¿Es tal vez posible que el alma de Lucy haya abandonado su cuerpo y de hecho lo haya visitado? ¿Es posible que las personas que no creen en el alma de hecho tengan una? ¿Es posible que sus almas lleven una vida independiente?

Aún faltan horas para el amanecer. Le duele la muñeca, le arden los ojos, tiene el cuero cabelludo despellejado e irritado. Con cautela, enciende la lámpara y se levanta. Envuelto en una manta, abre la puerta de la habitación de Lucy y entra. Hay una silla junto a la cama; toma asiento. Se percata de que ella está despierta.

¿Qué está haciendo? Está vigilando a su niña, la guarda de todo mal, aleja a los malos espíritus. Al cabo de un rato largo nota que ella vuelve a relajarse. Oye un suave «pop» cuando se le separan los labios, oye el ronquido más tenue.


Por la mañana, Bev Shaw le sirve un desayuno a base de copos de maíz y té, y desaparece en la habitación de Lucy.

—¿Cómo está? —le pregunta él cuando regresa.

Bev Shaw le responde con una tajante sacudida de cabeza, como si quisiera decirle que eso no es asunto suyo. La menstruación, el parto, la violación y sus consecuencias: asuntos de sangre, la carga cuyo peso ha de soportar la mujer, el recinto mismo de la mujer.

Se pregunta, y no es la primera vez, si las mujeres no serían más felices viviendo en comunidades exclusivamente femeninas, en las que admitiesen tan solo las visitas de los hombres que ellas mismas quisieran recibir. Tal vez se equivoque al pensar que Lucy es homosexual. Tal vez sea que tan solo prefiere la compañía de las mujeres. Tal vez es eso lo que son las lesbianas: mujeres que no tienen necesidad de los hombres.

No es de extrañar que tengan una actitud tan vehemente contra la violación, tanto ella como Helen. La violación, diosa del caos y la mezcolanza, intrusa en los recintos clausurados. Violar a una lesbiana, peor aún que violar a una virgen: el golpe es más fuerte. ¿Sabrían esos individuos qué territorio pisaban? ¿Se habría corrido la voz?

A las nueve en punto, después de que Bill Shaw se marche a trabajar, llama quedamente a la puerta de Lucy. Sigue tendida en la cama, cara a la pared. Se sienta a su lado, le acaricia la mejilla. La tiene húmeda de lágrimas.

—No es nada fácil hablar de esto —le dice—, pero ¿has ido a ver a un médico?

Ella se incorpora, se sienta, se suena.

—Ayer por la noche vi a mi médico de cabecera.

—¿Y él se ha hecho cargo de todo lo que pueda pasar?

—Ella —le responde—. Es una médico, no un médico. No. —Y ahora se nota un deje de cólera en su voz—. ¿Cómo iba a hacerse cargo? ¿Cómo va a hacerse cargo una médico de todo lo que pueda pasar? ¡No seas insensato, por favor!

Él se pone en pie. Si ella prefiere mostrarse irritada, también él puede hacerlo.

—Lamento habértelo preguntado —le dice—. ¿Qué planes tenemos para hoy?

—¿Qué planes tenemos? Volver a la granja y limpiarla.

—¿Y luego?

—Luego, seguir como hasta ahora.

—¿En la granja?

—Pues claro, en la granja.

—Lucy, ten un poco de sentido común. Las cosas han cambiado. No podemos continuar justo en el punto donde lo dejamos.

—¿Por qué no?

—Porque no es buena idea. Porque ni siquiera tenemos un mínimo de seguridad.

—Nunca tuve un mínimo de seguridad, y no se trata

de una idea, ni buena ni mala. No voy a volver en aras de una idea, no es eso. Lisa y llanamente, voy a volver y a seguir igual que hasta ahora.

Sentada en la cama, con el camisón prestado, ella le planta cara con el cuello rígido y los ojos relucientes. No es la niña de su padre, no. Ya no lo es.

# 13

Antes de salir necesita que le cambien los vendajes. En el reducido espacio del cuarto de baño, Bev Shaw le retira las vendas. Tiene el párpado todavía cerrado y le han salido ampollas en el cuero cabelludo, pero las lesiones no son tan graves como podrían haber sido. La zona más dolorosa es el borde externo de la oreja derecha; como le dijo la joven doctora, fue la única parte de su cuerpo que de hecho llegó a arder.

Con una solución estéril, Bev le enjuaga la piel sonrosada y expuesta del cuero cabelludo; luego, empleando unas pinzas, coloca los vendajes amarillentos y aceitosos sobre la región afectada. Con delicadeza le limpia los pliegues del párpado y de la oreja. No dice nada mientras se aplica a su trabajo. Él recuerda al macho cabrío en la clínica, se pregunta si, sometiéndose al cuidado de sus manos, llegó a sentir esa misma paz.

—Ya está —dice por fin, y se aleja de él un paso.

Él inspecciona la imagen que le ofrece el espejo, su rostro con el gorro blanquísimo, el ojo cerrado.

—De maravilla —comenta, pero por dentro piensa: estoy como una momia.

Trata de plantear de nuevo el asunto de la violación.

—Dice Lucy que ayer por la noche estuvo con su médico de cabecera.

—Sí.

—Existe el riesgo de que haya quedado embarazada —insiste—. Existe el riesgo de las enfermedades venéreas. Existe el riesgo del VIH. ¿No crees que debería ver también a un ginecólogo?

Bev Shaw cambia de postura, incómoda.

—Eso tendrás que preguntárselo tú mismo a Lucy.

—Ya se lo he preguntado. Y no suelta prenda.

—Vuelve a preguntárselo.

Pasan de las once de la mañana, pero Lucy no da muestras de salir. Él da vueltas por el jardín, a falta de algo mejor que hacer. Se va apoderando de él un humor gris. No es solo que no sepa qué hacer consigo mismo. Los acontecimientos del día anterior lo han sacudido hasta lo más profundo de su ser. El temblor, la flojera son únicamente los primeros signos, los más superficiales, de la conmoción. Tiene la sensación de que, en su interior, algún órgano vital ha sufrido una magulladura, un abuso. Tal vez incluso sea el corazón. Por vez primera prueba a qué sabe el hecho de ser un viejo, estar cansado hasta los huesos, no tener esperanzas, carecer de deseos, ser indiferente al futuro. Medio derrumbado sobre una silla de plástico, en medio del pestazo que despiden las plumas de las gallinas y las manzanas medio podridas, entiende que su interés por el mundo se le escapa gota a gota. Tal vez sean precisas semanas, tal vez meses, hasta que se desangre y se quede seco del todo, pero no le cabe duda de que se desangra. Cuando haya terminado será como el despojo de una mosca prendido en una telaraña, quebradizo al tacto, más ligero que una cascarilla de arroz, listo para salir volando con un soplo de aire.

No puede contar con que Lucy lo ayude. Con paciencia, en silencio, Lucy tendrá que encontrar su propio camino de regreso de las tinieblas a la luz. Hasta que no vuelva a ser la de siempre, sobre él recaerá la responsabilidad de afrontar su vida cotidiana. Lo malo es que ha llegado demasiado de repente. Y esa es una carga para la que no está preparado: la granja, la huerta, las perreras. El futuro de Lucy, el suyo, el futuro de la tierra en conjunto... todo eso tan solo le inspira indiferencia, y eso es lo que le apetece decir: que todo quede para los perros, que a mí me da igual. En cuanto a los hombres que los visitaron, les desea lo peor dondequiera que estén. Por lo demás, ni siquiera desea pensar en ellos.

No es más que una secuela, se dice: una secuela de la agresión. Con el tiempo el propio organismo sabrá cómo reponerse, y yo, el espectro que lo habita, volveré a ser el mismo de siempre. Pero la verdad, y él lo sabe, no es esa, sino otra muy distinta. Sus ganas de vivir se han apagado de un soplido. Como una hoja seca a merced de un arroyo, como un bejín que se lleva la brisa, ha comenzado a flotar camino de su propio fin. Lo ve con bastante claridad, y es algo que lo colma y lo consume (esa palabra no lo dejará en paz) de desesperación. La sangre de la vida abandona su cuerpo y es reemplazada por la desesperación, una desesperación que es como el gas, inodora, incolora, insípida, carente de nutrientes. Uno la respira y las extremidades se le relajan, todo deja de importar incluso en el momento en que el acero te roce el cuello.

Se oye un timbrazo: dos jóvenes oficiales de policía, con sus uniformes nuevos e impolutos, vienen a comenzar las indagaciones. Lucy sale de su habitación. Está demacrada, viste con las mismas prendas que el día anterior. Rechaza el desayuno. Mientras la policía los sigue de cerca en su furgoneta, Bev se encarga de conducir hasta la granja.

Los cadáveres de los perros siguen tendidos en la jaula, en el mismo sitio donde los abatieron. *Katy*, la bulldog, todavía ronda por ahí: la ven agazapada cerca del establo, guarda las distancias. No hay señales de Petrus.

Una vez dentro, los dos policías se quitan la gorra y se la guardan bajo el brazo. Él permanece en segundo plano, deja que sea Lucy quien los guíe a través de la versión que haya decidido contar. La escuchan con respeto, toman buena nota de todo lo que dice; el lápiz recorre nervioso, veloz, las páginas de la libreta. Son de su misma generación y, sin embargo, se los ve recelosos de ella, como si fuese una criatura polucionada y su contaminación pudiera dar un salto y ensuciarlos a ellos.

Eran tres, recita ella, o dos hombres y un chico, mejor dicho. Se las ingeniaron para entrar en la casa, se llevaron (hace una lista pormenorizada) dinero, ropa, un televisor, un lector de cd, un fusil con munición. Como su padre ofreció resistencia, lo agredieron, lo rociaron de alcohol, trataron de pegarle fuego. Luego mataron a tiros a los perros y se llevaron el coche de su padre. Describe el aspecto de los hombres y la ropa que vestían; describe el coche.

Durante todo el tiempo que habla, Lucy lo mira fijo, como si extrajera de él la fuerza que necesita, o quizá como si lo desafiara a contradecirla. Cuando uno de los policías pregunta: «¿Cuánto duró todo el incidente?», responde: «Veinte, treinta minutos». Una falsedad, como él bien sabe, como sabe ella también. Duró mucho más. ¿Cuánto más? Todo el tiempo que necesitaron los hombres para dar por resuelto su trato con la señora de la casa.

No obstante, él no la interrumpe. *Mera cuestión de indiferencia*: apenas escucha mientras Lucy relata la historia. Empiezan a tomar forma palabras que llevaban desde la noche anterior aleteando en las franjas más lejanas de su memoria. *Dos viejas señoras encerradas en el lavabo / se pasaban los días de lunes a sábado / sin que nadie supiera que allí estaban*. Encerrado en el lavabo mientras su hija era maltratada. Una cantinela de su infancia vuelve para señalarlo con un dedo burlón.

*Ay, ay, ay: ¿qué podrá ser?* El secreto de Lucy; su desgracia.

Con cautela, los dos policías recorren la casa, la inspeccionan. No hay rastros de sangre, no se ven desperfectos en el mobiliario. El desorden de la cocina ya está recogido y limpio (¿por Lucy? ¿Cuándo?). Tras la puerta del lavabo, dos fósforos usados en los que ni siquiera reparan.

En el dormitorio de Lucy, la cama de matrimonio está sin sábanas. *La escena del crimen*, piensa. Como si le leyeran el pensamiento, los policías apartan la mirada y siguen su ronda.

Una casa en calma una mañana de invierno, nada más y nada menos.

—Vendrá un detective a tomar muestras de huellas dactilares —dicen cuando ya se marchan—. Procuren no tocar nada. Si recuerdan alguna cosa más que falte, llámennos a comisaría.

Apenas se han marchado cuando llegan los técnicos de la compañía telefónica, y luego el viejo Ettinger. Sobre Petrus, ausente, Ettinger hace un oscuro comentario:

—No se puede confiar en ninguno de ellos.

Dice que mandará un chico para reparar la furgoneta.

Antaño ha visto a Lucy enojarse, y mucho, al oír ese uso de la palabra «chico». Ahora ni siquiera reacciona.

Es él quien acompaña a Ettinger.

—¡Pobre Lucy! —exclama Ettinger—. Ha tenido que pasarlo muy mal. De todos modos, pudo ser peor.

—¿En serio? ¿Cómo?

—Podrían habérsela llevado por la fuerza.

Eso lo deja con un palmo de narices. No es un idiota ese Ettinger.

Por fin se quedan a solas Lucy y él.

—Yo me encargo de enterrar a los perros si me dices dónde —se ofrece—. ¿Qué les dirás a los dueños?

—Les diré la verdad.

—¿Lo cubrirá tu seguro?

—No lo sé. No sé si las pólizas de seguros cubren las matanzas. Tendré que enterarme.

Una pausa.

—¿Por qué no quieres contar toda la verdad, Lucy?

—He contado toda la verdad. Todo lo que sucedió ayer es lo que acabo de contar.

Menea la cabeza, dubitativo.

—Estoy seguro de que no te faltan razones, pero en un contexto más amplio… ¿estás segura de que esto es lo que más te conviene?

Ella no responde y él no la presiona por el momento. Sin embargo, sus pensamientos se centran en los tres intrusos, los tres agresores, hombres a los que posiblemente jamás volverá a poner la vista encima, aunque ya para siempre forman parte de su vida y de la de su hija. Los hombres verán los periódicos, oirán las habladurías. Se enterarán por la prensa de que se los busca por robo y agresión con lesiones, nada más. Se les ha de ocurrir que sobre el cuerpo de la mujer se ha tendido el silencio como una manta. *Demasiada vergüenza*, se dirán uno al otro: *demasiada vergüenza para contarlo*, y se reirán a sus anchas rememorando su hazaña. ¿Está Lucy dispuesta a concederles ese triunfo?

Cava la fosa donde Lucy se lo indica, cerca de la linde de la finca. Una fosa para seis perros adultos y de gran tamaño: incluso a pesar de que la tierra está arada hace poco, le lleva una hora entera. Cuando ha terminado, le duele la espalda, le duelen los brazos, vuelven a incordiarlo las molestias que sentía en la muñeca. Lleva los cadáveres de los perros en una carretilla. El perro que tiene un agujero abierto en el cuello todavía enseña los dientes ensangrentados. Igual que liarse a tiros con los peces dentro de un barril, piensa. Despreciable y, sin embargo, seguramente excitante en un país en el que los perros se crían de modo que gruñan automáticamente al percibir el olor de un hombre negro. Un satisfactorio trabajo para una sola tarde, embriagador, como toda venganza. Uno por uno arroja a los perros a la fosa, y luego la cubre de tierra.

Vuelve y se encuentra a Lucy, que está instalando una cama de campaña en la despensa mohosa, angosta, donde guarda los trastos.

—¿Para quién es? —pregunta.

—Para mí.

—¿Y el cuarto que queda libre?

—Se han caído los tablones del techo.

—¿Y el cuarto grande de la parte de atrás?

—Es que la cámara frigorífica hace demasiado ruido.

No es verdad. La cámara que hay en la habitación de atrás apenas ronronea. Es por lo que contiene la cámara, por eso no quiere Lucy dormir ahí: despojos, huesos, carne para perros que ya no tienen ninguna necesidad de comérsela.

—Quédate con mi cuarto —le dice—. Yo dormiré aquí.

Y acto seguido se pone a recoger sus cosas.

Sin embargo, ¿es cierto que desea cambiarse a esa celda llena de cajas con tarros de cristal vacíos, apiladas en una esquina, con un solo y minúsculo ventanuco que mira al sur? Si los fantasmas de los violadores de Lucy siguen en su dormitorio, no cabe duda de que habría que echarlos como fuera, no permitirles que se apoderen de esa pieza y la hagan su fortín. Por eso traslada sus pertenencias al dormitorio de Lucy.

Cae la noche. No tienen hambre, pero comen algo. Comer es un ritual, los rituales facilitan las cosas.

Con toda la delicadeza que puede, de nuevo formula su pregunta.

—Lucy, querida mía, ¿por qué no quieres contarlo? Fue un delito. No ha de avergonzarte el ser objeto de un delito. Tú no lo quisiste. No eres sino una víctima inocente.

Sentada al otro lado de la mesa, frente a él, Lucy respira hondo, hace acopio de fuerzas, exhala el aire y menea la cabeza.

—¿Quieres que intente adivinarlo? —dice él—. ¿Es que acaso tratas de recordarme algo?

—¿Que si trato de recordarte algo? ¿Qué?

—Lo que han de padecer las mujeres a manos de los hombres.

—Nada más lejos de mis pensamientos. Esto no tiene nada que ver contigo, David. Quieres saber por qué no he puesto en conocimiento de la policía una acusación en particular. Bien, pues voy a decírtelo con una condición: que no vuelvas a plantear este asunto. La razón es bien sencilla: por lo que a mí respecta, lo que me sucedió es un asunto puramente privado. En otra época y en otro lugar, tal vez pudiera exponerse a la consideración de la comunidad, e incluso ser un asunto de interés público. Pero en esta época y en este lugar, no lo es. Es un asunto mío y nada más que mío.

—Cuando hablas de este lugar, ¿a qué te refieres?

—A Sudáfrica.

—Pues no estoy de acuerdo. No estoy de acuerdo con lo que estás haciendo. ¿Crees que si aceptas con mansedumbre lo que te ocurrió puedes situarte al margen de granjeros y terratenientes como Ettinger? ¿Crees que lo que sucedió aquí fue como un examen, que si lo apruebas recibes un diploma y un salvoconducto de cara al futuro, o un rótulo para colocarlo en el dintel de tu puerta, de modo que la plaga pase de largo sin afectarte? No es así como funciona la venganza, Lucy. La venganza es como el fuego. Cuanto más devora, más hambre tiene.

—¡Basta, David! No quiero oírte hablar de plagas ni de fuego. No solo se trata de que intente salvar el

pellejo. Si eso es lo que piensas, es que no has entendido nada.

—Entonces, ayúdame a entenderlo. ¿Es alguna forma de salvación privada lo que intentas poner en pie?
¿Esperas expiar los pecados del pasado mediante tu sufrimiento en el presente?

—No. Sigues interpretándome mal. La culpa y la
salvación son abstracciones. Yo no actúo de acuerdo con
meras abstracciones. Hasta que no hagas un esfuerzo
para entenderlo, no puedo ayudarte.

Él desea responder, pero ella lo obliga a callar.

—David, hemos hecho un pacto. No quiero seguir
dándole vueltas a esta conversación.

Nunca, hasta ese instante, habían estado tan lejos y
tan amargamente separados. Él se queda hundido.

# 14

Un nuevo día. Ettinger llama por teléfono y se ofrece a prestarles una escopeta «entretanto».

—Gracias —le responde él—. Nos lo pensaremos.

Saca las herramientas de Lucy y repara la puerta de la cocina todo lo bien que sabe. Deberían instalar barrotes, una cancela de seguridad, una valla por todo el perímetro, como ha hecho Ettinger. Deberían convertir la granja en una fortaleza. Lucy debería adquirir una pistola y un juego de walkie-talkies, y tomar clases de tiro al blanco. ¿Consentirá ella alguna vez? Está ahí, vive ahí porque ama la tierra y esa manera de vivir a la antigua, *ländliche*. Si esa forma de vida está condenada, ¿qué le quedará, qué podrá amar?

Al final, *Katy* se deja convencer para salir de su escondite y se aposenta en la cocina. Se muestra sumisa, asustadiza; sigue a Lucy por todas partes, se mantiene pegada a sus talones. Paso a paso, la vida no transcurre como antes. La casa parece ajena, parece haber sido violentada; están constantemente alerta, con las orejas aguzadas.

Es entonces cuando regresa Petrus. Un viejo camión aparece jadeante por las roderas del camino y se detiene ante el establo. Petrus baja de la cabina; lleva un traje que le queda demasiado estrecho, va seguido por su mujer y por el conductor. De la caja del camión, los dos hombres descargan varias cajas de cartón, postes recubiertos por una mano de creosota, planchas de hierro galvanizado, un rollo de tubería de plástico y, por último, con gran ruido y conmoción, dos ovejas casi adultas que Petrus amarra a un poste de la valla. El camión traza una amplia curva en torno al establo y desaparece atronador por el camino. Petrus y su mujer desaparecen dentro. Una hilacha de humo comienza a salir de la chimenea recubierta de amianto.

Él sigue en guardia. Al cabo de un rato sale la mujer de Petrus y con un movimiento grácil, ampuloso, vacía un cubo lleno de agua sucia. Es una mujer hermosa, piensa para sí, con su falda larga y la pañoleta que le cubre el pelo sujeta bien alta, a la moda campestre. Una mujer hermosa y un hombre afortunado. Claro que ¿dónde han estado?

—Ha vuelto Petrus —dice a Lucy—. Cargado de materiales de construcción.

—Bien.

—¿Por qué no te dijo que iba a marcharse? ¿No te escama que haya desaparecido precisamente en este momento?

—No puedo dar órdenes a Petrus. Él es dueño de sus actos.

Es una incongruencia, pero la deja pasar. Ha decidido dejarlo pasar todo, con Lucy, al menos por el momento.

Lucy se muestra reservada, no expresa sentimiento alguno, no manifiesta el menor interés por lo que la rodea. Es él, ignorante de todos los asuntos del campo, el que tiene que dejar salir a los patos del corral, el que ha de manejar el sistema de las compuertas de la presa y desaguarla para que la huerta se riegue y no se seque del todo. Lucy pasa hora tras hora tumbada en la cama, mirando al vacío u hojeando revistas viejas, de las que parece tener una provisión ilimitada. Pasa las páginas con impaciencia, como si buscase en ellas algo que no encuentra. De *Edwin Drood* no queda ni rastro.

Él espía a Petrus cuando está en la presa, vestido con el mono de trabajo. Le resulta extraño que el hombre no haya ido a saludar a Lucy. Se acerca como si tal cosa, a saludarlo.

—Te habrás enterado. Fuimos víctimas de un robo mientras estabas fuera, el miércoles.

—Sí —dice Petrus—. Lo sé. Es mala, muy mala cosa. Pero ahora están bien los dos.

¿Está bien él? ¿Está Lucy bien? ¿Le ha hecho Petrus una pregunta? No suena a pregunta, pero no puede tomárselo de otro modo, o no al menos sin faltar al más elemental decoro. La pregunta, pues, es esta: ¿qué va a responderle?

—Estoy vivo —dice—. Mientras uno siga vivo, es que está bien, supongo yo. Así que sí, así es. Estoy bien. —Hace una pausa, espera, permite que el silencio se espese, un silencio que Petrus tendrá que paliar con su siguiente pregunta: *¿Y qué tal está Lucy?*

Se equivoca.

—¿Piensa Lucy ir mañana al mercado? —pregunta Petrus.

—No lo sé.

—Lo digo porque perderá el puesto si no va —dice Petrus—. No es seguro, pero puede ocurrir.

—Petrus quiere saber si mañana tienes previsto ir al mercado —informa a Lucy—. Teme que pierdas el puesto.

—¿Por qué no vais vosotros dos? —dice ella—. Yo no me siento con ganas.

—¿Estás segura? Sería una pena perder una semana.

Ella no contesta. Prefiere ocultar la cara, y él sabe por qué. Es por la desgracia. Es por la vergüenza. Eso es lo que han conseguido los visitantes; eso es lo que le han hecho a esa mujer tan segura de sí, tan moderna, tan joven. Como una mancha, la historia se extiende por toda la provincia. No es la historia de Lucy la que se extiende, sino la de ellos: ellos son sus dueños. Así la han puesto en su sitio, así le han enseñado para qué sirve una mujer.

Con su único ojo y con el cuero cabelludo completamente blanco, él también sufre un considerable grado de timidez a la hora de mostrarse en público. Sin embargo, por Lucy accede a pasar por todo lo relacionado con el mercado, sentarse junto a Petrus en el puesto, soportar las miradas de los curiosos, responder con la elemental cortesía a los amigos de Lucy que optan por mostrar su conmiseración.

—Sí, nos han robado un coche —dice—. Y acabaron con los perros, claro, con todos menos uno. No, mi hija está bien, lo que pasa es que hoy no se sentía con ganas. No, no tenemos esperanzas, la policía tiene demasiados asuntos por resolver, estoy seguro de que puede usted imaginárselo. Sí, descuide; desde luego que se lo diré.

Lee toda la historia tal como se cuenta en las páginas del *Herald*. *Agresores desconocidos*, así se tilda a los hombres. «Tres agresores desconocidos han atacado a la señorita Lucy Lurie y a su anciano padre cuando estaban en su pequeña casa a las afueras de Salem. Les robaron ropa, aparatos electrónicos y un arma de fuego. En un arranque inesperado, incomprensible, mataron a tiros a seis perros de vigilancia antes de darse a la fuga en un Toyota Corolla de 1993, con matrícula CA 507644. El señor Lurie, que sufrió heridas leves en el transcurso de la agresión, fue tratado en el Hospital de los Colonos y dado de alta.»

Se alegra de que no se haga la conexión de turno entre el anciano padre de la señorita Lurie y David Lurie, discípulo de William Wordsworth, el poeta de la naturaleza, hasta hace poco tiempo profesor en la Universidad Técnica de Ciudad del Cabo.

En cuanto al comercio, poco es lo que ha de hacer. Petrus es el que se encarga de colocar los productos en venta con destreza y con eficacia, el que conoce el precio de cada uno, el que recibe el dinero y da el cambio. De hecho, Petrus es el que trabaja mientras él permanece sentado, frotándose las manos. Como en los viejos tiempos: *baas en Klaas*. No obstante, no finge ser el que da las órdenes a Petrus. Petrus hace lo que hay que hacer, eso es todo.

Sin embargo, las ganancias del día van a la baja: no llegan a trescientos rands. La única razón que lo explica es la ausencia de Lucy, de eso no cabe duda. Al terminar, hay que volver a cargar en la furgoneta cajas de flores, bolsas de verdura. Petrus menea la cabeza.

—No ha ido nada bien —dice.

Por el momento, Petrus no ha dado ninguna explicación de su ausencia. Petrus tiene todo el derecho de ir y venir como le plazca; ha hecho uso de ese derecho; tiene derecho a permanecer en silencio. Pero hay preguntas no resueltas. ¿Sabe Petrus quiénes eran los desconocidos? ¿Fue tal vez debida su visita a algo que Petrus pudo decir? ¿Por eso hicieron de Lucy su objetivo, en vez de fijarse por ejemplo en Ettinger? ¿Estaba Petrus al corriente, con antelación, de lo que estaba tramándose?

En los viejos tiempos podría haberlo puesto en claro con Petrus. En los viejos tiempos, podría haberlo puesto en claro hasta el extremo de perder los estribos y ordenarle que hiciera las maletas, que se largase, que ya encontraría a otro que se ocupara de sus labores. Sin embargo, aunque a Petrus se le paga un salario, Petrus ha dejado de ser, en términos estrictos, un contratado. En términos igual de estrictos, es difícil precisar qué es Petrus exactamente. La palabra que mejor se pliega a la realidad, no obstante, es *vecino*. Petrus es un vecino que, en la actualidad, trabaja a cambio de un dinero porque eso es lo que le viene mejor. Vende su trabajo de acuerdo con un contrato, y ese contrato no contempla su despedida so capa de una simple sospecha. Viven en un mundo nuevo, él y Lucy y Petrus. Petrus lo sabe, y él lo sabe, y Petrus sabe que él lo sabe.

A pesar de todo, se siente cómodo con Petrus, y está incluso dispuesto, aunque sea con reparos, a tomarle aprecio. Petrus es un hombre de su generación. No cabe duda de que Petrus ha tenido que pasar por infinidad de cosas, no cabe duda de que tiene una historia que contar. No le importaría nada conocer un día la historia de Petrus de sus propios labios. A ser posible, sin que esa historia sea reducida al inglés. Cada vez está más convencido de que el inglés es un medio inadecuado para plasmar la verdad de Sudáfrica. Hay trechos del código lingüístico inglés, frases enteras que hace tiempo se han atrofiado, han perdido sus articulaciones, su capacidad articulatoria, sus posibilidades de articularse. Como un dinosaurio que expira hundido en el fango, la lengua se ha quedado envarada. Comprimida en el molde del inglés, la historia de Petrus saldría artrítica, antañona.

Lo que le atrae de Petrus es su rostro, su rostro y sus manos. Si de veras existe algo que pueda llamarse una tarea honesta, Petrus ostenta las huellas. Un hombre paciente, lleno de energía, de flexibilidad. Un campesino, un paisano, un hombre del campo. También un liante, un truhán, sin duda un mentiroso redomado, como los campesinos del mundo entero. Una tarea honesta, honestidad en la astucia.

Alberga sus propias sospechas acerca de lo que trama Petrus, al menos a la larga. Petrus no se dará por contento si ha de arar eternamente su terruño, una hectárea y media. Puede que Lucy haya aguantado más que sus amigos los hippies, los gitanos, pero para Petrus, Lucy sigue siendo pan comido: una mera aficionada, una entusiasta de la vida en el campo, no una granjera de verdad. A Petrus le gustaría adueñarse de las tierras que posee Lucy. Luego, seguramente también querrá apoderarse de las tierras de Ettinger, o al menos de una tajada de tierra suficiente para que paste su rebaño. Ettinger será un hueso más duro de roer. Lucy es tan solo una transeúnte; Ettinger es otro campesino, un hombre de la tierra, tenaz, *eingewurzelt*. Sin embargo, Ettinger se morirá el día menos pensado, y el hijo de Ettinger ya ha escapado de allí. En ese sentido, Ettinger ha sido un perfecto idiota. Un buen paisano se cuida bien de tener muchos hijos.

Petrus tiene una visión del futuro, y en ella no tienen cabida las personas como Lucy. Pero eso no tiene por qué convertir a Petrus en un enemigo. La vida en el campo siempre ha sido cuestión de que unos vecinos tramen sus planes para fastidiar a otros y viceversa, y por eso se desean los unos a los otros todo tipo de plagas, malas cosechas, ruinas financieras, y a pesar de todo en plena crisis se echan una mano.

Lo peor, la interpretación más siniestra, sería dar en pensar que Petrus ha querido que esos tres desconocidos diesen a Lucy una lección, y que en efecto les haya pagado con todo el botín que pudieran llevarse. Pero él no alcanza a creer que eso sea cierto, en parte porque sería demasiado simple. La auténtica verdad, según sospecha, es algo mucho más —tarda un rato en encontrar la palabra idónea— *antropológico*, algo a cuyo fondo tardaría meses enteros en llegar, meses de conversaciones pacientes, sin prisas, con docenas de personas, por no hablar de los buenos oficios de un intérprete.

Por otra parte, cree que Petrus sabía lo que se avecinaba: cree que Petrus podría haber avisado a Lucy. Por eso no está dispuesto a dar por zanjado el asunto. Por eso sigue dando la lata a Petrus.

Petrus ha vaciado la represa de cemento, donde se almacena la reserva de agua excedente, y está limpiándola de algas. Es un trabajo desagradable. No obstante, se ofrece a echarle una mano. Con los pies embutidos a duras penas en las botas de agua de Lucy, baja al interior de la represa y anda con cuidado, pues el fondo está resbaladizo. Durante un rato, Petrus y él trabajan en concierto frotando, restregando, sacando a paletadas el limo del fondo. Entonces hace un alto.

—¿Sabes una cosa, Petrus? —dice—. Me cuesta trabajo creer que los hombres que vinieron fueran unos desconocidos. Me cuesta trabajo creer que llegaron por las buenas, a saber de dónde, y que hicieron lo que hicieron para desaparecer después como si fueran fantasmas. Y me cuesta aún más trabajo creer que la razón por la que se fijaron en nosotros fue, sencillamente, que éramos los primeros blancos con los que se encontraron por casualidad aquel día. ¿Tú qué piensas? ¿Me equivoco?

Petrus fuma en pipa, una pipa a la antigua usanza, con el tubo curvado y una tapadera de plata sobre la cazoleta. Ahora se yergue, saca la pipa del bolsillo de su mono de trabajo, abre la tapadera, aprieta el tabaco en la cazoleta y succiona la boquilla de la pipa, que sigue sin encender. Contempla con actitud reflexiva el murete de la presa, las colinas, el campo abierto. Su expresión es de perfecto sosiego.

—La policía tiene que encontrarlos —dice por fin—. La policía ha de encontrarlos, ha de meterlos en la cárcel. Ese es el trabajo de la policía.

—Ya, pero la policía no va a encontrarlos sin ayuda. Esos hombres conocían la existencia del puesto de la explotación forestal. Estoy convencido de que sabían cuál era el paradero de Lucy. Y lo que más me extraña es... ¿cómo podían saberlo si eran perfectos desconocidos en la provincia?

Petrus prefiere no tomárselo como si fuera una pregunta. Se guarda la pipa en el bolsillo, deja la pala, empuña la escoba.

—No es solo un robo, Petrus —insiste—. No solo vinieron a robar lo que encontrasen. No solo vinieron a hacerme esto a mí. —Se toca los vendajes, se toca la protección que le cubre el ojo—. Vinieron con la idea de hacer algo más. Sabes de sobra a qué me refiero, y si no lo sabes seguramente podrás imaginártelo. Después de hacer lo que hicieron, no puedes contar con que Lucy reanude su vida con toda paz tal como era antes. Yo soy el padre de Lucy, yo quiero que esos hombres sean apresados y puestos ante la ley y castigados. ¿Me equivoco? ¿Me equivoco cuando deseo que se haga justicia?

Ahora le da lo mismo cómo sonsacarle las palabras a Petrus: solo quiere oírselas decir.

—No, no se equivoca.

Una sacudida de cólera lo azota, y tiene la fuerza suficiente para tomarlo desprevenido. Aferra la pala y limpia largas franjas de fango y de hierbajos del fondo de la presa, arrojándolas por encima del hombro, por encima del murete. *Te vas a enrabietar*, se advierte. *¡Basta!* Sin embargo, en ese preciso instante le gustaría agarrar a Petrus por el cuello. *Si hubiera sido tu mujer en vez de mi hija*, tiene ganas de decirle a Petrus, *no estarías dando golpecitos a tu pipa y sopesando tus palabras de manera tan juiciosa. Una violación*: esa es la palabra que le gustaría arrancar por la fuerza de labios de Petrus. *Sí, fue una violación*, eso le gustaría que dijera Petrus. *Sí, fue un ultraje.*

En silencio, hombro con hombro, Petrus y él dan por terminado el trabajo de limpieza.


Así es como pasa los días en la granja. Ayuda a Petrus a limpiar el sistema de riego. Impide que el huerto y las flores se echen a perder del todo. Embala las hortalizas y las flores para llevarlas al mercado. Ayuda a Bev Shaw en la clínica. Barre el suelo, prepara la comida y la cena, hace todas las tareas de las que Lucy ya no se ocupa. Está atareado de sol a sol.

El ojo se le va curando a sorprendente velocidad: al cabo de solo una semana ya consigue abrirlo de nuevo. Las quemaduras llevan más tiempo. Conserva el gorro de vendas y el otro vendaje sobre la oreja. Descubierta, la oreja parece un molusco sonrosado y desnudo: no sabe cuándo tendrá el valor suficiente de exponerla a las miradas de los demás.

Compra un sombrero para protegerse del sol y, en cierta medida, para ocultarse la cara. Trata de acostumbrarse al extraño aspecto que exhibe, peor que extraño: repulsivo, uno de esos individuos ante los que los niños tuercen el gesto por la calle. «¿Por qué tiene ese tío una pinta tan rara?», preguntan a sus madres, y estas tienen que acallarlos.

Visita las tiendas de Salem las mínimas veces que puede, a Grahamstown baja solamente los sábados. De buenas a primeras se ha convertido en un recluso, un recluso en el campo. Se acabaron sus andanzas. Y eso, aunque el corazón siga rebosante de amor y la luna siga igual de luminosa. ¿Quién iba a pensar que llegaría tan pronto al final, y tan de repente? ¿Quién iba a decir que se acabarían de ese modo sus correrías, sus andanzas, sus amores?

No tiene ningún motivo para pensar que sus infortunios hayan saltado al circuito de las habladurías de Ciudad del Cabo. No obstante, quiere asegurarse de que a Rosalind no le llegue la historia de forma tergiversada. Trata de localizarla dos veces, pero sin éxito. A la tercera, llama a la agencia de viajes en que trabaja. Rosalind ha ido a Madagascar, le informan, de exploración: le dan un número de fax de un hotel de Tananarive.

Redacta un mensaje: «Lucy y yo hemos tenido un golpe de mala suerte. Me han robado el coche, y hubo también una agresión de la que me llevé la peor parte. Nada serio; estamos los dos bien, aunque un tanto alterados. Pensé que lo mejor era decírtelo, por si acaso te llegaba el rumor. Confío en que estés pasándolo bien». Cede a Lucy la página para que dé su aprobación, y luego se la da a Bev Shaw para que la envíe. A Rosalind, en lo más tenebroso de África.

Lucy no mejora. Se pasa la noche entera en vela, sostiene que no consigue dormir; por las tardes, él la encuentra adormecida en el sofá, con el pulgar metido en la boca como una niña pequeña. Ha perdido todo interés por la comida: es él quien debe engatusarla para que coma algún bocado, quien ha de cocinar platos para él desconocidos, pues ella se niega a tocar siquiera la carne.

No es esto a lo que vino; no vino a verse atrapado en el quinto pino, a espantar a los demonios, a cuidar de su hija, a ocuparse de una empresa moribunda. Si vino por algo, fue para recuperar su compostura, para recobrar fuerzas. Ahí, cada día que pasa va perdiéndose más.

Los demonios tampoco a él lo dejan en paz. Tiene pesadillas propias: se hunde en un lecho de sangre o, jadeando, gritando sin que salga un solo sonido de sus labios, escapa corriendo del hombre que tiene la cara como un halcón, como una máscara de Benín, como Tot. Una noche, a medias sonámbulo, a medias enloquecido, arranca de cualquier manera las ropas de la propia cama e incluso da la vuelta al colchón, buscando alguna mancha.

Todavía sigue en pie el proyecto Byron. De los libros que se trajo de Ciudad del Cabo, solo le quedan los dos volúmenes de las cartas; el resto estaba en el maletero del coche cuando se lo robaron. La biblioteca pública de Grahamstown apenas puede ofrecerle más que una antología de los poemas. De todos modos, ¿es necesario que continúe leyendo? ¿Qué más necesita saber sobre el modo en que Byron y su conocida pasaban el tiempo en la antigua Ravena? A estas alturas, ¿no podría inventar un Byron que fuese fiel a Byron y una Teresa similar?

La verdad sea dicha: lleva meses posponiéndolo, retrasando el momento de hacer frente a la página en blanco, tocar la primera nota, comprobar si es válido. Mentalmente ya tiene impresos algunos trozos, algún dueto entre los amantes, las líneas vocales, soprano y tenor, que se enredan una en torno a la otra, como dos serpientes, sin palabras. La melodía sin clímax; el susurro de las escamas del reptil sobre la escalera de mármol; palpitando más al fondo, el barítono del marido humillado. ¿Será aquí donde ese trío tenebroso sea por fin llevado a la vida, es decir, no en Ciudad del Cabo, sino en la vieja Cafrería?

# 15

Las dos ovejas jóvenes pasan el día entero amarradas a un poste, junto al establo, en un terreno en el que no crece ni una mala hierba. Sus balidos, constantes y monótonos, han comenzado a molestarle. Se acerca paseando hasta la casa de Petrus, a quien encuentra con la bicicleta al revés, reparándola.

—Esas ovejas —comenta—, ¿no te parece que podríamos atarlas en un sitio donde puedan pastar?

—Son para el festejo —dice Petrus—. El sábado las sacrificaré para el festejo. Usted y Lucy tienen que venir. —Se limpia las manos con un trapo—. Los invito a usted y a Lucy al festejo.

—¿El sábado?

—Sí, voy a dar un festejo el sábado. Será un gran festejo.

—Gracias, muy amable. Pero aunque las ovejas sean para el festejo, ¿no te parece que podrían pastar?

Una hora más tarde las ovejas siguen amarradas, siguen balando con tristeza. Petrus no aparece por ninguna parte. Exasperado, las desata y las arrastra hasta la orilla de la presa, donde crece la hierba en abundancia.

Las ovejas beben largo y tendido; luego, se ponen a pastar a sus anchas. Son dos ovejas persas de cara negra, de tamaño similar y de manchas muy parecidas, incluso parecidas en sus movimientos. Con toda probabilidad son gemelas, y están destinadas al cuchillo del matarife desde que nacieron. En fin, en eso no hay nada digno de mención. ¿Cuándo fue la última vez que murió una oveja a causa de la vejez? Las ovejas no son dueñas de sí mismas, no poseen ni su propia vida. Existen para ser utilizadas hasta el último gramo, sus carnes para ser comidas, sus huesos para ser molidos y arrojados a las gallinas. Nada se salva, con la posible excepción de la vejiga, que seguramente nadie se comerá. En eso tendría que haber pensado Descartes. El alma, suspendida en la siniestra, amarga vejiga, a escondidas.

—Petrus nos ha invitado a un festejo —dice a Lucy—. ¿Por qué da un festejo?

—Yo diría que para celebrar el traspaso de las tierras. Se hará oficial el mes que viene. Para él será un gran día. Creo que debemos hacer acto de presencia, llevarles un regalo.

—Va a sacrificar esas dos ovejas. Nunca hubiera dicho que dos ovejas dieran para tanto.

—Petrus es un tacañón. En los viejos tiempos se habría sacrificado un buey.

—No estoy muy seguro de que me guste su manera de hacer las cosas, me refiero a eso de traer a los animales del sacrificio a su casa, para que se familiaricen con las personas que van a comérselos.

—¿Qué prefieres, que el sacrificio se haga en el matadero, para que así no tengas que pensar en ello?

—Pues sí.

—Despierta, David. Estamos en el campo, estamos en África.

Lucy tiene un punto irritable, de un tiempo a esta parte, para el cual no encuentra él justificación alguna. Su respuesta habitual consiste en retirarse en su silencio. Hay momentos en que los dos conviven como perfectos desconocidos bajo el mismo techo.

Se dice que ha de tener paciencia, que Lucy sigue

viviendo a la sombra de la agresión que sufrió, que ha de pasar algún tiempo hasta que vuelva a ser la de siempre, pero ¿y si se equivoca? ¿Y si, después de una agresión como esa, nadie vuelve a ser el de antes? ¿Y si una agresión como esa convirtiera a cualquiera en una persona diferente, más lúgubre?

Existe una explicación aún más siniestra del mal humor que tiene Lucy, una explicación que él no consigue apartar de su ánimo.

—Lucy —le pregunta ese mismo día de buenas a primeras—, no me estarás ocultando alguna cosa, ¿verdad? ¿No te habrán pegado alguna enfermedad esos hombres?

Está sentada en el sofá, en pijama y bata, jugueteando con el gato. Pasa ya de mediodía. El gato es joven, atento, veloz. Lucy balancea el cinturón de la bata delante de él. El gato le tira zarpazos, golpes rápidos y seguidos, uno, dos, tres, cuatro.

—¿Hombres? —dice—. ¿Qué hombres?

Aparta el cinturón de la bata a un lado, el gato se lanza tras él.

¿Qué hombres? A él se le para el corazón. ¿Es que se ha vuelto loca? ¿Es que se niega a recordar?

Sin embargo, parece que solo pretende tomarle el pelo.

—David, ya no soy ninguna cría. He ido al médico, me he hecho pruebas, he hecho todo lo que puede hacerse razonablemente. Ahora solo me queda esperar.

—Entiendo. Y cuando dices esperar, te refieres a lo que estoy pensando, ¿no es así?

—Sí.

—¿Cuánto tiempo hará falta?

Ella se encoge de hombros.

—Un mes. Tres meses. Más. La ciencia todavía no ha puesto límite al tiempo que una tiene que esperar. Puede que para siempre.

El gato se lanza veloz sobre el cinturón, pero el juego ha terminado. Se sienta junto a su hija; el gato baja del sofá de un salto, se marcha muy erguido. La toma de la mano. Ahora que está tan cerca de ella, le llega un tenue olor a rancio, a falta de higiene.

—Al menos no será para siempre, cariño —le dice—. Al menos, eso podrás ahorrártelo.


Las ovejas pasan el resto del día cerca de la presa, donde las ha amarrado. Al día siguiente aparecen amarradas en el trecho yermo en que estaban antes, junto al establo.

Es de suponer que les queda hasta el sábado por la mañana, un par de días. Parece una forma bien triste de consumir los dos últimos días de una vida. Son costumbres del campo: así llama Lucy a esas cosas. Él dispone de otras palabras: indiferencia, crueldad. Si el campo puede emitir su veredicto sobre la ciudad, también la ciudad puede enjuiciar al campo.

Ha pensado en comprarle las ovejas a Petrus, pero ¿qué iba a conseguir con eso? Petrus emplearía el dinero para comprar otros dos animales para el sacrificio, quedándose de paso con la diferencia. Además, ¿qué iba a hacer él con las ovejas tras librarlas de su esclavitud? ¿Soltarlas en cualquier carretera? ¿Encerrarlas en las perreras y darles heno de comer?

Parece haberse creado un vínculo entre él y las dos ovejas persas, aunque no acierta a saber cómo. No se trata de un vínculo basado en el afecto. Ni siquiera se trata de un vínculo que lo una a esas dos ovejas en concreto, a las que ni siquiera sabría distinguir en medio de un rebaño en un prado. No obstante, de pronto y sin motivo alguno, su suerte tiene importancia para él.

Se planta ante los dos animales, bajo el sol, a la espera de que el zumbido que tiene en la cabeza se pare de una vez, a la espera de una señal.

Hay una mosca empeñada en meterse en la oreja de una de las dos. La oreja se mueve sin cesar, tiembla. La mosca echa a volar, traza un círculo, vuelve, se posa. La oreja vuelve a temblar.

Da un paso adelante. La oveja retrocede, inquieta, cuanto le permite la cadena.

Recuerda a Bev Shaw, el modo en que acariciaba al chivo de los testículos destrozados, sosegándolo, consolándolo, entrando en su vida. ¿Cómo conseguirá tener esa comunión con los animales? Será gracias a un truco que él no posee. Para eso hay que ser un tipo de persona determinada, tal vez tener menos complicaciones.

El sol le da en plena cara con toda la potencia de la primavera. ¿Tendré acaso que cambiar?, se dice. ¿Tendré que tratar de ser como Bev Shaw? Habla con Lucy.

—He estado pensando en eso del festejo de Petrus. La verdad es que preferiría no asistir. ¿Te parece que será posible disculparme sin parecer descortés?

—¿Es por el sacrificio de las ovejas?

—Sí. No. No he cambiado de opinión, si te refieres a eso. Sigo sin pensar que los animales dispongan de una auténtica vida individual. Los que hayan de vivir, los que hayan de morir, no es cuestión, por lo que a mí se refiere, que me quite el sueño. No obstante...

—¿No obstante?

—No obstante, en este caso estoy alterado. No sabría decir por qué.

—Bueno, puedes estar seguro de que Petrus y sus invitados no van a renunciar a sus costillas por mera deferencia a tu sensibilidad.

—No es eso lo que pido. Tan solo preferiría no estar en el festejo, al menos esta vez no. Lo siento. Jamás imaginé que terminaría hablando de esta manera.

—Los caminos del Señor son inescrutables, David.

—No te burles de mí.

Se acerca el sábado, día de mercado.

—¿Vamos a instalar el puesto? —pregunta a Lucy. Ella se encoge de hombros.

—Como tú decidas —le responde. Y él no instala el puesto.

No cuestiona su decisión. La verdad es que se siente aliviado.

Los preparativos para el festejo de Petrus comienzan al mediodía del sábado con la llegada de un grupo de mujeres, media docena en total, fuertes y todas ellas, le parece, muy endomingadas. Detrás del establo hacen una hoguera. Pronto el viento le trae el olor de las asaduras que ya hierven en un caldero, de lo cual infiere que ya está hecho, y hecho por partida doble, que todo ha terminado.

¿Debería dolerse? ¿Es correcto dolerse por la muerte de seres que entre sí no tienen la práctica del duelo? Examina su corazón y solo halla una difusa tristeza.

Demasiado cerca, piensa: vivimos demasiado cerca de Petrus. Es como compartir una casa con desconocidos, compartir los ruidos, los olores.

Llama a la puerta de la habitación de Lucy.

—¿Te apetece dar un paseo? —le pregunta.

—No, gracias. Llévate a *Katy*.

Se lleva a la bulldog, pero la perra es tan lenta, se la ve tan cabizbaja, que él termina por irritarse; la azuza para que vuelva a la granja, la persigue incluso y luego emprende una caminata en solitario, una vuelta de unos ocho kilómetros que recorre a paso ligero, tratando de fatigarse.

A las cinco en punto comienzan a llegar los invitados en coche, en taxi, a pie. Los contempla desde detrás de las cortinas de la cocina. La mayoría son de la generación del anfitrión, sobrios y sólidos. Hay una mujer de edad avanzada en torno a la cual se arma bastante jaleo: con su traje azul y una llamativa camisa rosa, Petrus recorre todo el camino para recibirla.

Oscurece antes de que los más jóvenes hagan acto de presencia. Con la brisa llega el murmullo de las charlas, las risas y la música, música que él relaciona con el Johannesburgo de su juventud. Bastante pasable, piensa para sí; bastante alegre incluso.

—Ya es la hora —dice Lucy—. ¿No vienes?

Es insólito, pero lleva un vestido cuya falda le llega a las rodillas y unos zapatos de tacón, así como una gargantilla de cuentas de madera pintadas de colores y pendientes a juego. No está muy seguro de que le guste el efecto.

—Como quieras, ya estoy. Vamos.

—¿Es que no tienes un traje?

—No.

—Pues al menos ponte una corbata.

—Caramba, pensé que estábamos en el campo.

—Pues razón de más para ponerte presentable. Este es un gran día en la vida de Petrus.

Ella lleva una pequeña linterna. Recorren el sendero hasta la casa de Petrus, padre e hija tomados del brazo. Ella ilumina el sendero, él lleva su obsequio.

Ante la puerta abierta se detienen sonrientes. Petrus no está por ninguna parte, pero aparece una chiquilla vestida de fiesta y les hace pasar.

El viejo establo carece de techo, y tampoco tiene un suelo propiamente dicho. Al menos, es espacioso; al menos tiene electricidad. Hay lámparas de pantalla y pósters en las paredes (los girasoles de Van Gogh, una dama vestida de azul de las que pintaba Tretchikoff, Jane Fonda con el traje de Barbarella, Doctor Khumalo marcando un gol), lo cual atenúa la desolación del lugar.

Son los únicos blancos. Hay gente bailando al son del jazz africano a la antigua usanza que ya había oído de lejos. A los dos los miran con curiosidad, aunque puede que solo sea por la protección de su cuero cabelludo.

Lucy conoce a algunas de las mujeres. Comienza a

hacer las presentaciones. Aparece Petrus a su lado. No se las da de ser el típico anfitrión ansioso de que todo esté en orden, no les ofrece nada de beber.

—Se acabaron los perros —dice en cambio—. Ya no soy el perrero. El hombre perro.

Lucy prefiere tomárselo como un chiste, así que todo, o eso parece, está en orden.

—Te hemos traído algo —dice Lucy—, pero tal vez debamos dárselo a tu mujer. Es para la casa.

Por la zona en que se encuentra la cocina, si es que así la llaman, Petrus interpela a su mujer. Es la primera vez que él la ve de cerca. Es joven, más joven que Lucy; más que bonita tiene una cara agradable, y es tímida, aparte de estar claramente embarazada. Le da la mano a Lucy, pero no a él. Tampoco le mira a los ojos.

Lucy dice unas palabras en xhosa y le ofrece el regalo. Hay media docena de curiosos a su alrededor.

—Es ella la que debe abrirlo —dice Petrus.

—Sí, tienes que abrirlo tú —dice Lucy.

Con muchísimo cuidado, desviviéndose por no desgarrar el festivo papel del envoltorio, adornado con mandolinas y ramas de laurel, la joven esposa abre el paquete. Es una tela estampada con un diseño de estilo ashanti bastante atractivo.

—Gracias —musita en inglés.

—Es una colcha —explica Lucy a Petrus.

—Lucy es nuestra benefactora —dice Petrus, y luego se dirige a Lucy—: Eres nuestra benefactora.

Es una palabra de mal gusto, o a él se lo parece: es una palabra de doble filo, que agría ese instante. ¿Puede echársele la culpa a Petrus? El lenguaje al que se confía con tanto aplomo, pero es imposible que él lo sepa, es un lenguaje hastiado, que se desmenuza con facilidad, que está recomido por dentro, como si lo hubieran atacado las termitas. Solo cabe fiarse de los monosílabos, y tampoco de todos.

¿Qué se puede hacer? A él, que no hace tanto tiempo fue profesor de Comunicación, no se le ocurre nada. No se le ocurre nada que no sea empezar otra vez por el abecé. Cuando regresen las grandes palabras reconstruidas, purificadas, listas para otorgar confianza una vez más, él ya llevará mucho tiempo criando malvas.

Se estremece como si un ganso acabara de pisotear su tumba.

—¿Y el bebé? ¿Para cuándo lo esperas? —pregunta a la mujer de Petrus.

Ella lo mira sin entender.

—Para octubre —interviene Petrus—. El bebé llegará en octubre. Esperamos que sea un niño.

—Ah. ¿Y qué tienes contra las niñas?

—Deseamos que sea niño, hemos rezado para que lo sea —dice Petrus—. Siempre es mejor que el primero sea niño. Así podrá enseñar después a sus hermanas, enseñarles a comportarse. Sí. —Hace una pausa—. Una niña es muy cara. —Se frota las yemas del índice y el pulgar—. Las niñas siempre cuestan dinero, dinero y más dinero.

Mucho tiempo ha pasado desde la última vez que vio ese gesto. En los viejos tiempos era propio para aludir a los judíos: dinero, dinero y más dinero, con el mismo modo de ladear la cabeza dando a entender lo que no se dice. Pero es de suponer que Petrus es inocente de ese retazo de la tradición europea.

—Los niños también pueden costar mucho dinero —comenta para animar la conversación.

—Hay que comprarles esto, hay que comprarles lo otro —continúa Petrus, y parece a punto de desbocarse, sin prestar ninguna atención a los demás—. Hoy, el hombre no paga por la mujer. Soy yo quien paga. —Agita la mano por encima de la cabeza de su mujer; ella, modesta, baja la mirada—. Soy yo quien paga. Pero eso ya está anticuado. La ropa, las cosas bonitas, siempre es lo mismo: pagar, pagar y pagar. —Repite el gesto con el índice y el pulgar—. No, ni mucho menos: es mejor un niño. Salvo su hija, claro. Su hija es diferente. Su hija es tan buena como si fuera un chico. ¡O casi! —Se ríe de su atrevimiento—. ¡Eh, Lucy!

Lucy sonríe, pero él se da cuenta de que está avergonzada.

—Voy a bailar —murmura ella, y desaparece.

En el sitio que hace las veces de pista de baile, baila a solas, de esa manera solipsista que ahora parece estar de moda. Pronto se le suma un joven alto y de largas extremidades, vestido con elegancia. Baila frente a ella y chasquea los dedos; le sonríe con descaro, la corteja.

Las mujeres comienzan a llegar desde fuera, con bandejas de carne asada. El aire se colma de olores apetitosos. Aparece un nuevo contingente de invitados, jóvenes, ruidosos, risueños, en modo alguno chapados a la antigua. El festejo empieza a animarse de veras.

Un plato con comida llega hasta sus manos. Se lo pasa a Petrus.

—No —dice Petrus—. Es para usted. De lo contrario, estaríamos toda la noche pasándonos platos unos a otros.

Petrus y su mujer están pasando mucho tiempo con él, como si quisieran hacer que se sienta a sus anchas. Gente amable, piensa, gente del campo.

Mira en dirección a Lucy. El joven está bailando a menos de un palmo de ella; levanta las rodillas todo lo que puede y, moviendo los brazos, da pisotones en el suelo; se lo está pasando en grande.

El plato que sujeta entre las manos tiene dos costillas de cordero, una patata asada, una cucharada de arroz que nada en salsa espesa, una rodaja de calabaza. Encuentra una silla en la que descansar, aunque la comparte con un viejo muy delgado que lo mira con ojos acuosos. Esto voy a comérmelo, se dice. Voy a comérmelo y luego voy a pedir perdón.

Lucy se planta a su lado. Tiene la respiración agitada, la cara en tensión.

—¿Podemos marcharnos? —dice—. Es que están aquí.

—¿Quiénes están aquí?

—He visto a uno allá al fondo. David, no quiero armar un escándalo. ¿Podemos marcharnos?

—Sujétame esto. —Le pasa el plato, sale por la puerta de atrás.

Hay casi tantos invitados fuera del establo como dentro, apiñados en torno a la hoguera, charlando, bebiendo, riendo. Desde el otro lado de la hoguera, alguien lo mira fijamente. De pronto todo encaja en su sitio. Él conoce esa cara, la conoce en lo más íntimo. Se abre paso entre los presentes. *Pues yo sí que voy a armar un escándalo*, piensa. *Una pena, precisamente en un día como este. Pero hay cosas que no pueden esperar.*

Se planta delante del chico. Es el tercero de los visitantes, el aprendiz de la cara mortecina, el perrito faldero.

—Te conozco —le dice malencarado.

El chico no parece alarmarse. Al contrario: da la impresión de que el chico ha esperado este momento, de que se ha reservado para cuando llegara. La voz que sale de sus labios es áspera, bronca de rabia.

—¿Y tú quién eres? —dice, pero sus palabras quieren decir otra cosa bien distinta: *¿Qué derecho te asiste para estar aquí?* Todo su cuerpo irradia violencia.

Petrus se presenta de pronto ante ellos, y habla en xhosa a toda velocidad.

Pone una mano sobre la manga de Petrus, pero Petrus se suelta y lo mira con impaciencia.

—¿Sabe usted quién es este? —pregunta a Petrus.

—No, no tengo ni idea de quién es —responde Petrus enojado—. No sé qué es lo que pasa. ¿Qué es lo que pasa, si puede saberse?

—Este, este malhechor, ha estado aquí antes, y ha estado con sus compinches. Es uno de ellos. Pero mejor será que él te diga qué es lo que pasa. Que te diga él por qué lo busca la policía.

—¡Eso no es verdad! —grita el chico. De nuevo se dirige a Petrus, le suelta un chorro de palabras enojadas. La música sigue devanándose en el aire de la noche, pero ahora ya no baila nadie: los invitados de Petrus se arraciman alrededor de ellos: se empujan, se zarandean, se insultan. No hay buen ambiente.

Petrus toma la palabra.

—Dice que no sabe de qué está hablando usted.

—Miente. Lo sabe perfectamente. Lucy lo confirmará.

Pero Lucy, por supuesto, no va a confirmarlo. Cómo va a esperar que Lucy se plante ante esos desconocidos, que dé la cara ante el chico, que lo señale con el dedo y diga *Sí, es uno de ellos, es uno de los que lo hicieron.*

—Voy a llamar a la policía —dice.

Entre los testigos se escucha un rumor de clara desaprobación.

—Voy a llamar a la policía —le repite a Petrus. Petrus permanece impasible.

En medio de una nube de silencio regresa al interior del establo, donde Lucy lo espera de pie.

—Vámonos —dice él.

Los invitados les abren paso. Ya no existe ni asomo de amistad en su aspecto. Lucy se olvida de la linterna: se pierden a oscuras, Lucy tiene que quitarse los zapatos, avanzan a tientas por el patatal hasta llegar a la granja.

Tiene el teléfono en la mano cuando Lucy lo detiene.

—No, David. No lo hagas. No ha sido culpa de Petrus. Si llamas a la policía, echarás a perder su velada. Sé sensato.

Queda asombrado, tan asombrado que se vuelve en contra de su hija.

—Por Dios bendito, ¿por qué no va a ser culpa de Petrus? De un modo u otro, fue él quien trajo a esos hombres a casa, puedes estar segura. Y ahora tiene el descaro de invitarlos de nuevo. ¿Por qué iba a ser sensato? De veras, Lucy, que de todo este embrollo no consigo entender lo que se dice nada. No consigo entender por qué no los has acusado de verdad, no consigo entender por qué proteges a Petrus. Petrus no es parte inocente en todo esto, Petrus está de su parte.

—A mí no me grites, David. Esta es mi vida. Soy yo quien ha de vivir aquí. Lo que a mí me pase es asunto mío, solamente mío, no tuyo, y si tengo algún derecho es el derecho a que no me juzgues de este modo, a no tener que justificarme: ni ante ti ni ante nadie. En cuanto a Petrus, no es un trabajador contratado al que pueda despedir cuando me venga en gana, y menos porque a mi juicio se haya mezclado con quien no debía. Todo eso es agua pasada. Si quieres enfrentarte a Petrus, más te vale estar bien seguro de cómo son las cosas. No puedes llamar a la policía, no voy a consentirlo. Espera hasta la mañana. Espera hasta oír la versión de Petrus.

—¡Pero es que entretanto ese chico habrá desaparecido!

—No desaparecerá. Petrus lo conoce. En cualquier caso, nadie desaparece en el Cabo Oriental. Este no es un lugar así.

—¡Lucy, Lucy, te lo suplico! Tú quieres enmendar todos los males del pasado, pero esta no es la manera de hacerlo. Si no logras defenderte en este momento, jamás podrás caminar por ahí con la cabeza bien alta. Lo mismo dará que hagas las maletas y te marches. En cuanto a la policía, si ahora te sientes demasiado delicada para llamarlos, es que nunca deberíamos haber dado parte de lo ocurrido. Tendríamos que habernos quedado en silencio, haber esperado la siguiente agresión, o habernos cortado nosotros el cuello.

—¡Ya basta, David! No tengo por qué defenderme ante ti. *Tú no sabes lo que ha ocurrido.*

—¿No lo sé?

—No, ni siquiera tienes la menor idea. Párate a pensarlo, ¿quieres? Con respecto a la policía, permíteme recordarte por qué los llamamos en primer lugar: los llamamos por el asunto del seguro. Tuviste que cumplimentar una denuncia porque de lo contrario el seguro no te pagaría los daños.

—Lucy, me dejas pasmado. Eso no es cierto, y tú lo sabes. En cuanto a Petrus, te lo repito: si cedes en este momento, si no le plantas cara, no serás capaz de convivir contigo misma. Tienes un deber para contigo, para con el futuro, para con el respeto en que te tienes. Déjame llamar a la policía, o llámalos tú misma.

—No.

*No*: esa es la última palabra de Lucy. Se retira a su habitación, cierra la puerta, lo deja al margen. Paso a paso, de manera tan inexorable como si fueran marido y mujer, ella y él se van distanciando, y él no puede hacer nada para remediarlo. Sus propias trifulcas han pasado a ser como las discusiones de un matrimonio, de dos personas atrapadas juntas, sin otro lugar al que irse. ¡Cómo debe detestar ella el día en que él vino a vivir a su casa! Sin duda deseará que se marche, y cuanto antes mejor.

Sin embargo, también ella tendrá que marcharse a la larga. En calidad de mujer que vive sola en la granja no tiene ningún futuro, eso salta a la vista. Incluso Ettinger, con sus armas y su alambre de espino y sus sistemas de alarma, tiene los días contados. Si a Lucy le queda un mínimo de sentido común, renunciará antes de que caiga sobre ella un destino peor que la muerte. Pero está claro que no, que no se dejará persuadir. Es terca, y está completamente inmersa en la vida que ha escogido.

Él sale de la casa a hurtadillas. Avanzando paso a paso

con cautela, a oscuras, se llega hasta el establo por la parte trasera.

La gran hoguera está apagada, ha cesado la música. Hay un grupo de personas en la parte de atrás, una puerta tan ancha como para dejar paso a un tractor. Echa un vistazo por encima de sus cabezas.

En el centro se encuentra uno de los invitados, un hombre de mediana edad. Lleva la cabeza afeitada, y tiene un cuello de toro; viste un traje oscuro, y del cuello le cuelga una cadena de oro de la cual pende un medallón del tamaño de un puño, del tipo de las que ostentaban los jefes de las tribus como símbolo de su poder. Símbolos que se acuñaban por cajones en las fundiciones de Coventry o de Birmingham, estampados por una cara con la efigie de la amarga Victoria, *regina et imperatrix*, y por la otra con un ñu o un ibis rampante. Medallones, jefes, para uso de. Enviados por barco a todos los rincones del viejo imperio: a Nagpur, a las islas Fiji, a la Costa de Oro, a Cafrería.

El hombre habla en voz alta, en períodos de orador, redondeados, que ascienden y decrecen. No tiene ni idea de lo que está diciendo el hombre, pero de vez en cuando hay una pausa y un murmullo de asentimiento entre los asistentes, entre los cuales, jóvenes y viejos por igual, parece reinar un humor de apacible satisfacción.

Mira en derredor. El chico está ahí cerca, nada más pasar la puerta. El chico lo mira con ojos nerviosos. Otros ojos se vuelven también hacia él: hacia el desconocido, el extraño, el forastero. El hombre del medallón frunce el ceño, calla un momento, levanta la voz.

En cuanto a él, la atención no le importa. Que se enteren de que sigo aquí, piensa; que se enteren de que no estoy amedrentado en la casa grande. Y si eso fastidia su reunión, así sea. Alza la mano y se la lleva al vendaje blanco. Por vez primera se alegra de llevarlo, de ostentarlo como algo propio.

## 16

Durante toda la mañana siguiente Lucy lo rehúye. El encuentro que prometió tener con Petrus no se produce. Luego, por la tarde, el propio Petrus llama a la puerta de atrás como si viniera por un asunto de negocios, como siempre, vestido con su mono de trabajo y sus botas. Quiere tender las tuberías de PVC desde la represa hasta los cimientos de su nueva casa: una distancia de unos doscientos metros. ¿Puede llevarse prestadas unas herramientas, puede echarle una mano David para instalar el regulador?

—Yo no entiendo nada de reguladores. No sé nada de fontanería. —No está de humor para echarle una mano a Petrus.

—No es un asunto de fontanería —dice Petrus—. Solo se trata de colocar las tuberías, de empalmar cada tramo.

Por el camino a la presa Petrus le habla de distintos tipos de reguladores, de válvulas de presión, de las juntas; formula sus palabras con gracejo, dando muestra del dominio que tiene de la materia. La nueva tubería tendrá que atravesar las tierras de Lucy, dice; es buena cosa que ella le haya dado permiso.

—Es una de esas señoras que miran al futuro, no una persona instalada en el pasado.

Acerca del festejo, acerca del chico de los ojos centelleantes, Petrus no dice ni palabra. Es como si nada hubiera ocurrido.

Ya en la presa, el papel que le toca representar pronto queda bien claro. Petrus no lo necesita para que le dé consejos sobre las juntas de las tuberías ni sobre asuntos de fontanería, sino para que le sujete cada cosa, para que le pase las herramientas; a decir verdad, para ser su *handlanger*. No es un papel al que él ponga reparos. Petrus es un buen trabajador manual, se aprende viéndolo hacer las cosas. Es el propio Petrus quien ha comenzado a desagradarle. A medida que Petrus sigue devanando sus planes, él se vuelve más gélido con él. No le haría ninguna gracia verse abandonado en una isla desierta a solas con Petrus. Desde luego que no le gustaría nada estar casado con él. Una personalidad dominante. Su joven esposa parece feliz, pero él se pregunta qué historias podrá contar la esposa vieja.

A la postre, cuando se harta, lo corta en seco.

—Petrus —dice—, ese joven que estaba en tu casa ayer por la noche... ¿Cómo se llama? ¿Dónde está ahora?

Petrus se quita la gorra, se seca la frente. Hoy lleva una gorra de visera con una chapa de Ferrocarriles y Puertos de Sudáfrica. Diríase que tiene una amplia colección de gorras y sombreros.

—Verá... —dice Petrus con el ceño fruncido—. David, es muy duro eso que dice, eso de que ese chico es un ladrón. Él está muy molesto con que usted lo llame ladrón. Eso es lo que va por ahí diciendo a todo el mundo. Y yo, yo soy el que ha de mantener la paz. Por eso es muy duro también para mí.

—No tengo ninguna intención de implicarte en el caso, Petrus. Dime cómo se llama el chico, dime su paradero y yo pasaré esa información a la policía. Después podremos dejar el asunto en manos de la policía, que lo investigue y, si se tercia, que los lleve a él y a sus amigos ante la justicia. Tú no estarás implicado, yo tampoco. Será un asunto que deba resolver la ley.

Petrus se estira, deja que le dé en la cara todo el resplandor del sol.

—Ya, pero el seguro le dará a usted un coche nuevo.

¿Es una pregunta? ¿Una declaración? ¿A qué juega?

—No, el seguro no me dará un coche nuevo —explica, y procura no perder la paciencia—. Dando por hecho que no esté en bancarrota a estas alturas precisamente por la cantidad de coches robados que hay en este país, la compañía de seguros me dará solo un porcentaje de lo que en su estima pueda ser el valor del coche viejo. Eso no es suficiente para comprar otro nuevo. De todos modos, lo que está en el aire es una cuestión de principios. No podemos dejar que las compañías de seguros impartan justicia. No se dedican a eso.

—Pero tampoco conseguirá que ese chico le devuelva el coche. Él no puede devolverle el coche. No sabe dónde está su coche. Su coche ha desaparecido. Lo mejor es que se compre uno nuevo con el dinero del seguro, así tendrá coche otra vez.

¿Cómo ha podido ir a parar a este callejón sin salida? Trata de enfocarlo de otro modo.

—Petrus, déjame hacerte una pregunta. ¿Ese chico es pariente tuyo?

—¿Por qué quiere llevar a ese chico a la policía? —continúa Petrus, sin hacer caso de su pregunta—. Todavía es muy joven, no puede meterlo usted en la cárcel.

—Si tiene dieciocho años puede llevársele a juicio. Si tiene solo dieciséis también puede llevársele a juicio.

—No, no tiene dieciocho.

—¿Cómo lo sabes? A mí me parece que tiene dieciocho, y puede que tenga más.

—¡No, lo sé de sobra! ¡No es más que un crío, no se le puede meter en la cárcel, lo dice la ley, no se puede meter a un joven en la cárcel, tiene usted que dejarlo en paz!

Para Petrus, eso parece suficiente para zanjar la discusión. Con pesadez, hinca una rodilla en tierra y se pone a trabajar en el empalme próximo a la llave de salida.

—Petrus, mi hija quiere ser una buena vecina, una buena ciudadana y una buena vecina. Ella adora el Cabo Oriental. Quiere vivir aquí, quiere llevarse bien con todo el mundo. ¿Y cómo va a conseguirlo si está sujeta a que la ataquen en cualquier momento unos delincuentes que después podrán escaparse sin castigo? ¡Tienes que entenderlo!

Petrus se esfuerza por hacer el empalme. En la palma de las manos se le ven grietas profundas, rugosas; emite pequeños gruñidos mientras faena; no da muestra alguna de haber oído nada.

—Lucy está bien segura aquí —anuncia de repente—. Es así. Puede usted dejarla aquí, que estará sana y salva.

—¡Pero no está segura, Petrus! ¡Salta a la vista que no está sana y salva! Sabes muy bien lo que sucedió aquí el día veintiuno.

—Sí, sé lo que pasó. Pero ahora todo está en orden.

—¿Quién dice que esté todo en orden?

—Yo lo digo.

—¿Tú lo dices? ¿Tú vas a protegerla?

—Yo voy a protegerla.

—No la protegiste la última vez.

Petrus embadurna de grasa la boca de la tubería.

—Dices que sabes qué pasó, pero la última vez no la protegiste —repite—. Te fuiste y aparecieron esos tres delincuentes, y ahora por lo visto eres amigo de ellos. ¿Qué conclusión quieres que saque de todo esto?

Nunca ha estado más cerca de acusar a Petrus, pero ¿por qué no?

—El chico no es culpable —dice Petrus—. No es un criminal. No es un ladrón.

—Yo no estoy hablando solo de un robo. Hubo otro delito, un delito de naturaleza mucho más grave. Dices que sabes qué pasó; por lo tanto, seguramente entiendes a qué me refiero.

—Él no es culpable. Es demasiado joven. No es más que un error muy grande.

—¿Lo sabes?

—Lo sé. —La tubería queda empalmada. Petrus pasa la abrazadera, la aprieta, se endereza—. Lo sé, se lo estoy diciendo. Lo sé.

—Lo sabes. Y sabes cómo será el futuro. ¿Qué quieres que te diga a eso? Has hablado. ¿Me necesitas para algo más?

—No, ahora viene lo más fácil, solo tengo que abrir una zanja para meter la tubería.


A pesar de la confianza que manifiesta Petrus en el sector de las aseguradoras, parece que nadie atiende su reclamación.

Sin coche se siente atrapado en la granja.

Durante una de las tardes que pasa en la clínica se desahoga con Bev Shaw.

—Lucy y yo no nos llevamos bien últimamente —dice—. Tampoco es que sea algo digno de mención, supongo. Los padres y los hijos no están hechos para vivir juntos. En circunstancias normales ya me habría marchado, seguramente habría vuelto a Ciudad del Cabo, pero no puedo dejar a Lucy sola en la granja. Allí no está a salvo. Estoy tratando de convencerla para que ceda la explotación a Petrus y se tome un respiro, pero ella no me hace ni caso.

—Hay que dejar en paz a los hijos, David. No puedes vigilar a Lucy siempre.

—A Lucy la dejé en paz hace ya mucho tiempo. He sido el menos protector de los padres, pero esta situación actual es bien distinta. Lucy objetivamente corre peligro. Eso es algo que ya nos han demostrado.

—Todo se arreglará. Petrus la tomará bajo su protección.

—¿Petrus? ¿Qué interés puede tener Petrus en tomarla bajo su protección?

—Subestimas a Petrus. Petrus ha trabajado como un esclavo para que a Lucy le fuese bien en el mercado de las flores. Sin Petrus, Lucy no estaría donde está hoy. No quiero decir que se lo deba todo, pero es mucho lo que le debe.

—Sí, puede ser. La cuestión es ¿cuánto le debe Petrus a ella?

—Petrus es un buen hombre. Es de fiar.

—¿Fiarse de Petrus? Solo porque tiene barba y fuma en pipa y usa bastón te piensas que Petrus es un *kaffir* a la antigua usanza. Pero no, ni mucho menos. Petrus no es un *kaffir* a la antigua usanza, y mucho menos un buen hombre. Si quieres que te diga qué opino, yo creo que Petrus se muere de ganas por que Lucy se largue cuanto antes. Y si quieres una prueba, basta con tener en cuenta lo que nos pasó a Lucy y a mí. Puede que no fuese íntegramente idea de Petrus, pero no me cabe ninguna duda de que hizo oídos sordos. Desde luego que no nos lo advirtió, y puso todo el cuidado del mundo en no estar por allí cerca.

Su vehemencia sorprende a Bev Shaw.

—Pobre Lucy —murmura—. Lo que habrá tenido que sufrir.

—Yo sé bien lo que ha sufrido. Yo estaba allí.

Con los ojos como platos, ella se vuelve hacia él.

—Pero si no estabas allí, David. Me lo ha dicho ella. Tú no estabas delante.

*No estabas delante. No sabes qué sucedió.* Se queda desconcertado. ¿Dónde no estaba, según Bev Shaw, según Lucy? ¿En la misma habitación en que los intrusos cometieron sus desmanes? ¿Acaso creen que él desconoce qué es una violación? ¿Piensan que no ha sufrido él con su hija? ¿Podría haber sido testigo de algo más de lo que la imaginación le alcanza? ¿O acaso creen que, en lo que atañe a una violación, ningún hombre puede estar en el lugar en que se encuentra la mujer? Sea cual fuere la respuesta, se siente ultrajado, ultrajado al verse tratado como un marginado.

Compra un pequeño televisor para sustituir el que les robaron. Por las noches, después de cenar, Lucy y él se sientan juntos en el sofá a ver las noticias y, si resultan soportables, los programas de entretenimiento.

Es verdad, la visita se ha prolongado demasiado tanto en su opinión como en la de Lucy. Está cansado de vivir del contenido de una maleta, cansado de oír a todas horas el crujir de la gravilla en el camino de entrada. Desea poder sentarse de nuevo ante su mesa, dormir en su propia cama. Pero Ciudad del Cabo está muy lejos, casi en otro país. A pesar de los consejos de Bev, a pesar de las garantías de Petrus, a pesar de la obstinación de Lucy, no está preparado para abandonar a su hija. Es aquí donde vive ahora: en esta época, en este lugar.

Ha recuperado por completo la visión del ojo lesionado. El cuero cabelludo se le va curando, ya no tiene que utilizar los vendajes aceitados. Solo su oreja requiere atenciones diarias. Así pues, es verdad que el tiempo lo cura todo. Es de suponer que Lucy también está curándose, o, si no curándose, al menos olvidando, recubriendo con el tejido de las cicatrices el recuerdo de aquel día, envolviéndolo, sellándolo, cerrándolo. Un buen día tal vez sea capaz de hablar de «el día en que nos robaron» y recordarlo únicamente como el día en que les robaron.

Trata de pasar el día al aire libre, dejando a Lucy entera libertad para que respire en la casa. Trabaja en el huerto; cuando se cansa, va a sentarse junto a la presa y observa las idas y venidas de la familia de patos mientras medita sobre el proyecto Byron.

El proyecto no avanza. Todo lo que logra precisar son fragmentos sueltos. La primera palabra del primer acto se le resiste todavía; las primeras notas siguen siendo tan esquivas como las hilachas de humo. Algunas veces teme que los personajes de la historia, que durante más de un año han sido sus fantasmales acompañantes, comiencen a apagarse poco a poco. Incluso la más atractiva, Margarita Cogni, cuya apasionada voz de contralto ataca como una bala de cañón a esa furcia y compañera de Byron, a esa Teresa Guiccioli que él tantas ganas tiene de oír, se le escabulle y se aleja. La pérdida de todos ellos lo llena de desesperación, una desesperación tan gris, tan uniforme, tan carente de importancia en un planteamiento más amplio como un simple dolor de cabeza.

Acude a la clínica de Bienestar de los Animales tan a menudo como puede y se ofrece para todos los trabajos que no requieran especial destreza: dar de comer a los animales, limpiar, fregar el suelo.

Los animales a los que atiende en la clínica son sobre todo perros, y menos a menudo gatos: para el ganado, parece que D Village tiene sus propias tradiciones veterinarias, su propia farmacopea, sus propios curanderos. Los perros que llevan a la clínica padecen las afecciones habituales: moquillo, una pata rota, un mordisco infectado, sarna, falta de cuidados por parte de sus dueños, sean benignos o malignos, vejez, desnutrición, parásitos intestinales… pero casi todos sufren más que nada su propia fertilidad. Lisa y llanamente, son demasiado numerosos. Cuando la gente les lleva un perro, nadie dice directamente: «Le he traído este perro para que me lo mate», pero eso es exactamente lo que se espera de ellos: que dispongan del animal, que lo hagan desaparecer, que lo despachen al olvido. Lo que en efecto se pide es *Lösung* (el alemán siempre a mano con sus apropiadas y nítidas abstracciones): la sublimación, como se sublima el alcohol del agua sin dejar residuo, sin dejar regusto alguno.

Los sábados por la tarde la puerta de la clínica permanece cerrada mientras ayuda a Bev Shaw a *lösen* los canes sobrantes de la semana. De uno en uno los saca él de la jaula que hay al fondo del patio y los conduce o bien los lleva en brazos al quirófano. Durante los que han de ser sus últimos minutos, a cada uno le dedica Bev toda su atención, acariciándolo, hablándole, suavizando su tránsito. Si, tal como sucede con bastante frecuencia, el perro no se deja engatusar, es debido a su presencia: de él emana un olor erróneo (*Saben qué está pensando cada uno, lo huelen*), el olor de la vergüenza. No obstante, es él quien sujeta al perro para que se esté quieto mientras la aguja encuentra la vena y el fármaco alcanza el corazón y las patas ceden y los ojos se cierran.

Había pensado que terminaría por acostumbrarse, pero no es eso lo que sucede. A cuantas más matanzas asiste, mayor es su tembleque. Un domingo por la noche, al volver a casa en la furgoneta de Lucy, de hecho tiene que parar en la cuneta y esperar un rato hasta que se encuentra mejor. Le bañan las mejillas lágrimas que no puede detener; le tiemblan las manos.

No entiende qué es lo que le está pasando. Hasta ahora ha sido más o menos indiferente a los animales. Aunque en términos abstractos condena la crueldad de que son objeto, no podría precisar si por su propia naturaleza es amable o es cruel. Simplemente, no es nada. Da por sentado que aquellas personas a las que se exige la crueldad en cumplimiento del deber, personas que trabajan por ejemplo en un matadero, desarrollan un caparazón alrededor del alma. El hábito endurece: así debe de ser en la mayoría de los casos, pero no parece ser así en el suyo. No parece poseer el don de la dureza.

Todo su ser resulta zarandeado por lo que acontece

en el quirófano. Está convencido de que los perros saben que les ha llegado la hora. A pesar del silencio y del procedimiento indoloro, a pesar de los buenos pensamientos en que se ocupa Bev Shaw y él trata de ocuparse, a pesar de las bolsas herméticas en las que cierran los cadáveres recién fabricados, los perros huelen desde el patio lo que sucede en el interior. Agachan las orejas y bajan el rabo como si también ellos sintieran la desgracia de la muerte; se aferran al suelo y han de ser arrastrados o empujados o llevados en brazos hasta traspasar el umbral. Sobre la mesa de operaciones algunos tiran enloquecidos mordiscos a derecha e izquierda, algunos gimotean de pena; ninguno mira directamente la aguja que empuña Bev, pues de algún modo saben que va a causarles un perjuicio terrible.

Los peores son los que lo olfatean y tratan de lamerle la mano. Nunca le han gustado esos lametones, y su primer impulso es el de alejarse. ¿Por qué fingir que es un camarada, cuando en realidad es un asesino? Sin embargo, se ablanda. Un animal sobre el cual pende la sombra de la muerte, ¿por qué iba a sentir que se aparta como si su tacto fuese una aberración? Por eso les deja lamer su mano si quieren, tal como Bev Shaw los acaricia y los besa cuando se lo permiten.

Espera no pecar de sensiblero. Procura no mostrar sentimientos a los animales que mata, ni mostrar sentimientos a Bev Shaw. Evita decirle: «No sé cómo puedes hacerlo», para no tener que oírle responder: «Alguien tiene que hacerlo». No descarta la posibilidad de que en lo más profundo Bev Shaw tal vez no sea un ángel liberador, sino un demonio, y que tras su compasión puede ocultarse un corazón tan correoso como el de un matarife. Trata de mantenerse con la mente bien abierta.

Como es Bev Shaw quien empuña la aguja y la clava, es él quien se ocupa de disponer de los restos. A la mañana siguiente a cada sesión de matanza, viaja con la furgoneta cargada al recinto del Hospital de los Colonos, a la incineradora, y allí entrega a las llamas los cuerpos envueltos en sus negras bolsas.

Sería mucho más sencillo transportar las bolsas a la incineradora inmediatamente después de la sesión y dejarlas allí depositadas, para que el personal se ocupara de ellas. Eso, sin embargo, significaría dejar a los perros en un contenedor junto con el resto de los despojos del fin de semana: los residuos de las habitaciones y los quirófanos del hospital, la carroña recogida en las carreteras, los restos malolientes de la curtiduría, una mezcla de detritos a la vez azarosa y terrible. No está dispuesto a causarles semejante deshonra.

Por eso, los domingos por la noche se lleva en la trasera de la furgoneta de Lucy a los perros metidos en las bolsas bien cerradas; se los lleva a la granja, los deja aparcados durante la noche y el lunes por la mañana los transporta al recinto del hospital. Allí es él mismo quien los descarga de uno en uno con ayuda de un carrito, y es él quien acciona el mecanismo que iza el carrito y lo hace atravesar el portón de acero, la palanca que lo vuelca sobre las llamas y de nuevo lo retira, mientras los empleados cuyo trabajo consiste precisamente en eso se quedan mirándolo.

En su primer lunes dejó que ellos se ocuparan de la incineración. Por el *rigor mortis*, los cuerpos estaban tiesos a la mañana siguiente. Las patas se enredaron en las barras del carrito, y cuando este regresó de su corto viaje al horno el perro a menudo también volvía, renegrido y sonriente, con un intenso hedor a pelo quemado, la bolsa de plástico quemada del todo. Al cabo de un rato los empleados comenzaron a golpear las bolsas con sus palas antes de cargarlas en el carrito, para romper los miembros rígidos. Fue entonces cuando intervino y asumió él la operación.

La incineradora quema carbón de antracita por medio de un ventilador eléctrico que succiona los humos; calcula que data de los años cincuenta, de cuando fue construido el propio hospital. Está en funcionamiento seis días por semana, de lunes a sábado. Al séptimo descansa. Cuando llega el personal cada mañana, lo primero que hacen es rastrillar las cenizas del día anterior, y luego cargan el combustible. A las nueve de la mañana, la temperatura es de mil grados centígrados en la cámara interna, suficiente para calcinar los huesos. El fuego sigue alimentándose hasta media mañana; hace falta que pase toda la tarde para que se enfríe.

Desconoce los nombres de los operarios, y ellos no saben el suyo. Para ellos no es más que el hombre que empezó a llegar los lunes cargado con las bolsas de Bienestar de los Animales, y que desde entonces llega cada día más temprano. Se presenta allí, hace su trabajo, se marcha; no forma parte de la sociedad cuyo cogollo está en la incineradora, a pesar de la valla metálica y el portón cerrado a cal y canto y el aviso en tres lenguas.

Y es que la valla ha sido cortada hace mucho tiempo; del portón y del aviso nadie hace caso. Cuando llegan los operarios por la mañana con las primeras bolsas de residuos del hospital, ya abundan las mujeres y los niños a la espera de escarbar en ellas en busca de jeringuillas, imperdibles, vendajes lavables, cualquier cosa que tenga salida en el mercado, pero sobre todo en busca de pastillas, que venden a las tiendas *muti* o que colocan directamente en la calle. También hay vagabundos que se pasan el día merodeando por el recinto del hospital y que duermen de noche apoyados contra el muro de la incineradora o incluso en el túnel, en busca del calor.

No es una hermandad en la que aspire a ingresar. Cuando está allí, ellos están allí; si lo que lleva a la caldera no les interesa, es tan solo porque un despiece de un perro muerto no puede venderse ni comerse.

¿Por qué ha asumido ese trabajo? ¿Para aliviar la carga que sobrelleva Bev Shaw? Para eso bastaría con descargar las bolsas y largarse. ¿Por los perros? Los perros están muertos, ¿y qué sabrán en todo caso los perros del honor y el deshonor?

Entonces, será que lo ha asumido por sí mismo. Por la idea que tiene del mundo, un mundo en el que los hombres no emplean palas para golpear cadáveres y darles una forma más conveniente para su posterior procesamiento.

Los perros son acarreados a la clínica por ser animales que nadie desea: *porque «semos» demasiados.* Ahí es donde aparece él en sus vidas. Tal vez no sea su salvador, el ser para el cual no son demasiados, pero sí está dispuesto a ocuparse de ellos tan pronto como sean incapaces, totalmente incapaces, de cuidarse por sí solos una vez que hasta Bev Shaw se haya lavado las manos. Petrus se llamó una vez «el perrero», «el hombre perro». Bien, pues ahora él se ha convertido en un perrero, un enterrador de perros, un conductor de las almas de los perros, un *harijan*.

Curioso que un hombre tan egoísta como él vaya a ofrecerse al servicio de los perros muertos. Ha de haber otras formas, formas harto más productivas de entregarse al mundo, o a una idea determinada del mundo. Por ejemplo, podría trabajar más horas en la clínica. Podría intentar persuadir a los niños de la incineradora de que no se atiborren de veneno. Incluso pasar más tiempo y dedicar más energía al libreto de Byron podría interpretarse, si no quedara más remedio, como un legítimo servicio a la humanidad.

Pero hay otras personas que se ocupan de estas cosas: del bienestar de los animales, de la rehabilitación social, incluso de Byron. Él salva el honor de los cadáveres porque no hay nadie tan idiota como para dedicarse a semejante asunto. En eso va convirtiéndose: en un estúpido, un bobo, un obstinado.

## 17

El trabajo en la clínica, en domingo, queda concluido. La carga de muerte ya está en la furgoneta. Su última tarea consiste en fregar el suelo del quirófano.

—Yo me ocupo de eso —dice Bev Shaw cuando vuelve del patio—. Estarás deseoso de volver.

—No tengo prisa.

—Ya, pero debes estar acostumbrado a un tipo de vida muy distinto.

—¿Un tipo de vida muy distinto? No sabía que la vida se dividiera en tipos.

—Quiero decir que aquí seguramente la vida se te hará muy aburrida. Debes echar de menos tu propio círculo. Debes echar de menos a tus amistades femeninas.

—¿Amistades femeninas? Imagino que Lucy te habrá contado por qué me marché de Ciudad del Cabo. Allí no me dieron mucha suerte las amistades femeninas.

—No deberías ser duro con ella.

—¿Duro con Lucy? No va conmigo eso de ser duro con Lucy.

—No me refiero a Lucy. Me refiero a la joven de Ciudad del Cabo. Lucy dice que hubo una joven que te causó muchas complicaciones.

—Pues sí, sí que hubo una joven. Pero en este caso fui yo el que causó las complicaciones. A esa joven le causé tantas complicaciones como ella a mí.

—Dice Lucy que tuviste que renunciar a tu puesto en la universidad. Eso tuvo que ser difícil. ¿No lo lamentas?

¡Qué ganas de meterse en todo! Es curioso el modo en que el tufillo del escándalo excita a las mujeres. ¿Pensará esa persona tan simple que él es incapaz de sorprenderla? ¿O es que esa sorpresa es otro de los deberes que asume tal cual, como la monja que se tiende para ser violada a fin de que se reduzca el índice de violaciones en el mundo?

—¿Que si lo lamento? No lo sé. Lo que sucedió en Ciudad del Cabo es lo que me ha traído aquí. Y aquí no soy infeliz.

—Ya, pero en el momento... ¿Lo lamentaste en el momento?

—¿En el momento? ¿Quieres decir... en el acaloramiento del acto? Por supuesto que no. En el acaloramiento del acto no caben dudas. Estoy seguro de que eso debes saberlo.

Se pone colorada. Ha pasado mucho tiempo desde que vio por última vez a una mujer de mediana edad ponerse colorada de semejante forma. Se ha sonrojado hasta la raíz del cabello.

—Sin embargo, Grahamstown te resultará muy tranquilo —murmura—. Por comparación, claro.

—No me importa Grahamstown. Al menos estoy al margen de las tentaciones. Por otra parte, no vivo en Grahamstown. Vivo en una granja con mi hija.

Al margen de las tentaciones: un comentario falto de tacto para hacérselo a una mujer, incluso a una mujer anodina. Pero no será anodina a ojos de todo el mundo. Tuvo que haber un tiempo en el que Bill Shaw viera algo en la joven Bev. Y tal vez también otros hombres.

Trata de imaginársela con veinte años menos, cuando su cara, mirando hacia arriba, sobre su cuello tan corto, tuvo que resultar coqueta, y su piel llena de pecas, acogedora, saludable. Por impulso, extiende la mano y le pasa un dedo sobre los labios.

Ella baja la mirada, pero no se retrae. Al contrario, responde apretando los labios contra su mano —besándosela incluso—, sin dejar de estar furiosamente colorada.

Eso es todo lo que sucede. No llegan más allá. Sin mediar una palabra más, él se marcha de la clínica. A sus espaldas, la oye apagar las luces.

A la tarde siguiente recibe una llamada de ella.

—¿Podemos vernos en la clínica, a eso de las cuatro?

No es una pregunta, sino más bien un anuncio; lo hace con voz aflautada, tensa. A punto está de preguntarle: «¿Para qué?», pero tiene la sensatez de callarse. Podría apostarse cualquier cosa a que ella no ha recorrido antes ese camino. En su inocencia, ese debe de ser el modo en que da por hecho que se llevan a cabo los adulterios: la mujer telefonea a su perseguidor, se declara dispuesta.

La clínica no está abierta los lunes. Él entra y cierra con llave por dentro. Bev Shaw está en el quirófano, de pie, de espaldas a él. La abraza; ella le roza con la oreja el mentón; los labios de él se sumergen en los rizos pequeños y prietos de su cabello.

—Hay mantas —dice ella—. En el armario. En la estantería de abajo.

Dos mantas, una rosa y una gris, traídas de su casa, de contrabando, por una mujer que durante la última hora seguramente se ha bañado y se ha empolvado y se ha ungido para ese momento; una mujer que, por lo que él alcanza a saber, se ha empolvado y se ha ungido todos los domingos, y ha guardado un par de mantas en el armario, más que nada por si acaso. Una mujer que supone que, como él viene de la gran ciudad, como ha sido piedra de escándalo y el escándalo sigue unido a su nombre, hace el amor con muchas mujeres y cuenta con que le haga el amor a toda mujer que se cruce en su camino.

Hay que optar entre la mesa de operaciones y el suelo. Tiende las mantas en el suelo, la gris debajo y la rosa encima. Apaga la luz, sale de la habitación, se cerciora de que la puerta de atrás esté cerrada, espera. Oye el rumor de las ropas cuando ella se desviste. Bev. Jamás soñó que iba a acostarse con Bev.

Yace inmóvil bajo la manta; solo asoma la cabeza. Ni siquiera con una luz tan tenue hay encanto alguno en esa visión. Quitándose los calzoncillos, se acomoda al lado de ella y le pasa las manos por el cuerpo. No tiene pechos que se diga. Su cuerpo recio, sin cintura apenas, es como un barreño pequeño.

Ella le aprieta la mano, le pasa algo. Un preservativo. Está todo previsto de antemano, de principio a fin.

Del congreso entre los dos al menos él podrá decir que cumple con su deber. Sin pasión, pero también sin disgusto. De modo que al final Bev Shaw se sienta contenta consigo misma. Todo lo que se había propuesto ella lo ha logrado. Él, David Lurie, ha sido socorrido tal como es socorrido un hombre por una mujer; su amiga Lucy Lurie ha recibido ayuda con una visita difícil de tratar.

Que no me olvide de este día, se dice él tumbado junto a ella cuando ya están agotados. Después de las dulces y jóvenes carnes de Melanie Isaacs, a esto he terminado por llegar. A esto tendré que empezar a acostumbrarme, a esto y a mucho menos que esto.

—Se hace tarde —dice Bev Shaw—. Tengo que irme.

Él aparta la manta a un lado y se pone en pie sin hacer ningún esfuerzo por ocultarse. Que su mirada abarque su ración de Romeo, piensa él, que se detenga en sus hombros algo caídos y en sus flacas piernas. Desde luego que se hace tarde. Pende en el horizonte un postrer resplandor carmesí; la luna luce en lo alto; el humo se ha posado en el aire; del otro lado de una franja de tierra yerma, de las primeras hileras de chabolas, llega un ronroneo de voces. Ante la puerta, Bev se aprieta por última vez contra él, apoya la cabeza sobre su pecho. Él la deja hacer, tal como le ha dejado hacer todo lo que ella ha tenido necesidad de hacer. Sus pensamientos vuelan hacia Emma Bovary en el momento en que se planta ante el espejo después de su primera tarde triunfal. *¡Tengo un amante, tengo un amante!*, canturrea Emma para sí. Bueno, pues dejemos que la pobrecita Bev Shaw regrese a su casa y cante lo que tenga que cantar. Y ya basta de llamarla pobrecita Bev Shaw. Si ella es pobre, él está en bancarrota.

## 18

Petrus ha conseguido que alguien le preste un tractor, aunque él no tiene ni idea de dónde lo ha sacado, y le ha adaptado un viejo arado rotatorio que estaba oxidándose detrás del establo desde mucho antes de que llegara Lucy a la granja. En pocas horas ha roturado todas sus tierras. Todo muy ágil y muy profesional; todo muy impropio de África. En los viejos tiempos —es decir, hace diez años— habría tardado varios días y solo habría contado con la ayuda de un buey y un arado.

Frente a este nuevo Petrus, ¿qué posibilidades tiene Lucy? Petrus llegó en calidad de aparcero, transportista, aguador. Ahora está demasiado ajetreado con sus cosas para hacerse cargo de las ajenas. ¿Dónde va a encontrar Lucy a alguien que le cave las zanjas, le lleve las cosas de acá para allá, se encargue del agua de riego? De ser esta una partida de ajedrez, él diría que Lucy ha perdido sus opciones en todos los frentes. Si tuviera algo de sentido común, renunciaría a todo: se acercaría al Banco de Crédito Agrícola, idearía un trato con ellos, consignaría la granja a nombre de Petrus, volvería a la civilización. Podría abrir una perrera o una simple guardería para perros en los suburbios; podría incluso ampliar el negocio a los gatos. También podría volver a lo que hacía con sus amigos en sus tiempos de hippy: labores de costura y tejido al estilo étnico, alfarería al estilo étnico, cestería al estilo étnico, venta de abalorios a los turistas.

Derrotada. No es difícil imaginar a Lucy dentro de diez años: una mujer gruesa, con surcos de tristeza en la cara, vestida con ropas muy pasadas de moda, hablando con sus animales, comiendo sola. Un asco de vida, pero mejor de todas formas que pasar sus días temerosa de sufrir una nueva agresión, cuando los perros ya no basten para protegerla y ya nadie coja el teléfono.

Se aproxima a Petrus, que está en el lugar que ha escogido para construir su nueva residencia. Está en una loma poco elevada, desde la que se domina la granja. El topógrafo ya le ha hecho una visita, las estacas ya están clavadas en los sitios correspondientes.

—¿No te irás a encargar tú mismo de la construcción? —le pregunta.

Petrus se ríe.

—No, ese es un trabajo para especialistas —responde—. Para la albañilería, los alicatados y todo lo demás, hay que ser un especialista. No, yo solo cavaré las zanjas de los cimientos. Eso sí puedo hacerlo; para eso no hay que ser especialista, es un trabajo normal para un chico. Para cavar, basta con ser un chico.

Petrus pronuncia la palabra como si de veras le hiciera gracia. En otro tiempo sí fue un chico, ahora ya no. Ahora puede jugar a ser un chico, tal como María Antonieta pudo jugar a ser una sencilla lechera.

Va directo al grano.

—Si Lucy y yo nos volviésemos a Ciudad del Cabo, ¿tú estarías dispuesto a mantener en marcha la parte de la granja que le corresponde? Podríamos pagarte un salario, o podrías hacerlo con un porcentaje por determinar, un porcentaje sobre beneficios, claro.

—He de mantener en marcha la granja de Lucy —dice Petrus—. He de ser el capataz de la granja. —Pronuncia esas palabras como si no las hubiera oído nunca, como si acabaran de brotar delante de sus narices, tal como brota un conejo de una chistera.

—Pues sí, digamos que serías el capataz de la granja si es eso lo que quieres.

—Y algún día volvería Lucy.

—Estoy seguro de que volvería. Tiene muchísimo apego a esta granja. No tiene ninguna intención de abandonar, pero de un tiempo a esta parte lo ha pasado bastante mal. Necesita un respiro, unas vacaciones.

—Junto al mar —dice Petrus, y sonríe mostrándole los dientes amarillos de tanto fumar.

—Sí, junto al mar, si es lo que quiere. —Lo irrita esa costumbre que tiene Petrus de dejar las palabras suspendidas en el aire. Hubo un tiempo en que pensó que tal vez podría hacerse amigo de Petrus. Ahora lo detesta. Hablar con Petrus es como liarse a puñetazos con un saco lleno de arena—. No creo que ninguno de los dos tengamos ningún derecho a tratar de influir en Lucy si ella decide tomarse un descanso —dice—. Ni tú, ni yo.

—¿Cuánto tiempo he de ser el capataz de la granja?

—Todavía no lo sé, Petrus. Ni siquiera lo he comentado con Lucy, solo he comenzado a explorar esa posibilidad, a sondearte, por ver si estarías de acuerdo.

—Y he de hacerlo todo: he de dar de comer a los perros, he de plantar las verduras, he de ir al mercado…

—Petrus, no hace ninguna falta que confecciones una lista. Ni siquiera habrá perros. Si te lo pregunto es solo así, en términos generales: ¿estarías dispuesto a cuidar de la granja?

—¿Y cómo iré al mercado si no tengo la furgoneta?

—Eso no es más que un detalle. Ya discutiremos los detalles más adelante. Ahora solo querría una respuesta en general, sí o no.

Petrus menea la cabeza.

—Es demasiado, es demasiado —dice.

Inesperadamente hay una llamada de la policía, de un tal sargento detective Esterhuyse, de Port Elizabeth. Han recuperado su vehículo. Está en el depósito de la comisaría de New Brighton, por donde puede pasar a identificarlo y a reclamarlo. Han detenido a dos hombres.

—Eso es estupendo —dice—. Ya casi había renunciado a toda esperanza.

—No, señor; el expediente sigue abierto durante dos años.

—¿En qué condiciones se encuentra el coche? ¿Puede circular?

—Sí, puede circular.

En un estado de regocijo casi desconocido para él, viaja con Lucy a Port Elizabeth y luego a New Brighton, en donde siguen las indicaciones de Van Deventer Street hasta llegar a una comisaría de policía que es un edificio de una sola planta, como un fortín, rodeado por una valla de dos metros de altura coronada de alambre de espino. Hay señales que prohíben aparcar delante de la comisaría. Estacionan más abajo en la calle.

—Te espero en el coche —dice Lucy.

—¿Seguro?

—Sí, no me gusta este sitio. Prefiero esperar.

Se persona en el departamento de denuncias, y de allí lo acompañan por un dédalo de pasillos hasta la Unidad de Vehículos Robados. El sargento detective Esterhuyse, un hombre bajito, rubio y gordo, revisa sus archivos y luego lo conduce a un aparcamiento en el que descansan veintenas de vehículos pegados unos a otros, sin dejar apenas una rendija entre ellos. Comienzan a recorrer las hileras.

—¿Dónde lo han encontrado? —pregunta a Esterhuyse.

—Aquí mismo, en New Brighton. Ha tenido usted suerte. Lo corriente con los Corolla más antiguos es que los ladrones los desguacen para vender las piezas.

—Me dijo que se habían realizado dos detenciones.

—Dos individuos. Los pillamos gracias a un chivatazo. Encontramos una casa repleta de artículos robados. Televisores, vídeos, frigoríficos, de todo.

—¿Y dónde están ahora?

—En libertad bajo fianza.

—¿No habría sido más lógico llamarme antes de ponerlos en libertad, de modo que los identificase? Ahora que están en la calle, seguro que desaparecen. Eso lo sabe usted de sobra.

El detective guarda un silencio asfixiante.

Se detienen ante un Corolla blanco.

—Ese coche no es el mío —dice—. El mío tenía matrícula CA. Lo dice en el expediente. —Le señala el número que figura en la primera hoja: CA 507644.

—Suelen repintarlos, les ponen matrículas falsas, las cambian como si tal cosa.

—Con todo, este coche no es el mío. ¿Puede abrirlo?

El detective abre el coche. El interior huele a periódicos mojados y a pollo frito.

—No tenía equipo de música —dice—. No es mi coche. ¿Está seguro de que mi coche no estará en otro lugar del depósito?

Terminan un recorrido exhaustivo por el depósito. El coche no aparece. Esterhuyse se rasca el cogote.

—Haré una comprobación —dice—. Algo ha debido de traspapelarse. Déjeme su número de teléfono, lo llamaré.

Lucy lo espera sentada al volante de la furgoneta con los ojos cerrados. Él repica en la ventanilla, ella le abre la portezuela.

—Todo ha sido un error —dice al subirse al coche—. Tienen un Corolla, pero no es el mío.

—¿Has visto a los hombres?

—¿A los hombres?

—Dijiste que habían detenido a dos.

—Han vuelto a salir en libertad bajo fianza. De todos modos, no es mi coche. Esos dos detenidos no pueden ser los que se llevaron mi coche.

Se hace un silencio.

—¿Te parece una conclusión lógica? —dice ella.

Arranca el motor y da un tirón del volante.

—No estaba al tanto de que tuvieras tanto interés en que los cogieran —dice él. Percibe la irritación que sin duda se le nota en la voz, pero no hace nada por frenarla—. Si los detienen, habrá un juicio y todo lo que un juicio comporta. Tendrás que testificar. ¿Estás preparada para eso?

Lucy apaga el motor. Se le pone la cara rígida y lucha por contener las lágrimas.

—Sea como fuere, la pista se ha enfriado. Nuestros amigos no van a dejarse sorprender, y menos en el estado en que se encuentra la policía. Más vale que nos olvidemos de todo el asunto.

Se contiene. Se está convirtiendo en un pelma, un pesado, pero eso no puede evitarlo.

—Lucy, de verdad creo que ya va siendo hora de que afrontes tus posibilidades. O te quedas a vivir en una casa repleta de feos recuerdos y sigues dándole vueltas a lo que te sucedió, o dejas a un lado todo el episodio, lo dejas atrás y comienzas un nuevo capítulo en otra parte. Tal como entiendo que están las cosas, tienes esas dos opciones. Sé que te gustaría quedarte, pero ¿no deberías considerar al menos el otro camino? ¿Es que no podemos hablar de esto como dos personas, como dos seres racionales?

Ella menea la cabeza.

—Yo ya no puedo hablar más, David. Es que no puedo —dice con suavidad, deprisa, como si le diera miedo que se le pudieran secar las palabras en la boca—. Sé que no me expreso con mucha claridad, y ojalá pudiera, créeme. Pero no puedo. No puedo por ser tú quien eres y por ser yo quien soy. Y lo lamento. Lamento lo de tu coche. Lamento la decepción.

Apoya la cabeza sobre los brazos; se estremece al ceder al llanto.

De nuevo lo invade un sentimiento conocido: apatía, indiferencia, pero también ingravidez, como si algo lo hubiera corroído por dentro y solo quedase la cáscara erosionada de su corazón. Un hombre en semejante estado, piensa, ¿cómo va a encontrar las palabras, cómo va a encontrar la música que traiga de vuelta a los muertos?

Sentada en el bordillo de la acera, a menos de cuatro metros, una mujer con zapatillas y un vestido hecho jirones los mira fijamente, enfurecida. Pone una mano protectora sobre el hombro de Lucy. *Mi hija*, piensa: *mi queridísima hija. A quien no he sabido guiar. Mi hija, que un día de estos tendrá que guiarme.*

¿Podrá ella olfatear sus pensamientos?

Es él quien se encarga de conducir. A mitad del camino de vuelta, con gran sorpresa por su parte oye hablar a Lucy.

—Fue algo tan personal… —dice—. Lo hicieron con tanto odio, de una manera tan personal… Eso fue lo que más me asombró. Lo demás… Lo demás casi era de esperar. ¿Por qué me odiaban tanto? Yo ni siquiera los había visto en toda la vida.

Espera a que diga más, pero por el momento parece haber terminado.

—Fue la historia lo que habló a través de ellos —propone al fin—. Una historia llena de errores. Míralo de esa manera, puede que te ayude. Tal vez te pareciera algo personal, pero no lo fue. Fue algo heredado de los ancestros.

—Eso no me lo pone más fácil. El sobresalto no desaparece. Me refiero al sobresalto que te produce el sentirte tan odiada. Durante el acto.

Durante el acto. ¿De veras querrá decir ella lo que él cree que quiere decir?

—¿Todavía tienes miedo? —le pregunta.

—Sí.

—¿Miedo de que vuelvan?

—Sí.

—¿Pensaste que si no los acusabas ante la policía ya no volverían? ¿Fue eso lo que pensaste?

—No.

—¿Entonces?

Ella guarda silencio.

—Lucy, todo podría ser muy sencillo. Cierra la perrera. Hazlo cuanto antes. Cierra la casa, págale a Petrus para que la vigile. Tómate un descanso, seis meses o un año, hasta que la situación haya mejorado en este país. Vete al extranjero. Vete a Holanda, yo pagaré los gastos. Cuando vuelvas, podrás empezar de nuevo.

—Si me marcho ahora, David, ya no volveré. Gracias por tu ofrecimiento, pero no saldrá bien. No puedes sugerirme nada que no haya pensado ya un centenar de veces.

—Entonces, ¿qué es lo que te propones?

—No lo sé. Decida lo que decida, eso sí, quiero decidirlo por mí misma, sin presiones. Hay algunas cosas que tú no comprendes ni por asomo.

—¿Qué es lo que no comprendo?

—Para empezar, no comprendes lo que me ocurrió aquel día. Estás preocupado por mí, y eso es algo que te agradezco; crees que lo comprendes, pero al final resulta que no. ¿Sabes por qué? Porque es imposible que lo comprendas.

Él reduce la velocidad y termina por detener la furgoneta en el arcén.

—No, no pares —dice Lucy—. Aquí no. No es un buen sitio, es un tramo demasiado peligroso para pararse.

Acelera.

—Muy al contrario, lo comprendo demasiado bien —dice—. Voy a pronunciar la palabra que hasta este momento hemos evitado. Fuiste violada. De manera múltiple. Violada por tres hombres.

—¿Y?

—Tuviste miedo por tu vida. Tuviste miedo de que, después de ser utilizada, decidieran acabar con tu vida. Miedo de que se deshicieran de ti, porque ya no significabas nada para ellos.

—¿Y? —Ahora solo habla con un hilillo de voz.

—Y yo no hice nada. Yo no te salvé.

Esa es su confesión.

Ella responde con un ademán de impaciencia.

—No te cargues tú la culpa, David. Nadie podía contar con que tú me salvaras. Si hubiesen llegado una semana antes, habría estado sola en la casa. De todos modos, tienes razón: no significaba nada para ellos, nada de nada. Lo sentí con toda claridad.

Hay una pausa.

—Creo que ya lo habían hecho antes —sigue diciendo ella con voz más firme—. Al menos los dos adultos. Creo que en primer lugar, antes que otra cosa, son violadores. Sus robos son accidentales. Una actividad secundaria. Creo que se dedican a violar.

—¿Crees que volverán?

—Creo que estoy en su territorio. Me han marcado. Vendrán por mí.

—Entonces es imposible que te quedes.

—¿Por qué no iba a quedarme?

—Porque eso sería como invitarles a que vuelvan.

Ella medita un largo rato antes de contestar.

—Ya, pero ¿no crees que hay otra forma de ver las cosas, David? ¿Y si…? ¿Y si ese fuera el precio que hay que pagar por quedarse? Tal vez ellos lo vean de este modo; tal vez también yo deba ver las cosas de este modo. Ellos me ven como si yo les debiera algo. Ellos se consideran recaudadores de impuestos, cobradores de morosos. ¿Por qué se me iba a permitir vivir aquí sin pagar? Tal vez eso es lo que se dicen ellos.

—Seguro que se dicen muchas cosas. A ellos les interesa más que nada inventarse historias que les sirvan de justificación, pero tú confía en tus sentimientos. Antes dijiste que ellos solo te transmitieron odio.

—Odio… Cuando se trata de los hombres y el sexo, David, ya no hay nada que me sorprenda. No lo sé; puede que, para los hombres, odiar a la mujer dé una mayor excitación al sexo en sí mismo. Tú eres hombre, tú deberías saberlo. Cuando tienes tratos carnales con una desconocida, cuando la atrapas, la sujetas con tu peso, cuando la tienes debajo de ti… ¿no es algo parecido en parte a matarla? Es como si le clavaras un cuchillo; después, sales, dejas el cuerpo cubierto de sangre… ¿No es algo parecido a un asesinato, al hecho de matarla y largarte sin que nadie te detenga por ello?

*Tú eres hombre, tú deberías saberlo.* ¿Ese es modo de hablar a un padre? ¿Están ella y él en el mismo bando?

—Puede ser —dice—. Algunas veces. Para algunos hombres, puede que sí. —Y añade rápidamente, sin pensarlo—: ¿Fue igual con los dos? ¿Fue como luchar contra la muerte?

—Los dos se azuzan mutuamente. Probablemente por eso lo hacen juntos. Son como los perros de una jauría.

—¿Y el tercero, el chico?

—Vino a aprender.

Ya han rebasado el rótulo de las cycas. Casi se ha agotado el tiempo.

—Si hubieran sido blancos no hablarías de ellos como estás hablando —dice él—. Por ejemplo, si hubieran sido malhechores blancos de la ciudad de Despatch.

—¿Ah, no?

—No, no hablarías así. No quiero echarte la culpa de nada, no se trata de eso. Pero tú estás hablando de algo completamente nuevo. De la esclavitud. Ellos pretenden que tú seas su esclava.

—No, no es cuestión de esclavitud. Es cuestión de sumisión, de sometimiento, de estar sojuzgada.

Él niega con la cabeza.

—Esto es demasiado, Lucy. Vende la propiedad. Véndele la granja a Petrus y márchate de aquí.

—No.

Ahí termina la conversación. Sin embargo, el eco de las palabras de Lucy sigue retumbándole en la cabeza. *Cubierto de sangre.* ¿Qué querrá decir? A fin de cuentas, ¿acertó al soñar con un lecho de sangre, con un baño de sangre?

*Antes que otra cosa, son violadores.* Piensa en los tres visitantes cuando se largaron en el Toyota, tampoco tan antiguo, con el asiento de atrás repleto de electrodomésticos y sus penes, sus armas, envueltos y calentitos y satisfechos entre las piernas… *ronroneando*, esa es la palabra que se le ocurre en el momento. Razones tuvieron que sobrarles para estar contentos con el trabajito de aquella tarde; tuvieron que sentirse encantados de la vida con su vocación.

Recuerda que, de niño, tropezó con la palabra *violación* en algunos artículos de prensa, y que trató de conjeturar qué quería decir exactamente, extrañándose de que la letra *l*, habitualmente tan suave, figurase en medio de una palabra que contenía tal horror que nadie era capaz de pronunciarla en voz alta. En un libro de láminas de arte que había en la biblioteca municipal encontró un cuadro titulado *La violación de las sabinas*, ¿o era *El rapto de las sabinas*?: hombres a caballo, con las corazas de los romanos, y mujeres apenas cubiertas por velos de gasa, mujeres que alzaban los brazos al cielo como si gritasen a voz en cuello. ¿Qué tendrían que ver todas aquellas poses adoptadas con lo que él suponía que era la violación, el acto que realiza el hombre al tenderse encima de la mujer y entrar en ella a empellones?

Piensa en Byron. Entre las legiones de condesas y de sirvientas en las que entró Byron a empellones hubo sin duda algunas que llamaron violación a ese acto, aunque sin duda ninguna tuvo motivos para temer que la sesión terminase cuando el hombre le rebanara el pescuezo. Desde el lugar en que se encuentra, desde el lugar que ocupa Lucy, Byron parece desde luego muy anticuado.

Lucy estaba aterrada, tan aterrada que poco le faltó para morir de miedo. No le salía la voz, no podía respirar, se le paralizaron los miembros. *Esto no puede estar ocurriendo*, se dijo mientras los hombres la forzaban; *no es más que un mal sueño, una pesadilla.* Entretanto, los hombres bebían de su miedo, se refocilaban en su miedo, hacían todo lo posible por lastimarla, por amenazarla, por acrecentar su terror. *¡Llama a tus perros!*, le gritaron a la cara. *¡Venga, vamos, llama a tus perros! ¿Ah, que no hay perros? ¡Pues vamos a enseñarte cómo son los perros!*

*Tú no entiendes nada, tú no estabas allí*, dice Bev Shaw. Bueno, pues se equivoca. A fin de cuentas, la intuición de Lucy es correcta: si se concentra, si se pierde, puede estar allí, puede ser los hombres, puede habitar en ellos, puede llenarlos con el fantasma de sí mismo. La cuestión es otra: ¿está a su alcance ser la mujer?

En la soledad de su habitación escribe una carta a su hija:

Queridísima Lucy:
Con todo el cariño del mundo debo decirte lo siguiente. Estás a un paso de cometer un peligroso error. Deseas humillarte ante la historia, pero el camino que has tomado es un camino erróneo. Te despojará de todo tu honor; no serás capaz de vivir contigo misma. Te ruego que me escuches.

TU PADRE

Media hora más tarde se cuela un sobre por el resquicio de su puerta.

Querido David:

No me has prestado atención. No soy la persona que tú conoces. Soy una persona que ha muerto, y todavía no sé qué podrá devolverme a la vida. Lo único que sé es que no puedo marcharme.

Esto es algo que no alcanzas a entender, y no sé qué más podría hacer para conseguir que lo entendieras. Es como si hubieras elegido adrede estar en un rincón al que no llega la luz del sol. Se me ocurre que eres como uno de los tres chimpancés: el que se tapa los ojos con las manos.

Sí, el camino que sigo puede ser erróneo, pero si ahora abandono la granja me habrán derrotado, y se me quedará el regusto de la derrota el resto de mis días.

No puedo ser siempre una niña. Tú no puedes ser padre siempre. Sé que obras con buenas intenciones, pero no eres el guía que yo necesito. Al menos, no en este momento.

Con cariño,

LUCY

Ese es el intercambio de pareceres; esa es la última palabra de Lucy.

Termina la jornada que dedica a matar perros; se amontonan ante la puerta las bolsas negras, cada una de ellas con un cuerpo y un alma en su interior. Bev Shaw y él yacen el uno en brazos del otro en el suelo del quirófano. Dentro de media hora Bev volverá junto a su Bill y él comenzará a acarrear las bolsas.

—Nunca me has hablado de tu primera esposa —dice Bev Shaw—. Lucy tampoco habla nunca de ella.

—La madre de Lucy era holandesa. Eso tiene que

habértelo dicho. Evelina, se llamaba. Evie. Después de divorciarnos volvió a Holanda. Más adelante volvió a casarse. Lucy no se llevaba bien con su padrastro. Pidió que la dejara volver a Sudáfrica.

—Entonces, te eligió a ti.

—En cierto modo. También eligió un determinado entorno, un determinado horizonte. Y ahora yo trato de que se marche otra vez, aunque solo sea para tomarse un descanso. En Holanda tiene familia, tiene amigos. Puede que Holanda no sea el sitio más apasionante del mundo para vivir, pero al menos allí no se fomentan las pesadillas.

—¿Y bien?

Él se encoge de hombros.

—Lucy no siente la menor inclinación, por el momento, a seguir ninguno de los consejos que yo pueda darle. Dice que no soy un buen guía.

—Pero antes eras profesor.

—¿Profesor? Sí, pero casi por casualidad. La enseñanza nunca ha sido mi vocación. Desde luego, nunca he tenido la aspiración de enseñar a nadie cómo ha de vivir su vida. Yo más bien era lo que antes se llamaba un erudito. Escribía libros sobre personas que ya han muerto. A eso me dedicaba de todo corazón. La enseñanza solo era una manera de ganarme la vida.

Ella espera a que él siga, pero él no tiene ganas de seguir.

El sol empieza a ponerse; hace frío. No han hecho el amor. En efecto, han dejado de fingir que eso es lo que hacen cuando están juntos.


Mentalmente ve a Byron a solas en escena, lo ve tomar aliento para empezar a cantar. Está a punto de embarcarse con rumbo a Grecia. A los treinta y cinco años ha comenzado a entender que la vida es algo precioso.

*Sunt lacrimae rerum, et mentem mortalia tangunt*: esas han de ser las palabras de Byron, está seguro. En cuanto a la música, aletea en algún punto del horizonte, todavía no ha llegado a él.

—No debes preocuparte —dice Bev Shaw. Apoya la cabeza contra el pecho de él; seguramente escucha latir su corazón, ese latido a cuyo ritmo escande los hexámetros—. Bill y yo la cuidaremos. Iremos a menudo a la granja. Y además está Petrus. Petrus sabrá vigilarla.

—Petrus, tan paternal.

—Sí.

—Lucy dice que yo no puedo seguir siendo un padre para siempre. Y en lo que me queda de vida no me imagino cómo no podría ser el padre de Lucy.

Ella le pasa los dedos por la pelusa de cabello que empieza a crecerle.

—Todo irá bien —le susurra—. Ya lo verás.

# 19

La casa forma parte de una barriada que, quince o veinte años antes, cuando era nueva, debía de resultar bastante desoladora, pero que de un tiempo a esta parte ha mejorado gracias al césped que cubre las aceras, a los árboles, a las enredaderas que trepan por los muros de hormigón. El número ocho de Rustholme Crescent tiene una cancela bien pintada y un telefonillo.

Aprieta el botón. Le contesta una voz juvenil.

—¿Sí?

—Estoy buscando al señor Isaacs. Me llamo Lurie.

—Todavía no está en casa.

—¿A qué hora llegará?

—Pues de un momento a otro; pase.

Un zumbido; se abre el cerrojo, empuja la cancela.

El camino conduce a la puerta de entrada, desde donde lo observa una muchacha esbelta. Viste un uniforme de colegio: falda plisada con peto de color azul marino, calcetines blancos hasta la rodilla, camisa de cuello abierto. Tiene los ojos de Melanie, los amplios pómulos de Melanie, el cabello oscuro de Melanie. Si acaso, es más bella todavía. La hermana pequeña de la que le habló Melanie, cuyo nombre no consigue recordar en ese momento.

—Buenas tardes. ¿Cuándo crees que llegará tu padre a casa?

—El colegio termina a las tres, pero por lo general se queda hasta más tarde. No hay problema, puede pasar.

Le sujeta la puerta para que entre y se hace a un lado para no rozarlo. Está comiéndose un trozo de tarta, que sujeta con coquetería entre dos dedos. Tiene algunas migas en el labio superior. Él siente el acuciante deseo de extender la mano y apartárselas; al mismo tiempo, le inunda el recuerdo de su hermana como si fuera una oleada caliente. *Dios mío*, se dice. *¿Qué estoy haciendo aquí?*

—Puede sentarse si lo desea.

Se sienta. El mobiliario está reluciente; la sala resulta opresivamente limpia.

—¿Cómo te llamas? —le pregunta.

—Desirée.

Desirée: ahora lo recuerda. Melanie la primogénita, la oscura; luego Desirée, la deseada. No cabe duda que tentaron a los dioses al ponerle un nombre semejante.

—Me llamo David Lurie. —La observa con atención, pero ella no da muestras de haberlo reconocido—. Soy de Ciudad del Cabo.

—Mi hermana vive en Ciudad del Cabo. Es universitaria.

Él asiente. No le dice: conozco a tu hermana, la conozco muy bien. Pero sí piensa: frutos del mismo árbol, parecidos probablemente hasta en los más íntimos detalles. Pero también con diferencias: un distinto pulso sanguíneo, diversas urgencias de la pasión. Las dos en la misma cama: una experiencia digna de un rey.

Se estremece un poco, mira el reloj.

—¿Sabes una cosa, Desirée? Creo que voy a intentar encontrar a tu padre en el colegio, si me explicas cómo llegar hasta allí.

El colegio parece idéntico al resto de los inmuebles de la zona: un edificio bajo de ladrillo visto, con barrotes de acero en las ventanas y tejado de amianto, dentro de un polvoriento cuadrilátero cercado por alambre de espino. F. M. MARAIS, dice el rótulo en uno de los pilares de la entrada; COLEGIO DE ENSEÑANZA MEDIA, se lee en el otro.

El recinto está desierto. Da una vuelta por el interior hasta llegar a un cartel que dice OFICINAS. Allí dentro hay una secretaria de mediana edad, más bien regordeta, que se está pintando las uñas.

—Estoy buscando al señor Isaacs —dice.

—¡Señor Isaacs! —llama ella—. ¡Tiene una visita! —Y se vuelve hacia él—. Puede pasar.

Isaacs, detrás de su mesa de despacho, a punto está de levantarse para recibirlo, pero se queda a medias y lo mira con evidente desconcierto.

—¿Se acuerda de mí? Soy David Lurie, de Ciudad del Cabo.

—Ah —dice Isaacs, y se sienta. Lleva aquel mismo traje, el que le queda grande: el cuello se le difumina en la chaqueta, de la que asoma como un ave de pico afilado que hubiera sido atrapada en un saco. Las ventanas están cerradas; huele a tabaco rancio.

—Si no desea recibirme, me marcharé de inmediato —dice.

—No, no —dice Isaacs—. Siéntese. Estoy comprobando las faltas de asistencia. ¿Le importa que termine esto antes de…?

—Por favor.

Sobre la mesa hay una fotografía enmarcada. No puede verla desde donde está sentado, pero sabe qué será: Melanie y Desirée, las niñas de los ojos de su padre, junto a la madre que las trajo al mundo.

—Y bien —dice Isaacs cerrando el último registro—. ¿A qué debo el placer?

Había esperado estar tenso, pero lo cierto es que se encuentra muy calmado.

—Después de que Melanie diese curso formal a su

denuncia —dice—, la universidad emprendió una investigación oficial. De resultas de ello tuve que renunciar a mi puesto y dimitir. Así fueron las cosas; seguramente estará usted al corriente.

Isaacs lo contempla perplejo, sin que nada lo traicione.

—Desde entonces no tengo nada que hacer. Iba de paso por George y pensé hacer un alto para conversar con usted. Recuerdo que nuestro último encuentro fue... acalorado. Sin embargo, pensé que valía la pena hacerle una visita y decirle lo que siento de todo corazón.

Todo eso es cierto. Desea hablar de todo corazón. El asunto es... ¿qué guarda en su corazón?

Isaacs tiene un bolígrafo Bic de los baratos en la mano. Pasa los dedos por el tallo, lo invierte, pasa los dedos por el tallo, vuelve a invertirlo una y otra vez, con un movimiento que es más mecánico que impaciente.

—Usted conoce la versión de la historia según Melanie —prosigue—. Me gustaría que conociera la mía, si es que está dispuesto a oírla.

»Por mi parte, todo empezó sin premeditación. Comenzó como una simple aventura, una de esas aventurillas repentinas que tienen los hombres de cierta condición, o que al menos yo tenía antes, y que me servían cuando menos para sentirme vivo. Discúlpeme por hablar de este modo. Trato de ser sincero.

»En el caso de Melanie, sin embargo, sucedió algo inesperado. Pienso en una hoguera: ella prendió el fuego dentro de mí.

Hace una pausa. El bolígrafo prosigue su baile. *Una aventurilla repentina. Hombres de cierta condición.* ¿Tendrá también sus aventuras el hombre que lo mira desde el otro lado de la mesa? Cuanto más lo mira, más lo duda. No le extrañaría que Isaacs tuviera algún cargo en una iglesia, que fuese diácono o monaguillo, lo que sea.

—Una hoguera: ¿hay algo digno de mención en eso? Si una hoguera se apaga, uno enciende una cerilla y prende una nueva. Antes pensaba así. Sin embargo, en los viejos tiempos todo el mundo adoraba el fuego. Se lo pensaban dos veces antes de permitir que una llama se extinguiera, una llama que era la divinidad. Esa fue la clase de llama que prendió en mí su hija. Una llama que no fue suficiente para abrasarme, quemarme del todo, pero que era real: un fuego real.

Abrasado... Quemado... Requemado.

El bolígrafo ha dejado de moverse.

—Señor Lurie —dice el padre de la muchacha, y a su rostro asoma una sonrisa torcida, dolorida—, estoy preguntándome qué demonios es lo que pretende al venir a visitarme a mi colegio y contarme lo que está contándome...

—Lo lamento, créame; es ofensivo, lo sé. He terminado. Eso es todo lo que deseaba decirle en defensa propia. ¿Qué tal está Melanie?

—Ya que lo pregunta, le diré que Melanie está bien. Llama por teléfono todas las semanas. Ha reanudado sus estudios, le han otorgado una dispensa especial, estoy seguro de que lo entenderá usted habida cuenta de las circunstancias. Ha seguido adelante con su trabajo en el teatro aprovechando su tiempo libre, y le va muy bien. Así pues, Melanie está bien. ¿Y usted? ¿Qué planes tiene, ahora que ha dejado la profesión?

—Yo también tengo una hija, estoy seguro de que le interesará saberlo. Es propietaria de una hacienda; supongo que pasaré algún tiempo con ella, ayudándola en los asuntos de la granja. También tengo un libro por terminar, una especie de libro. De un modo u otro me quedan cosas por hacer.

Hace una pausa. Isaacs lo contempla con lo que a él se le antoja una atención tal que lo traspasa.

—Hay que ver —dice Isaacs suavemente, y las palabras salen de sus labios como si fueran un suspiro—, ¡hay que ver cómo caen los poderosos!

¿Caen? Sí, se ha producido una caída, de eso no cabe duda. Pero... ¿*poderosos*? ¿Lo describe adecuadamente a él la palabra *poderoso*? Se considera más bien una figura oscura que va oscureciéndose cada vez más. Una figura extraída de los márgenes de la historia.

—Tal vez nos haga mucho bien —dice— sufrir una caída de vez en cuando. Al menos mientras no nos hagamos pedazos.

—Bien. Bien. Bien —dice Isaacs, que sigue mirándolo fijamente, con toda intensidad.

Por vez primera detecta en él una huella de Melanie: la forma de la boca, el grosor de los labios. Impulsivamente extiende la mano sobre la mesa con la intención de estrechársela al otro, pero termina por acariciar el dorso. Tiene la piel fría, sin vello.

—Señor Lurie —dice Isaacs—, ¿hay algo más que desee contarme, aparte de la historia de lo que pasó entre Melanie y usted? Antes comentó que sentía algo de todo corazón.

—¿De todo corazón? No. No, solamente he venido para interesarme por Melanie, para saber cómo se encontraba. —Se pone en pie—. Le agradezco que haya sido tan amable de recibirme. —Le tiende la mano, esta vez directamente—. Adiós.

—Adiós.

Se encuentra en la puerta (se encuentra en realidad en la antesala del despacho, que a esas horas está desierta) cuando Isaacs lo llama.

—¡Señor Lurie! ¡Un minuto!

Vuelve sobre sus pasos.

—¿Qué planes tiene para esta noche?

—¿Para esta noche? He reservado una habitación en un hotel. No tengo plan ninguno.

—Venga a cenar con nosotros.

—No creo que a su esposa le parezca buena idea.

—Puede que sí. Puede que no. De todos modos, venga. Comparta el pan con nosotros. Cenamos a las siete. Permítame que le anote la dirección.

—No es necesario que se moleste. Ya he estado en su domicilio, he conocido a su hija. Fue ella la que me indicó cómo llegar aquí.

Isaacs no mueve un párpado.

—Bien —dice.


Le abre la puerta el propio Isaacs.

—Adelante, adelante. —Y le hace pasar a la sala de estar. De la esposa no hay ni rastro, y tampoco está presente la segunda hija.

—He traído esto —dice, al tiempo que le tiende una botella de vino.

Isaacs le da las gracias, pero parece no saber qué hacer con el vino.

—¿Puedo ofrecerle una copa? Enseguida la abro. —Sale de la habitación; se oyen susurros en la cocina. Regresa—. Parece que hemos perdido el sacacorchos, pero Dezzy irá a pedir prestado el de los vecinos.

Está claro que son abstemios. Debería haberlo tenido en cuenta. Un hogar de lazos estrechos, pequeñoburgués, frugal, prudente. El coche bien lavado, el césped bien cortado, los ahorros a buen recaudo en el banco. Todos los recursos concentrados en lanzar a las dos hijas, las dos joyas de la casa, hacia el mejor de los futuros: Melanie la lista, con sus ambiciones teatrales; Desirée, la belleza.

Se acuerda de Melanie en aquella primera velada de su historia íntima; la recuerda sentada a su lado en el sofá, tomándose el café con un chorro de whisky que estaba destinado —la palabra acude a su memoria a regañadientes— a *lubricarla*. Su cuerpecito esbelto, su ropa sexy, sus ojos relucientes de excitación. Adentrarse por el bosque donde ronda el lobo feroz.

Desirée, la belleza, entra con la botella y un sacacorchos. Al atravesar la sala hacia ellos vacila un instante, consciente de que es precisa una presentación.

—¿Papá? —murmura con un deje de confusión, sosteniendo la botella.

Así pues: ha descubierto quién es él. Han hablado de él, tal vez incluso hayan tenido una riña a cuenta de él, del visitante indeseado, del hombre cuyo nombre son tinieblas.

Su padre ha atrapado con la suya la mano de la hija.

—Desirée —dice—, este es el señor Lurie.

—Hola, Desirée.

El cabello que le tapaba la cara es apartado hacia atrás. Lo mira a los ojos todavía azorada, pero más fortalecida al verse bajo el ala de su padre.

—Hola —murmura. Él piensa: *¡Dios mío, Dios mío!*

En cuanto a ella, no puede ocultarle a él lo que pasa por su cabeza: *¡Así que este es el hombre con el que mi hermana ha estado desnuda! ¡Este es el hombre con el que ella lo ha hecho! ¡Este vejestorio!*

Hay un comedor separado de la sala de estar, con un ventanillo que lo comunica con la cocina. Hay cuatro servicios puestos, con la mejor cubertería de la casa; arden las velas sobre la mesa.

—¡Siéntese, siéntese! —dice Isaacs. Sigue sin haber ni rastro de su esposa—. Discúlpeme un momento. —Isaacs desaparece en la cocina. Él se queda cara a cara con Desirée. Ella permanece cabizbaja, ya no tan valiente como antes.

Vuelven entonces el padre y la madre a la vez. Él se pone en pie.

—Le presento a mi esposa. Doreen, nuestro invitado: el señor Lurie.

—Gracias por recibirme en su casa, señora Isaacs.

La señora Isaacs es una mujer de corta estatura, entrada en carnes y de mediana edad, y con las piernas combadas, lo cual le da una manera de andar un tanto tambaleante. Sin embargo, está bien claro de dónde sacan las hermanas su presencia. En sus buenos tiempos tuvo que ser una auténtica belleza.

Tiene los rasgos faciales rígidos y evita mirarlo a los ojos, pero le dedica una seña de asentimiento casi imperceptible. Es obediente y abnegada, una buena esposa. *Y seréis una sola carne.* ¿Saldrán a ella las dos hijas?

—Desirée —ordena a su hija—, ven a ayudarme a servir la mesa.

Agradecida, la niña se levanta a trompicones.

—Señor Isaacs, estoy causándole un serio trastorno en su propio domicilio —dice—. Ha tenido una gran amabilidad al invitarme, y se lo agradezco, pero creo que mejor será que me vaya ahora mismo.

Isaacs le dedica una sonrisa en la que, para mayor asombro suyo, hay un asomo de alegría.

—¡Siéntese, siéntese! Todo saldrá bien, no se preocupe. ¡Saldremos bien librados! —Se acerca más a él—. ¡Tiene usted que ser fuerte!

Vuelven Desirée y la madre con las fuentes: pollo en una salsa de tomate todavía burbujeante, de la que emanan aromas a jengibre y comino; además, arroz y un surtido de ensaladas y encurtidos. Exactamente el tipo de comida que más ha echado de menos viviendo con Lucy.

La botella de vino es colocada ante él, junto con una solitaria copa de vino.

—¿Soy el único que bebe? —dice.

—Por favor —dice Isaacs—, adelante.

No le agradan los vinos dulces; ha comprado una botella de cosecha tardía imaginando que sería del gusto de sus anfitriones. Bueno, pues tanto peor para él.

Todavía falta bendecir la mesa. Los Isaacs se dan la

mano; no le queda más remedio que tender las manos, a la izquierda al padre de la chica, a la derecha a la madre.

—Te damos gracias, Señor, por los alimentos que vamos a tomar —dice Isaacs.

—Amén —responden la esposa y la hija; él, David Lurie, murmura también «Amén» y suelta las dos manos, la del padre fresca como la seda, la de la madre pequeña, carnosa, caliente todavía por su trajín en la cocina.

La señora Isaacs sirve la cena.

—Cuidado, está caliente —dice al pasarle el plato. Esas son las únicas palabras que le dice.

Durante la cena trata de portarse como un buen invitado, trata de dar conversación entretenida, trata de salvar los silencios. Habla sobre Lucy, sobre las perreras, sobre sus colmenas y sus proyectos de horticultura, sobre las ventas de los sábados por la mañana en el mercado. Hace una sucinta glosa sobre la agresión, y solo reseña que le fue robado el coche. Habla de la Liga por el Bienestar de los Animales, pero no de la incineradora que está en el recinto del hospital, ni tampoco de las tardes a hurtadillas con Bev Shaw.

Cosida de este modo, la historia se despliega sin que haya sombras en ella. La vida campesina en toda su sencillez idiotizada. ¡Cuánto desearía que fuese verdad! Está harto de las sombras, las complicaciones, la gente complicada. Ama a su hija, pero abundan los momentos en que desearía que fuese un ser más sencillo: más simple, más limpio. El hombre que la violó, el jefe de la banda, era precisamente así. Como una hoja de metal que corta el viento.

Tiene una visión: él mismo está tendido sobre la mesa de un quirófano. Centellea un escalpelo; alguien va a rajarlo desde el cuello hasta la entrepierna; lo ve todo con toda claridad, pero no siente ningún dolor. Un cirujano barbudo se inclina sobre él. Frunce el ceño. *Pero ¿qué es todo esto?*, farfulla el cirujano. Mete el instrumento en la vejiga. *¿Qué es esto?* La arranca, la arroja a un lado. Mete el instrumento en el corazón. *¿Qué es esto?*

—Y su hija... ¿lleva la granja ella sola? —pregunta Isaacs.

—Tiene a un hombre que la ayuda de vez en cuando. Petrus. Es africano. —Y habla sobre Petrus, sobre el recio y muy fiable Petrus, con sus dos mujeres y sus modestas ambiciones.

Tiene menos hambre de lo que pensaba. La conversación languidece, pero de algún modo logran terminar la cena. Desirée pide que la disculpen, tiene que hacer los deberes. La señora Isaacs recoge la mesa.

—Debo irme —dice—. Mañana he de emprender viaje muy temprano.

—Espere, quédese un momento —dice Isaacs.

Están a solas. Ya no puede andarse con rodeos.

—A propósito de Melanie —dice.

—¿Sí?

—Una cosa más y habré terminado. Podría haber sido muy diferente, creo yo, la historia que hubo entre nosotros dos a pesar de nuestra diferencia de edad. Pero hubo algo que yo no supe o no pude aportar, algo... —titubea en busca de la palabra— lírico. Yo carezco de lirismo. Manejo el amor demasiado bien. Ni siquiera cuando ardo consigo cantar, no sé si me entiende. Y eso es algo que lamento profundamente. Lamento lo que le hice pasar a su hija. Tiene usted una familia extraordinaria. Le pido disculpas por la pena que le he causado a usted y a la señora Isaacs. Y le pido perdón.

*Extraordinaria* no es la palabra correcta. Mejor sería decir *ejemplar*.

—Así pues —dice Isaacs—, por fin ha pedido disculpas. Me estaba preguntando cuándo iba a llegar. —Se para a meditar. No ha ocupado su asiento; ahora se pone a caminar de un lado a otro—. Dice usted que lo lamenta. Dice que carece de lirismo. Si dispusiera usted de lirismo, hoy no estaríamos donde estamos. Pero yo suelo decirme que todos lo lamentamos cuando se nos descubre. Lo lamentamos muchísimo. El asunto no es si lo lamentamos o no. El asunto es más bien qué lección hemos sacado en claro. El asunto es averiguar qué vamos a hacer una vez que lo lamentamos tanto.

Está a punto de responder, pero Isaacs levanta la mano.

—¿Puedo pronunciar la palabra *Dios* ahora que usted me escucha? ¿No es usted una de esas personas que se irritan al oír el nombre de Dios? Bien. El asunto está en saber qué es lo que Dios desea de usted, señor Lurie, aparte de que lo lamente. ¿Tiene alguna idea al respecto, señor Lurie?

Aunque incomodado por el ir y venir de Isaacs, trata de elegir sus palabras con gran cuidado.

—En una situación normal —dice— yo diría que después de cierta edad uno ya es demasiado viejo para aprender lecciones. Solo puede ser castigado una y otra vez. Pero puede que eso no sea verdad, o que no lo sea siempre. Por lo que se refiere a Dios, yo no soy creyente, de modo que tendré que traducir a mi propio lenguaje lo que usted llama Dios y los deseos que tenga Dios. Según mi propio lenguaje, estoy siendo castigado por lo que sucedió entre su hija y yo. Estoy sumido en una desgracia de la que no será nada fácil que salga por mis propios medios. Y no es un castigo a cuyo cumplimiento yo me haya negado, al contrario. Ni siquiera he murmurado contra lo que me ha caído encima. Al contrario: estoy viviéndolo día a día, procurando aceptar mi desgracia como si fuera mi estado natural. ¿Cree usted que a Dios le parecerá suficiente que viva en la desgracia sin saber cuándo ha de terminar?

—No lo sé, señor Lurie. En una situación normal

le diría que no me pregunte a mí, que se lo pregunte a Dios. Pero como está claro que usted no reza, no tiene manera de preguntárselo a Dios. Por eso Dios habrá de encontrar su medio para decírselo. ¿Por qué cree que está usted aquí, señor Lurie?

Él permanece en silencio.

—Se lo diré yo. Usted estaba de paso por George, y entonces se acordó de que la familia de su alumna era de George, y entonces se dijo: *¿Por qué no?* Usted no lo había planeado, y ahora sin embargo se encuentra en nuestra casa. Eso ha debido de suponerle a usted una sorpresa. ¿Me equivoco?

—No, no del todo. Pero tampoco es del todo cierto. Yo no le dije la verdad. No estaba de paso por George. Vine a George por una única razón: vine expresamente a hablar con usted. Llevaba ya algún tiempo pensando en hacerlo.

—Sí, usted vino a hablar conmigo, pero ¿por qué conmigo? Yo soy una persona con la que es fácil hablar: es demasiado fácil. Eso lo saben todos los niños que van a clase en mi colegio. Con Isaacs es muy fácil que uno se salga con la suya, eso es lo que suelen decir. —Ha vuelto a sonreír, y la suya es la misma sonrisa torcida de antes—. ¿Con quién ha venido a hablar en realidad?

Ahora sí está seguro: no le cae bien ese hombre, no le gustan nada sus trucos.

Se pone en pie, avanza a tientas por la sala de estar, que está desierta, y por el pasillo. Desde detrás de una puerta entrecerrada le llegan voces que hablan bajo. Abre la puerta. En la cama están sentadas Desirée y su madre, hacen algo con un ovillo de lana. Pasmadas al verlo, quedan en silencio.

Con todo el esmero que requiere una ceremonia, se arrodilla y toca el suelo con la frente.

¿Será suficiente?, piensa. ¿Bastará con eso? Si no, ¿qué más hará falta?

Se yergue. Las dos siguen sentadas en la cama, inmóviles. Mira a la madre a los ojos, luego mira a la hija, y vuelve a saltar la corriente imparable, la corriente del deseo.

Se pone en pie, aunque con más esfuerzos de lo que hubiera deseado.

—Buenas noches —dice—. Gracias por su hospitalidad. Gracias por la cena.

A las once en punto de la noche recibe una llamada en la habitación de su hotel. Es Isaacs.

—Le llamo para desearle fuerza de cara al futuro. —Pausa—. Hay una pregunta que no tuve ocasión de hacerle, señor Lurie. ¿No estará usted esperando que intercedamos en su nombre ante la universidad?

—¿Interceder?

—Sí. Para que le devuelvan su puesto, por ejemplo.

—Es una idea que no se me había pasado por la cabeza. Con la universidad he terminado.

—Se lo decía porque el camino por el que va usted es el camino que Dios quiere que recorra. No está en nuestra mano interceder.

—Entendido.

## 20

Vuelve a entrar en Ciudad del Cabo por la N2. Ha estado fuera algo menos de tres meses, aunque en ese lapso los asentamientos de los chabolistas han tenido tiempo suficiente para saltar al otro lado de la autopista y extenderse hacia el este del aeropuerto. El flujo de los vehículos debe ralentizarse mientras un niño con un palo arrea a una vaca extraviada para alejarla de la calzada. Es inexorable, piensa: el campo va llegando a las puertas de la ciudad. Pronto habrá ganado paciendo otra vez por el parque de Rondebosch; pronto la historia habrá trazado un círculo completo.

Y así está de vuelta en casa. Pero no se parece nada a una vuelta a casa. No logra imaginar que de nuevo reside en la casa de Torrance Road, a la sombra de la universidad, merodeando por ahí como un delincuente que trata de pasar desapercibido, esquivando a los colegas de antaño. Tendrá que vender la casa, irse a un piso más barato, a otro barrio.

Sus finanzas están sumidas en el caos. No ha pagado una sola factura desde el día que se fue. Vive de sus tarjetas de crédito; cualquier día se le secará la fuente.

El fin de sus correrías. ¿Qué es lo que viene después del fin de sus correrías? De pronto se ve canoso, encorvado, arrastrando los pies camino de la tienda de la esquina para comprar su medio litro de leche y su media barra de pan; se ve de pronto sentado sin mover un dedo ante su mesa, en una habitación repleta de papeles amarillentos, a la espera de que la tarde se apague para poder prepararse la cena e irse a la cama. La vida de un erudito pasado de rosca, sin esperanza alguna, sin perspectivas: ¿es eso para lo que está preparado?

Abre la cancela. El jardín está cubierto por la maleza, el buzón está repleto de propaganda. Aunque bien fortificada de acuerdo con los cánones, la casa ha estado deshabitada desde hace meses: sería excesivo pedir que no hubiera sido víctima de alguna visita. Y así es: en cuanto pone el pie en su casa, nada más abrir la puerta y olfatear el interior, sabe que algo no marcha como debiera. El corazón le late desbocado de enfermiza excitación.

No se oye nada. Quien estuviera dentro se ha ido. Pero ¿cómo habrán entrado? Yendo de puntillas de una habitación a otra, pronto lo averigua. Los barrotes de una de las ventanas de la parte de atrás han sido arrancados de la pared y doblados, los cristales están hechos añicos, y así queda un hueco suficiente para que un niño e incluso un hombre no muy corpulento se cuelen en el interior. Una alfombrilla de hojas secas y arena, arrastradas por el viento, se ha quedado reseca en el suelo.

Recorre la casa haciendo un recuento de sus pérdidas. Su dormitorio ha sido saqueado, los cajones penden abiertos como bocas que bostezan. Se han llevado su equipo de música, sus cintas y sus discos, su ordenador. En su estudio descubre que han descerrajado tanto los cajones del escritorio como el archivador; hay papeles por todas partes. Han desvalijado a fondo la cocina: la vajilla, la cubertería, los pequeños electrodomésticos. Su mueble bar ha desaparecido. Incluso el armario donde guardaba las conservas está vacío.

No es un robo normal y corriente. Más bien fruto de un grupo organizado que entra, limpia la casa, se retira cargado de bolsas, cajas, maletas. Botín, guerra, reparaciones; un incidente más en la gran campaña de la redistribución. ¿Quién llevará puestos en este momento sus zapatos? ¿Habrán encontrado Beethoven y Janáček otro hogar, o habrán terminado desperdiciados en el cubo de la basura?

Del cuarto de baño llega una vaharada de olor fétido. Una paloma, atrapada en el interior de la casa, ha muerto en la bañera. Con escrúpulo, recoge el amasijo de plumas y huesos y lo mete en una bolsa de plástico que cierra lo mejor que puede.

No hay luz, no hay línea telefónica. A menos que haga algo al respecto tendrá que pasar la noche a oscuras. Pero está demasiado deprimido para pasar a la acción. Al infierno, que se vaya todo al infierno, piensa, y se desploma en una silla y cierra los ojos.


Cuando cae la noche se pone en pie y se va de la casa. Han salido las primeras estrellas. Por las calles desiertas, por los jardines donde pende muy denso el aroma de la verbena y el junquillo, prosigue su camino hasta el campus universitario.

Todavía tiene las llaves del edificio de la Facultad de Comunicación. Es buena hora para ir de ronda: no hay nadie en los pasillos. Toma el ascensor para subir a su despacho en la quinta planta. La placa de la puerta ha sido sustituida. La nueva dice DR. S. OTTO. Por debajo de la puerta asoma una ranura de luz tenue.

Llama con los nudillos. No se oye nada. Abre con su llave y entra. El despacho ha sido objeto de una transformación. Han desaparecido sus libros y sus pósters; en las paredes tan solo hay una ampliación a tamaño descomunal de una viñeta de cómic: un Superman que aguanta cabizbajo las amonestaciones de Lois Lane.

Detrás del ordenador, a media luz, está sentado un joven al que no ha visto nunca. El joven frunce el ceño.

—¿Quién es usted? —pregunta.

—Soy David Lurie.

—Bien, ¿y qué?

—He venido a recoger mi correspondencia. Este era mi despacho —dice, y a punto está de añadir *en el pasado*.

—Ah, ya. David Lurie, claro. Lo siento, no prestaba atención. Lo he puesto todo en una caja, con otras cosas suyas que encontré. —Hace una seña—. Está ahí.

—¿Y mis libros?

—En el sótano, en el almacén.

Coge la caja que le indica.

—Gracias —dice.

—No hay de qué —responde el joven doctor Otto—. ¿Seguro que puede con todo eso?

Se lleva la pesada caja hasta la biblioteca, con la idea de clasificar allí la correspondencia. Cuando llega a la barrera de acceso, la máquina ya no acepta su tarjeta. Tiene que llevar a cabo la clasificación sobre un banco del vestíbulo.

Está demasiado intranquilo para conciliar el sueño. Al alba se dirige a la montaña y emprende una larga caminata. Ha llovido, están crecidos los arroyos. Respira el embriagador aroma de los pinos. A día de hoy es un hombre libre, sin más deberes que los que pueda tener para consigo mismo. Tiene todo el tiempo por delante, puede gastarlo como quiera. Es un sentimiento inquietante, pero supone que podrá acostumbrarse a ello.

La temporada que ha pasado con Lucy no lo ha convertido en un hombre del campo. No obstante, hay cosas que echa de menos: la familia de patos, por ejemplo, la madre pata y su manera de moverse por las aguas de la presa, henchido el pecho de orgullo mientras Eeenie, Meenie, Minie y Mo chapotean tras ella, seguros de que mientras ella esté ahí, lejos quedan los peligros.

En cuanto a los perros, ni siquiera le apetece pensar en ellos. A partir del lunes, los perros liberados de la vida entre las cuatro paredes de la clínica serán arrojados al fuego sin señas de identidad, sin duelo. ¿Obtendrá perdón alguna vez por traición semejante?

Hace una visita al banco, lleva un montón de ropa sucia a la lavandería. En el ultramarinos donde hace años que compra el café, la dependienta finge que no lo conoce de nada. Su vecina, mientras riega el jardín, se mantiene estudiadamente vuelta de espaldas.

Piensa en William Wordsworth durante su primera estancia en Londres, cuando asistió a una pantomima teatral en la que Jack, el Gigante Asesino, recorre la escena despreocupado, a grandes zancadas, protegido por un rótulo que dice *Soy invisible* y que lleva sobre el pecho.

Al caer la noche llama a Lucy desde un teléfono público.

—He pensado que debería llamarte, no sea que estuvieras preocupada por mí —le dice—. Estoy bien. Supongo que me tomaré un tiempo hasta que me haga a la nueva situación. Doy vueltas por la casa como un guisante dentro de un frasco. Echo de menos a los patos.

No hace mención del robo sufrido en su casa. ¿De qué le serviría atosigar a Lucy con sus problemas?

—¿Y Petrus? —pregunta—. ¿Ha cuidado Petrus de ti o sigue liado con la construcción de su casa?

—Petrus me ha echado una mano. Todos han estado muy serviciales.

—Que sepas que podría volver en cuanto me necesites. Basta con que me lo digas.

—Gracias, David. No por el momento, pero quién sabe: a lo mejor, un día de estos.

¿Quién hubiera dicho, cuando nació su hija, que con el tiempo se acercaría a ella a rastras pidiéndole que lo acogiera?

De compras en el supermercado se encuentra en la cola de caja detrás de Elaine Winter, jefa de su antiguo departamento. Lleva el carrito lleno de artículos varios; él tan solo un cesto. Con muestras de nerviosismo, ella le devuelve el saludo.

—¿Qué, cómo va el departamento sin mí? —le pregunta con el mejor humor que puede manifestar.

*Pues sumamente bien, por supuesto*: esa sería su respuesta más franca. *Nos va de maravilla sin ti*. Sin embargo, es demasiado cortés para decir tal cosa.

—Vaya, pues peleando. Como siempre —responde vagamente.

—¿Habéis podido hacer alguna contratación?

—Hemos contado con los servicios de un nuevo profesor. Bastante joven, por cierto.

*Lo conozco*, podría decir. *Un perfecto mequetrefe*, podría añadir. Pero su buena educación se lo impide.

—¿Cuál es su especialidad? —pregunta por el contrario.

—Lingüística aplicada. Se dedica a estudiar modelos de adquisición del lenguaje.

Hasta ahí llegaron los poetas, hasta ahí los maestros de antaño. Que, por cierto —tal vez debería decirlo—, no le han servido de guía muy fiable. A los que no ha escuchado o no ha entendido nada bien, por decirlo con otras palabras.

La mujer que los antecede en la cola de la caja se toma su tiempo para pagar. Todavía queda margen para que Elaine formule la pregunta siguiente, que debiera ser esta: *¿Y qué es de ti, David? ¿Qué tal te va?* A lo cual él respondería: *Muy bien, Elaine. Muy bien*.

—¿Quieres que te ceda el turno? —dice ella en cambio, e indica el cesto de él con un gesto—. Llevas poca compra.

—Ni soñarlo, Elaine —responde, y luego le complace observarla mientras va colocando sus adquisiciones sobre el mostrador: no solo los artículos de primera necesidad, sino también los pequeños lujos que se concede una mujer que vive sola: auténtico helado de primera calidad (con almendras y pasas), galletas importadas de Italia, chocolatinas y... un paquete de compresas.

La ve pagar con tarjeta de crédito. Desde el otro lado de la caja, ya superada la barrera, le hace una señal de despedida. Se le nota que se siente aliviada.

—¡Adiós! —le dice él por encima de la cajera—. ¡Dales recuerdos a todos!

Ella ni siquiera vuelve la vista atrás.


Tal como estaba concebida en principio, la ópera gravitaba en torno a lord Byron y a su amante, la contessa Guiccioli. Atrapados en la Villa Guiccioli, con el sofocante calor del verano en Ravena, espiados por el celoso esposo de Teresa, los dos se entregan a sus correrías por los tenebrosos salones de la casa y cantan a su pasión desbaratada. Teresa se siente como una prisionera; vive entre los rescoldos del resentimiento, azuza a Byron para que la rapte y se la lleve a una vida mejor. En cuanto a Byron, sigue sumido en un mar de dudas, aunque es tan prudente que no las manifiesta. Aquellos éxtasis que juntos conocieron, sospecha, no han de repetirse ya. Su vida se halla encalmada; de un modo oscuro ha comenzado a anhelar la tranquilidad de un retiro; si no lo consiguiera, es la apoteosis lo que anhela, la muerte. Las galopantes arias de Teresa no encienden chispa alguna en él; su propia línea vocal, oscura y repleta de volutas, pasa sin dejar huella a través de ella, o por encima.

Así es como él la había concebido: una pieza de cámara en torno al amor y la muerte, con una joven apasionada y un hombre de edad ya madura que tuvo gran renombre por su pasión, aunque esta solo sea un recuerdo; una trama en torno a una musicación compleja, intranquila, relatada en un inglés que de continuo tiende hacia un italiano imaginario.

En términos formales, no es una mala concepción. Los personajes se complementan bien: la pareja atrapada, la otra amante despechada que aporrea las ventanas de la villa, el marido celoso. La propia villa, con los monos domesticados de Byron colgados de las lámparas de araña en toda su languidez, con los pavos reales que van y vienen y se azacanean entre el recargado mobiliario napolitano, contiene una acertada mezcla de intemporalidad y decadencia.

Sin embargo, primero en la granja de Lucy y ahora aquí de nuevo, el proyecto no ha conseguido interesarle en la medida necesaria para meterse a fondo en él. Hay un error de concepción, hay algo que no surge directamente del corazón. Una mujer que se queja, y pone a las estrellas por testigo, de que las intromisiones de los criados los obligan a ella y a su amante a encontrar alivio a su deseo en un pequeño armario: eso, ¿a quién le importa? Encuentra las palabras de Byron, pero la Teresa que la historia le ha legado —joven, codiciosa, caprichosa, petulante— no está a la altura de la música con la que ha soñado, una música cuyas armonías, de una lozanía otoñal y teñidas en cambio por la ironía, oye ensombrecidas con el oído del espíritu.

Trata de hallar otra manera de abordar el proyecto. Tras renunciar a las páginas repletas de notas que lleva escritas, tras abandonar a la coqueta y precoz recién casada con su cautivo milord, trata de centrarse en una Teresa entrada ya en la madurez. La nueva Teresa es una viudita regordeta, instalada en la Villa Gamba con su anciano padre, que lleva la casa y que sujeta con firmeza los cierres del monedero, ojo avizor de que los criados no le escamoteen el azúcar. En la nueva versión Byron ha muerto hace tiempo; la única vía de acceso a la inmortalidad que tiene Teresa, el solaz de sus noches a solas, es la arqueta rebosante de cartas y recuerdos que guarda bajo la cama, todo lo que ella considera sus *reliquie*, papeles que sus sobrinas nietas habrán de abrir después de su muerte para repasarlas con gran sobrecogimiento.

¿Es esa la heroína que tanto tiempo llevaba buscando? ¿Conseguirá esa Teresa envejecida atrapar su corazón, tal como está su corazón ahora?

El paso del tiempo no ha sido amable con Teresa. Con la pesadez de su busto, con su tronco fornido y sus piernas abreviadas, tiene un aire más de campesina, de *contadina*, que de aristócrata. La tez que Byron tanto admiró en su día se le ha vuelto febril; en verano se ve postrada a menudo por unos ataques de asma que la dejan sin aliento.

En las cartas que le escribió, Byron la llama *Mi amiga*; luego, *Mi amor*; a la postre, *Mi amor eterno*. Pero existen cartas rivales, cartas que no están a su alcance, cartas a las que no puede prender fuego. En esas otras cartas, dirigidas a sus amigos ingleses, Byron la cataloga con displicencia entre sus demás conquistas italianas, hace chistes sobre su marido, alude a las mujeres de su propio círculo con las que también se ha acostado. En los años transcurridos desde la muerte de Byron, sus amigos han pergeñado un relato, una memoria tras otra, inspirándose en sus cartas. Tras conquistar a la joven Teresa y arrebatársela a su marido, según la historia que han contado, Byron se aburrió pronto de ella; le parecía una cabeza hueca; si permaneció a su lado fue solo por su sentido del deber; para escapar de ella emprendió viaje a Grecia, hacia su muerte.

Todos esos libelos a ella le duelen tanto que la dejan en carne viva. Los años pasados con Byron son la cúspide de su vida. El amor de Byron es lo que la distingue del resto. Sin él, ella no es nada: una mujer que dejó de estar en la flor de la edad, una mujer sin expectativas, que agota sus días en una tediosa ciudad de provincias, que intercambia visitas con sus amigas, que da masajes a su padre en las piernas cada vez que las tiene doloridas, y que duerme sola.

¿Hallará en su corazón el ánimo suficiente para amar a esa mujer sencilla, normal y corriente? ¿La amará lo suficiente para escribir música para ella? Si no pudiera, ¿qué le quedaría?

Vuelve a lo que ahora ha de ser la escena inicial. El final de otro día sofocante. Teresa se encuentra en una ventana de la segunda planta, en la casa de su padre, contemplando los marjales y las pinedas de la Romaña de cara al sol que se pone y destella sobre el Adriático. El final del preludio; un silencio; ella respira hondo. *Mio Byron*, canta, y en su voz palpita la tristeza. Le responde un clarinete solitario, en *diminuendo* hasta quedar callado. *Mio Byron*, lo llama de nuevo con mayor vehemencia.

¿Dónde estará, dónde está su Byron? Byron se ha perdido, he ahí la respuesta. Byron vaga entre las sombras. Y ella también está perdida, la Teresa que él amó, la muchacha de diecinueve años y rubios tirabuzones que se entregó tan alborozada al inglés imperioso, y que después le acarició la frente mientras él yacía sobre sus pechos desnudos, respirando hondo, adormecido tras su gran pasión.

*Mio Byron*, canta por tercera vez, y desde alguna parte, desde las cavernas del Averno, le responde una voz que aletea descarnada, la voz de un espectro, la voz de Byron. *¿Dónde estás?*, canta, y le llega entonces una palabra que no desea oír: *secca*, reseca. *Se ha desecado la fuente de todo.*

Tan tenue, tan vacilante es la voz de Byron que Teresa ha de entonar sus propias palabras y devolvérselas, ayudarle a respirar una y otra vez, recobrarlo para la vida: su niño, su muchacho. *Estoy aquí*, canta para darle respaldo, para impedir que él se hunda. *Yo soy tu fuente. ¿Recuerdas cuando juntos visitamos el manantial de Arquà? Juntos los dos. Yo era tu Laura, ¿no lo recuerdas?*

Así es como ha de ser en lo sucesivo: Teresa presta voz a su amante, y él, el hombre que habita en la casa desvalijada, ha de dar voz a Teresa. A falta de algo mejor, que los cojos guíen a los tullidos.

Trabajando con toda la agilidad que consigue, sin perder de vista a Teresa, trata de esbozar las páginas iniciales de un libreto. Limítate a poner las palabras sobre el papel, se dice. Cuando lo hayas hecho, lo demás vendrá por añadidura. Ya habrá tiempo de buscar luego en los maestros —en Gluck, por ejemplo— las melodías que enaltezcan tal vez y, ¿quién sabe?, también las ideas que enaltezcan las palabras.

Pero paso a paso, a medida que comienza a vivir sus días más plenamente con Teresa y con el difunto Byron, va viendo con claridad que las canciones robadas no serán suficientes, que los dos le exigirán una música propia. Y es asombroso, porque a retazos sueltos esa música se va plasmando. A veces se le ocurre el contorno de una frase antes de atisbar siquiera cuáles serán las palabras que contenga; otras veces son las palabras las que invocan una cadencia; otras, la sombra de una melodía que ha rondado desde hace días por los márgenes de su oído se despliega y, como una bendición, se revela en su integridad. Por si fuera poco, a medida que se devana la acción, la propia trama invoca de por sí modulaciones y transiciones que siente incluso en las venas, aun cuando carece de los recursos musicales necesarios para llevarlas a la práctica.

Ante el piano se pone a trabajar ensamblando y anotando el arranque de una posible partitura. Hay algo en el sonido mismo del piano que le estorba: es demasiado redondo, demasiado físico, demasiado rico. En el desván, en una caja repleta de viejos libros y juguetes de Lucy, recupera el pequeño banjo de siete cuerdas que le compró en las calles de KwaMashu cuando Lucy era niña. Con ayuda del banjo comienza a anotar la música que Teresa, ora dolida y ora colérica, cantará a su amante muerto, y que ese Byron de pálida voz le cantará a ella desde la tierra de las sombras.

Cuanto más a fondo sigue a la contessa en su periplo por el Averno, cuanto más canta sus líneas melódicas o más tararea su línea vocal, más inseparable de ella, con gran sorpresa por su parte, pasa a ser el ridículo sonsonete del banjo. Las arias lozanas que había soñado otorgarle las abandona sin que eso le duela; de ahí a poner el instrumento en manos de la contessa tan solo media un paso mínimo. En vez de adueñarse del escenario, Teresa ahora permanece sentada, contemplando el marjal que la separa de las puertas del infierno y acunando la mandolina con la que se acompaña en sus arrebatos de lirismo; en un lateral, un trío discreto de músicos ataviados con calzones (cello, flauta, fagot), se encarga de los entreactos o de algún comentario escueto entre estrofa y estrofa.

Sentado a su mesa, mientras contempla el jardín invadido por la maleza, se maravilla de lo que está enseñándole el banjo de juguete. Seis meses antes había pensado que su propio lugar espectral en *Byron en Italia* quedaría en un punto intermedio entre el de Teresa y el de Byron: entre el anhelo de prolongar el verano del cuerpo apasionado y la rememoración, a regañadientes, del largo sueño del olvido. Se equivocaba. No es el elemento erótico el que le apela, ni el tono elegíaco, sino la comicidad. En la ópera no figura como Teresa ni como Byron, ni tampoco como una especie de mezcla entre ambos: está contenido en la música misma, en la plana, metálica vibración de las cuerdas del banjo, la voz que se empeña por encumbrarse y alejarse de ese instrumento absurdo, pero que de continuo es retenida como un pez en el anzuelo.

¡Así que esto es el arte!, piensa. ¡Así es como funciona! ¡Qué extraño! ¡Qué fascinante!

Se pasa días enteros entregado a Byron y a Teresa, viviendo de café solo y cereales del desayuno. La nevera está vacía, la cama sin hacer; las hojas de los árboles revolotean por el suelo tras colarse por la ventana rota. Da lo mismo, piensa: que los muertos entierren a sus muertos.

*De los poetas aprendí a amar*, canta Byron con su voz monótona y quebrada, nueve sílabas seguidas en clave de *do* natural; *pero la vida, entiendo* (con un descenso cromático hasta el *fa*), *es harina de otro costal*. *Plinc-plunc-plonc*, resuenan las cuerdas del banjo. *¿Por qué, ay, por qué hablas así?*, canta Teresa trazando un largo arco de notas del que emana su reproche. *Plunc-plinc-plonc*, resuenan las cuerdas.

Ella, Teresa, desea ser amada, ser amada de manera inmortal; desea verse enaltecida hasta estar en compañía de las Lauras y las Floras de antaño. ¿Y Byron? Byron será fiel hasta la muerte, pero no promete nada más. *Que los dos estén unidos hasta que uno haya expirado.*

*Mi amor*, canta Teresa hinchando ese grueso monosílabo inglés, *love*, aprendido en el lecho del poeta. *Plinc*, es el eco de las cuerdas. Una mujer enamorada, que se revuelca en el amor: una gata que maúlla en un tejado; proteínas complejas y revueltas en la sangre, que distienden los órganos sexuales, hacen que suden las palmas de las manos y que engorde la voz cuando el alma arroja a los cielos sus anhelos. Para eso le sirvieron Soraya y las demás: para sorberle las proteínas y extraérselas de la sangre como si fueran el veneno de una víbora, para dejarlo reseco, con la cabeza despejada. En casa de su padre, en Ravena, Teresa no tiene, para su infortunio, a nadie que le sorba el veneno de la sangre. *Ven a mí, mio Byron*, exclama: ¡tómame, ámame! Y Byron, exiliado ya de la vida, pálido cual espectro, le devuelve un eco socarrón: ¡Déjame, déjame, déjame en paz!

Años atrás, cuando residió en Italia, visitó ese bosque situado entre Ravena y la costa del Adriático, el mismo en el que paseaban a caballo un siglo y medio antes Byron y Teresa. En algún paraje entre los árboles ha de estar el lugar en el que el inglés levantó por vez primera las faldas de aquella encantadora muchacha de dieciocho añitos, recién casada con otro hombre. Podría tomar un avión mañana mismo, irse a Venecia, tomar un tren a Ravena, recorrer aquellos viejos senderos de monta, pasar por el lugar exacto. Está inventando la música (o es la música la que lo inventa a él), pero no está inventando la historia en sí. Sobre ese lecho de agujas de pino poseyó Byron a su Teresa —«tímida cual gacela», según dejó dicho— arrugándole la falda, llenándole de arena las enaguas (y los caballos en todo momento ahí al lado, desconocedores de la curiosidad), y a raíz de aquello nació una pasión que dejó a Teresa aullando sus anhelos a la luna durante el resto de su vida, presa de una fiebre que a él también le hizo aullar, exactamente a su manera.

Es Teresa quien lleva la voz cantante; página tras página, él solo la sigue. Un día emerge de las tinieblas otra voz, una voz que no solo no ha oído antes, sino que tampoco contaba con oír. A tenor de las palabras que dice, comprende que pertenece a la hija de Byron, Allegra, pero ¿de qué parte de su propio interior proviene esa nueva voz? ¿Por qué me has abandonado? ¡Ven a apoderarte de mí!, grita Allegra. ¡Qué calor, qué calor, cuánto calor!, entona en un ritmo privativo de ella, un ritmo que atraviesa con insistencia las voces de los dos amantes.

A la llamada de la inoportuna niña de cinco años no acude respuesta alguna. Imposible de amar, jamás amada de hecho, descuidada por su famoso progenitor, ha sido llevada de mano en mano y al final ha terminado con las monjas, que la cuiden ellas. *¡Qué calor, cuánto calor!*, gimotea desde su lecho en el convento, donde va a morir por efecto de *la mal'aria. ¿Por qué me has olvidado?*

¿Por qué se abstendrá su padre de contestar? Porque está harto de la vida, porque preferiría volver al lugar que le corresponde, a la otra orilla de la muerte, y hundirse en su viejo sopor. *¡Mi pobre chiquilla!*, canta Byron titubeante, reacio, tan quedo que ella no lo oye. Sentados en un lateral, a la sombra, el trío de instrumentistas ejecuta esa tonada que avanza cual cangrejo, un verso ascendente y otro descendente, que es la de Byron.

# 21

Rosalind llama por teléfono.

—Dice Lucy que has vuelto a la ciudad. ¿Por qué no me tienes al corriente de tus cosas?

—Es que todavía no estoy como para mimar los contactos sociales —contesta él.

—Ah, ya. ¿Lo has estado alguna vez?

Se encuentran en una cafetería de Claremont.

—Has adelgazado —comenta ella—. ¿Y qué te ha pasado en la oreja?

—Bah, no es nada —responde, y tampoco ha de aclararlo más adelante.

Mientras charlan, la mirada de ella queda prendida de la oreja lesionada de él. Sin duda se estremecería, piensa él, si tuviera que rozársela. No es una de esas personas que sepan cuidar a los demás. Los mejores recuerdos que tiene de ella son los de los primeros meses que pasaron juntos: tórridas noches de verano en Durban, las sábanas empapadas de sudor, el cuerpo pálido y alargado de Rosalind debatiéndose de acá para allá, presa de los espasmos de un placer que era difícil distinguir del dolor. Dos sensualistas: eso fue lo que los mantuvo unidos al menos mientras duró.

Hablan de Lucy, de la granja.

—Ah, pues yo pensaba que vivía con una amiga —dice Rosalind—. Grace, ¿no?

—Helen. Helen ha vuelto a Johannesburgo. Sospecho que han roto para siempre.

—¿Y está a salvo Lucy, ella sola en un lugar tan aislado?

—No, no lo está. Si se siente a salvo, es que está loca de remate. Pero ha decidido quedarse allí a pesar de los pesares. La idea de quedarse allí se ha convertido, a su juicio, en una cuestión de honor.

—Dijiste que te habían robado el coche...

—Fue culpa mía. Debería haber puesto más cuidado.

—Ah, se me olvidaba: he oído lo de tu juicio. Los chascarrillos.

—¿Mi juicio?

—Tu investigación, tu examen, llámalo hache. He sabido que no estuviste muy bien a la hora de dar explicaciones.

—¡No me digas! Creí que era algo confidencial. ¿Cómo te has enterado?

—Eso es lo de menos. Lo que cuenta es que, según me ha llegado, no causaste una buena impresión. Estuviste, dicen, muy rígido, a la defensiva.

—Ni siquiera traté de causar una impresión, buena o mala. Quise defender una cuestión de principios.

—Puede ser, David, pero estoy segura de que lo sabes: los juicios no tiene nada que ver con los principios, sino con lo bien o mal que sepas bandearte y salir del atolladero. De acuerdo con mis fuentes, no pudiste hacerlo peor. ¿Qué principios eran esos que quisiste defender?

—La libertad de expresión. El derecho a permanecer en silencio.

—Suena estupendo, pero siempre se te dio muy bien engañarte a ti mismo, David. Engañar a los demás y engañarte a ti mismo, la verdad. ¿Estás seguro de que no fue todo un simple asunto en el que te pillaron en bolas?

No entra al trapo.

—De todos modos, fueran cuales fuesen los principios, está claro que debió de resultar muy abstruso para quienes tuvieron que escucharte. Todos pensaron que estabas ofuscado. Deberías haberte asesorado de antemano. ¿Qué vas a hacer con el dinero? ¿Te han retirado la pensión?

—Me darán lo mismo que aporté yo a lo largo de estos años. Voy a vender la casa. Me sobra espacio.

—¿Y qué harás con todo tu tiempo? ¿No vas a buscar algún trabajo?

—No lo creo. Ahora mismo no doy abasto. Estoy escribiendo.

—¿Un nuevo libro?

—No. Una ópera, la verdad.

—¡Una ópera! Caramba, pues eso sí que es una novedad. Ojalá te lleve a ganar mucho dinero. ¿Vas a irte a vivir con Lucy?

—La ópera no es más que una afición, una cosilla para enredar y matar el tiempo. No me dará dinero. Ah, y no: no me iré a vivir con Lucy. No sería una buena idea.

—¿Por qué no? Vosotros dos siempre os habéis llevado bien. ¿Ha pasado algo?

Sus preguntas son las de una metomentodo, pero es que Rosalind jamás ha tenido escrúpulo alguno por serlo. «Hemos compartido cama durante diez años —dijo una vez—. ¿Por qué ibas a guardarme ningún secreto?»

—Lucy y yo todavía nos llevamos bien —responde—, pero no tanto como para vivir juntos.

—Esa parece ser la historia de tu vida.

—Pues sí.

Se hace el silencio mientras contemplan, cada cual desde su punto de vista, la historia de su vida.

—Vi a tu novia —dice Rosalind cambiando de tema.

—¿A mi novia?

—O enamorada, o lo que sea. A Melanie Isaacs. Actúa en una obra que se representa en el Teatro del Muelle. ¿No estabas enterado? Y entiendo muy bien qué viste en ella, qué te llevó a la perdición. Los ojos grandes, oscuros. Ese cuerpecillo astuto, de comadreja. Es justamente tu tipo. Seguramente pensaste que sería una de tus aventuras rápidas, uno más de tus deslices, y mira en qué has ido a parar. Has arrojado tu vida por la borda, ¿y a cambio de qué?

—No he arrojado mi vida por la borda, Rosalind. Seamos sensatos.

—¿Cómo puedes negarlo? Te has quedado sin trabajo, tu nombre ha sido pisoteado y arrastrado por el fango, tus amistades te evitan, te escondes en Torrance Road como una tortuga temerosa de asomar la cabeza fuera de la concha. Hay gente que no te llega ni a la suela de los zapatos y que ahora hace chistes a tu costa. Llevas la camisa sin planchar. A saber quién te habrá cortado el pelo así como lo llevas, y tienes… —Detiene su enumeración—. Vas a terminar como uno de esos viejos tristes que se ponen a rebuscar en los contenedores de basura.

—Voy a terminar en un hoyo en el suelo —dice él—. Y tú también. Como todos.

—Ya basta, David. Bastante me molestan las cosas tal como están, no tengo ganas de discutir contigo. —Recoge sus paquetes—. Cuando te hartes de comer rebanadas de pan con mermelada, llámame y te preparé una buena comida.


La mención de Melanie Isaacs lo altera. Nunca ha sido de esos que mantiene una implicación cuando ya no queda nada. Cada vez que se termina una historia, la pone a un lado y pasa página. No obstante, en el asunto con Melanie hay algo inacabado. En lo más hondo de sí mismo está almacenado el olor de ella, el olor de una compañera. ¿Recordará también ella su olor? *Es justamente tu tipo*, dijo Rosalind, y no se equivocaba. ¿Y si sus caminos volvieran a cruzarse, el de Melanie y el suyo? ¿Habría un destello de sentimiento, una muestra de que la aventura no está del todo agotada?

Ahora bien: la sola idea de acudir de nuevo a Melanie es una locura. ¿Por qué iba ella a dignarse hablar con un hombre condenado por ser su perseguidor? Además, ¿qué pensará de él, del idiota de la oreja desollada, el pelo mal cortado, el cuello arrugado de la camisa?

Las bodas de Cronos y Harmonía: algo antinatural. Eso fue lo que se pretendió castigar con el juicio, una vez despojada el habla de palabras grandilocuentes. Fue juzgado por su manera de vivir. Por cometer actos impropios: por diseminar su simiente vieja, cansada, simiente que no brota, *contra naturam*. Si los viejos montan a las jóvenes, ¿cuál será el futuro de la especie? En el fondo, esa fue la argumentación de los fiscales. De eso trata la mitad de la literatura, del modo en que las jóvenes se debaten por escapar del peso de los viejos, y todo en aras de la especie.

Suspira. Los jóvenes abrazados, inconscientes, atentos solo a la música sensual. No es este un país para viejos. Parece haber pasado largo tiempo entre suspiros. Pesar: una nota de pesar con la que salir del paso.

Hasta hace un par de años, el Teatro del Muelle era un almacén frigorífico en donde colgaban los cuerpos abiertos en canal de cerdos y de bueyes, a la espera de ser transportados por mar. Hoy es un centro de ocio muy de moda. Llega tarde a la función; toma asiento cuando bajan las luces. «Un éxito clamoroso, recuperado por exigencia popular»: así anuncian *Crepúsculo en el Salón del Globo* los responsables de esta nueva producción. El escenario tiene más estilo, la dirección es más profesional, hay un nuevo actor protagonista. No obstante, por su humor crudo y tosco, por su descarada intención política, la obra le resulta tan ardua de soportar como la vez anterior.

Melanie sigue actuando en el papel de Gloria, la peluquera novicia. Con un caftán de color rosa sobre unas medias doradas, de lamé, y con la cara pintarrajeada, el cabello recogido en tirabuzones, se contonea en escena sobre sus tacones altos. El texto que tiene asignado es previsible, pero lo recita con una sincronización hábil y un chirriante acento *Kaaps*. También se nota que está más segura de sí misma: de hecho, está muy bien en su papel, como si tuviera dotes de auténtica actriz. ¿Será posible que durante los meses que ha pasado él fuera de la ciudad ella haya crecido, se haya encontrado a sí misma? *Lo que no me mata me fortalece.* Tal vez el juicio fuera un juicio también contra ella; tal vez también ella ha sufrido lo suyo, y ha salido con bien de la prueba.

Ojalá recibiera una señal, se dice. Si recibiera una señal, sabría qué ha de hacer. Por ejemplo, si ese vestuario ridículo fuese a quemarse y desprenderse de su cuerpo en una llamarada gélida, privada, y ella se plantase ante sus ojos hecha una revelación exclusiva para él, tan desnuda y tan perfecta como estuvo aquella última vez en la antigua habitación de Lucy.

Los ociosos entre los cuales ocupa su butaca, gente de cara colorada por el sol, cómoda en la solidez de sus carnes, disfrutan con la obra. Han cogido cariño a Melanie-Gloria; ríen sus chistes subidos de tono, ríen incluso a carcajadas cuando los personajes intercambian insultos.

Aunque sean sus compatriotas, difícilmente podría sentirse más forastero entre ellos, más impostor. Y cuando ríen con las intervenciones de Melanie, en cambio, no puede reprimir un arrebol de orgullo. *¡Mía!*, le gustaría decir volviéndose a los de alrededor, como si fuera su hija.

Sin aviso previo, algo le devuelve un recuerdo de

hace muchos años: una persona a la que recogió en la N1 a las afueras de Trompsburg, una mujer de veintitantos años que viajaba sola y que él llevó a la ciudad, una turista alemana, quemada por el sol y rebozada de polvo. Llegaron hasta River Touws, tomaron una habitación en un hotel; él le dio de comer y se acostó con ella. Recuerda sus piernas largas y nervudas, la suavidad de su cabello, aquella ligereza de plumas entre sus dedos.

En una súbita erupción sin ruido alguno, como si hubiera entrado en un trance en el que caminase dormido, ve caer un torrente de imágenes, mujeres a las que ha conocido en dos continentes, algunas tan lejos en el tiempo que a duras penas las reconoce. Como las hojas que lleva el viento, revueltas, van pasando ante él. *Un ancho campo repleto de gente*: cientos de vidas que están enredadas con la suya. Contiene la respiración, desea que la visión no desaparezca.

¿Qué habrá sido de todas ellas, de todas esas mujeres, de todas esas vidas? ¿Habrá momentos en los que también ellas, o algunas al menos, se vean precipitadas sin previo aviso al océano de la memoria? La muchacha alemana: ¿no es posible acaso que en este preciso instante esté acordándose del hombre que la recogió en una carretera de África y que pasó la noche con ella?

*Enriquecido*: esa es la palabra que los periódicos eligieron para hacerle motivo de burla. Es una palabra estúpida que escapó de sus labios, estúpida habida cuenta de las circunstancias, aunque ahora mismo la respaldaría de nuevo. Por Melanie, por la chica de River Touws, por Rosalind, Bev Shaw, Soraya, por todas y cada una de ellas, incluidas las más despreciables, incluidos los desastres, se ha visto enriquecido. Como una flor que reventase en su pecho, su corazón desborda gratitud.

¿De dónde proceden instantes como estos? Son hipnagógicos, no cabe duda, pero… ¿qué explica eso? Si él va dejándose llevar, ¿qué dios es el que lo lleva?

La obra sigue su curso. Han llegado al momento en que a Melanie se le engancha la escoba en el cable. Un destello, una explosión de magnesio, y la súbita precipitación del escenario en la negrura. «¡Por Dios bendito, si será patosa la chiquilla!», exclama el peluquero.

Hay una veintena de filas entre Melanie y él, pero él espera que en ese instante, salvando la distancia, ella pueda olfatearlo, oler sus pensamientos.

Algo le da un leve golpe en la cabeza y lo devuelve a este mundo. Instantes más tarde otro objeto pasa de largo y golpea el respaldo del asiento que tiene delante: una bola de papel amasada con saliva, del tamaño de una canica. La tercera lo alcanza en el cuello. Él es la diana, de eso no cabe duda.

Supuestamente, ha de darse la vuelta y fulminar a alguien con la mirada. *¿Quién ha sido?*, es lo que supuestamente tiene que ladrar. De lo contrario, ha de mirar rígidamente al frente, hacer como que no se ha dado cuenta.

El cuarto proyectil lo alcanza en el hombro y sale rebotado por el aire. El hombre de al lado lo mira de reojo, desconcertado.

En el escenario, la acción sigue su curso. Sidney, el peluquero, está a punto de abrir el sobre fatal y leer en voz alta el ultimátum del dueño del local. Tendrán hasta fin de mes para pagar el alquiler atrasado; de lo contrario, el Salón del Globo tendrá que cerrar sus puertas. «¿Qué vamos a hacer?», se lamenta Miriam, la encargada de lavar el pelo a las clientas.

—*Psst*. —Oye que alguien chista por detrás, tan bajo que no llegará a oírse en las filas de delante—. *Psst*.

Se vuelve, y una bola de papel ensalivado le da de lleno en la mejilla. De pie, apoyado de espaldas contra la pared del fondo, está Ryan, el novio del pendiente y la perilla. Cruzan una mirada.

—¡Profesor Lurie! —susurra Ryan con aspereza. Por

indignante que sea su conducta, parece sentirse a sus anchas. Tiene incluso una sonrisilla en la boca.

La obra sigue su curso, pero a su alrededor empieza a notar una innegable oleada de inquietud.

—*Psst* —chista de nuevo Ryan.

—Cállese —exclama una mujer sentada dos asientos más allá. Se dirige a él, y eso que él no ha dicho ni palabra.

Son cinco los pares de rodillas que tendrá que salvar («Disculpe… Disculpe…»), y otras tantas miradas de enojo, murmullos contrariados, antes de llegar al pasillo, hallar la salida, verse en la noche que barre el viento, una noche sin luna.

Oye un ruido a sus espaldas. Se vuelve. La lumbre de un cigarrillo resplandece: Ryan lo ha seguido hasta el aparcamiento.

—¿Acaso no piensas dar explicaciones? —le espeta—. ¿O vas a explicarme esta chiquillada?

Ryan da una calada a su cigarrillo.

—Solo he querido hacerle un favor, profesor. ¿No aprendió bien su lección?

—¿Mi lección? ¿Qué lección?

—Que se mezcle con los de su estilo.

*Los de su estilo*: ¿quién se pensará que es el muchacho, para decirle a él quiénes son de su estilo y quiénes no? ¿Qué sabrá él de la fuerza que impulsa a dos seres desconocidos a abrazarse, esa fuerza que los empareja y los une por parentesco, por estilo, por encima de toda prudencia elemental? *Omnis gens quaecumque se in se perficere vult*. La simiente de la generación, llevada a perfeccionarse, alojada en lo más profundo del cuerpo de la mujer, introduciéndose para dar origen al futuro. Introducida, introduciéndose.

Ryan sigue hablando.

—¡Déjela en paz, crápula! Melanie le escupiría en los ojos si lo viera. —Tira el cigarrillo a un lado y da un paso al frente. Están cara a cara bajo estrellas tan brillantes que cualquiera diría que arden en llamaradas—. Búsquese otra vida, profesor. Se lo digo muy en serio.

Vuelve despacio por Main Road, a la altura de Green Point. *Le escupiría en los ojos*: eso no se lo esperaba. Le tiembla la mano con que sujeta el volante. Los sobresaltos de la existencia: ha de aprender a tomárselos más a la ligera.

Las prostitutas callejeras han salido en tropel; en un semáforo en rojo una de ellas le llama la atención, una chica alta que lleva una diminuta falda de cuero negro. *¿Por qué no*, piensa, *en esta noche de revelaciones?*

Aparca al final de un sendero, donde arranca la ladera de Signal Hill. La chica va borracha o tal vez drogada: no consigue hacerle decir nada coherente. Sin embargo, cumple su trabajo todo lo bien que él podía esperar. Después se queda tendida con la cara sobre su regazo, descansando. Es más joven de lo que parecía a la luz de las farolas, más joven aún que Melanie. Él apoya una mano sobre su cabeza. Ha cesado el temblor. Se siente amodorrado, satisfecho; también se siente extrañamente protector.

*¡Así que esto es todo lo que hace falta!*, piensa. *¿Cómo pudo habérseme olvidado?*

No será un mal hombre, pero tampoco es un hombre bueno. No es frío ni caliente, ni siquiera en sus momentos más acalorados. No lo es en la medida de Teresa; ni siquiera en la de Byron. Le falta ese fuego interior. ¿Será ese el veredicto que le extienda el universo y su ojo que todo lo ve?

La chica se despereza, se incorpora.

—¿Adónde me llevas? —murmura.

—Te llevaré de vuelta a la esquina donde te encontré.

# 22

Permanece en contacto telefónico con Lucy. En todas sus conversaciones ella se desvive por asegurarle que en la granja las cosas van bien, y él hace lo propio para darle la impresión de que no lo pone en duda. Está trabajando mucho en los arriates, le dice, pues la cosecha de primavera está en plena floración. Las perreras dan señales de revivir. Tiene dos perros a pensión completa, y espera que pronto sean más. Petrus sigue ajetreado con su casa, pero no tanto como para no echarle una mano. Los Shaw la visitan con frecuencia. No, no le hace falta dinero.

No obstante, algo hay en el tono en que habla Lucy, algo que lo escama. Llama por teléfono a Bev Shaw.

—Eres la única persona a la que puedo preguntárselo —dice—. ¿Cómo se encuentra Lucy de veras?

—¿Qué te ha contado? —dice Bev Shaw, poniéndose en guardia.

—Me cuenta que todo va bien, pero lo dice como si estuviera zombi. Habla como si estuviera tomando tranquilizantes. ¿Es así?

Bev Shaw rehúye la respuesta. De todos modos, dice —y da la impresión de que escoge las palabras con todo esmero—, ha habido «novedades».

—¿Qué novedades?

—No puedo decírtelo, David. No me obligues. Es Lucy quien ha de contártelo.

Llama a Lucy.

—He de hacer un viaje a Durban —miente—. Cabe la posibilidad de que encuentre un puesto de trabajo. ¿Puedo pasar un día o dos en tu casa?

—¿Has hablado con Bev de un tiempo a esta parte?

—Bev no tiene nada que ver con esto. ¿Puedo ir, o no?

Toma un avión a Port Elizabeth y alquila un coche. Dos horas después dobla por el sendero que conduce a la granja, la granja de Lucy, el pedazo de tierra de Lucy.

¿Es también su tierra? No le da la sensación de que lo sea. A pesar del tiempo que ha pasado allí, le resulta territorio extranjero.

Ha habido algunos cambios. Una verja de alambre, erigida de modo no especialmente habilidoso, señala ahora la linde entre la propiedad de Lucy y la de Petrus. En el lado que corresponde a Petrus pacen dos novillos enjutos. La casa de Petrus se ha convertido en una realidad. Gris, anodina, se yergue sobre un promontorio situado al este de la vieja granja; por las mañanas, imagina, debe de proyectar una sombra alargada.

Lucy abre la puerta ataviada con un vestido sin forma, que bien podría ser un camisón. Ha desaparecido su aire de muchacha saludable y enérgica. Tiene la cara pálida, no se ha lavado el pelo. Sin muestra alguna de calidez le devuelve su abrazo.

—Adelante, pasa —dice—. Estaba preparando té.

Se sientan juntos a la mesa de la cocina. Ella sirve el té, le ofrece un paquete de galletas de jengibre.

—Háblame de la oferta de Durban —dice.

—Eso puede esperar. Lucy, si he venido es porque estoy preocupado por ti. ¿Te encuentras bien?

—Estoy embarazada.

—¿Que estás qué?

—Embarazada.

—¿De quién? ¿De aquel día?

—De aquel día.

—No lo entiendo. Pensé que habías tomado medidas, bueno, tú y tu médico de cabecera.

—Pues no.

—¿No? ¿Qué quieres decir? ¿Que no tomaste medidas?

—He tomado medidas. He puesto todo el cuidado que habría puesto una persona razonable, con la salvedad de lo que estás apuntando. Pero no pienso abortar. Eso es algo que no estoy preparada para afrontar de nuevo.

—No sabía que te sintieras así. Nunca me habías dicho que no fueras partidaria del aborto. Además, ¿por qué deberíamos haber hablado del aborto? Creía que tomabas la píldora.

—Esto no tiene nada que ver con lo que yo crea o deje de creer. Ah, y nunca he dicho que tomara la píldora.

—Podrías habérmelo dicho antes. ¿Por qué no me lo dijiste?

—Porque no estaba dispuesta a aguantar uno de tus arrebatos. David, yo no puedo vivir mi vida de acuerdo con lo que a ti te agrade o te desagrade que haga. Ya no. Te comportas como si todo lo que hago yo fuese parte de la historia de tu vida. Tú eres el personaje principal, yo soy un personaje secundario que no hace una sola aparición hasta que la historia ya ha pasado de su ecuador. Pues bien: en contra de tu parecer, las personas no se dividen en principales y secundarias. Yo no soy una secundaria. Tengo mi propia vida, que para mí es tan importante como para ti la tuya, y en mi vida soy yo quien toma las decisiones.

¿Un arrebato? ¿No es este un arrebato en toda regla?

—Ya basta, Lucy —le dice, y le toma la mano—. ¿Me estás diciendo que vas a tener a ese niño?

—Sí.

—¿Un niño de esos hombres?

—Sí.

—¿Por qué?

—¿Que por qué? Soy una mujer, David. ¿Tú crees que odio a los niños? ¿Debería pronunciarme contra el niño solo por tener en cuenta quién es el padre?

—No sería la primera vez. ¿Para cuándo lo esperas?

—Para mayo. A finales.

—¿Y estás decidida?

—Sí.

—Muy bien. Te confieso que esto es una sorpresa para mí, pero también quiero decirte que estoy de tu parte hagas lo que hagas. De eso no te quepa la menor duda. Voy a dar un paseo. Ya hablaremos más tarde.

¿Por qué no pueden hablar ahora? Porque él se encuentra alterado por la noticia, porque existe el riesgo de que también le dé un arrebato.

Según ha dicho, ella no está preparada para afrontarlo de nuevo. Por consiguiente, ya ha abortado una vez. Jamás lo hubiera dicho. ¿Dónde pudo haber sido? ¿Mientras vivía todavía bajo su techo? ¿Llegó a saberlo Rosalind, de modo que solo él permaneció en la ignorancia?

Los tres de la banda. Tres padres en uno solo. Más violadores que ladrones, dijo Lucy: violadores y recaudadores de impuestos que merodean por la región y atacan a las mujeres, refocilándose en sus violentos placeres. Bien, pues no es así: Lucy estaba equivocada. No fueron a violarla, sino a emparejarse y procrear. El espectáculo no se rigió de acuerdo con el principio del placer, sino con el de los testículos, las bolsas llenas a rebosar de simiente ansiosa de perfeccionarse. Y ahora, ¡quién iba a decirlo! ¡*El niño!* Ya está llamándolo así, el niño, cuando no es más que un gusano en el vientre de su hija. ¿Qué clase de niño podrá ser engendrado de una simiente como esa, simiente introducida en la mujer no por amor, sino por odio, y mezclada caóticamente, destinada a ensuciarla, a marcarla, como la orina de un perro?

Un padre sin la elemental sensatez de haber tenido un hijo: ¿es así como ha de terminar todo, es así como ha de extinguirse su linaje, como el agua que gotea sobre la tierra? ¡Quién lo hubiera dicho! Un día como cualquier otro, un día de cielo despejado y sol suave, en el que de pronto todo ha cambiado, ha cambiado por completo.

De pie, apoyado de espaldas contra la pared de la cocina, con la cara oculta entre las manos, gime y gime hasta que acuden las lágrimas.


Se instala en la vieja habitación de Lucy, que ella no ha vuelto a ocupar. Durante el resto de la tarde evita todo contacto con ella, temeroso de decirle alguna barbaridad.

A la hora de la cena hay una nueva revelación.

—Por cierto —dice—, el chico ha vuelto.

—¿El chico?

—Sí, el chico con el que tuviste aquella discusión en el festejo de Petrus. Se aloja en casa de Petrus, lo ayuda con la faena. Se llama Pollux.

—Ah, ¿no se llama Mncedisi? ¿No se llama Nqabayakhe? ¿No tiene un nombre impronunciable? ¿Solo Pollux?

—P-O-L-L-U-X. Ah, David: te agradecería mucho que no cargaras tanto las tintas con esa terrible ironía que tienes.

—No entiendo qué quieres decir.

—Claro que lo entiendes. Durante años y años la empleabas contra mí, cuando era niña, para mortificarme. No se te puede haber olvidado. En cualquier caso, resulta que Pollux es hermano de la esposa de Petrus. No sé si eso quiere decir que sean hermanos de verdad, pero Petrus tiene obligaciones con él, obligaciones de familia.

—Así que todo empieza a quedar claro. Ahora, el joven Pollux regresa a la escena del crimen y nosotros hemos de conducirnos como si no hubiera pasado nada.

—Es mejor que no te indignes, David. Eso no sirve de nada. Según Petrus, Pollux ha dejado sus estudios y no consigue encontrar trabajo. Solo quería avisarte de que anda por ahí. Yo que tú me cuidaría de no meterme con él. Sospecho que le pasa algo raro. Pero yo no puedo ordenarle que permanezca fuera de la propiedad. Eso no está en mi mano.

—Sobre todo… —No termina la frase.

—Sobre todo, ¿qué? Dilo.

—Sobre todo si se tiene en cuenta que puede ser el padre del niño que llevas en tu vientre. Lucy, tu situación empieza a ser ridícula, peor que ridícula: siniestra. No entiendo cómo es posible que no te des cuenta. Te lo suplico otra vez: abandona la granja antes de que sea demasiado tarde. Es lo único que puedes hacer con un mínimo de cordura.

—Deja de llamarla *la granja*, David. Esto no es una granja, no es más que un terreno en donde cultivo algunas flores y hortalizas. Los dos lo sabemos de sobra. Pero no, no renunciaré a ello.

Se acuesta con una gran congoja en el corazón. Entre Lucy y él no ha cambiado nada, nada ha sanado. Siguen hablándose con la misma brusquedad con que se hablaban antes de que él se fuese.


Por la mañana, se acerca hasta la verja recién levantada. La mujer de Petrus está tendiendo la colada detrás del viejo establo.

—Buen día —dice—. *Molo*. Estoy buscando a Petrus.

Ella no lo mira a la cara; señala con gesto lánguido hacia la casa en construcción. Se mueve con lentitud y pesadez; se acerca la hora. Hasta él se da cuenta de eso.

Petrus está colocando los cristales en las ventanas. Hay todo un largo parlamento de salutaciones que debería repasar de cabo a rabo, pero no está de humor para eso.

—Me dice Lucy que el chico ha vuelto —dice—. Pollux. El chico que la atacó.

Petrus limpia el cuchillo y lo deja en el alféizar.

—Es pariente mío —dice, y subraya la *p* tal vez sin querer—. ¿Debo decirle ahora que se largue solo porque pasó lo que pasó?

—Me dijiste que no lo conocías. Me mentiste.

Petrus se coloca la pipa entre los dientes amarillentos y succiona con todo su vigor. Se la quita de los labios y esboza una amplia sonrisa.

—Miento —dice—. Yo le miento a usted. —Vuelve a dar una calada—. ¿Por qué iba a mentirle?

—A mí no me lo preguntes, Petrus. Eso lo sabrás tú. ¿Por qué mientes?

Ha desaparecido su sonrisa.

—Usted se larga, luego vuelve… ¿Por qué? —Le lanza una mirada desafiante—. Aquí no tiene trabajo. Usted viene a cuidar de su hija. Yo también cuido de mi hijo.

—¿Tu hijo? ¿Ahora resulta que el tal Pollux es hijo tuyo?

—Sí. Es un hijo, un niño. Es de mi familia, de mi pueblo.

Así que eso es. Se acabaron las mentiras. *De mi pueblo*. Una respuesta tan clara como podía desear. Así pues, Lucy es *de su pueblo*.

—Dice usted que fue mala cosa lo que pasó —sigue diciendo Petrus—. Yo también digo que es mala cosa. Mala. Pero ya ha terminado. —Se quita la pipa de la boca y corta el aire con vehemencia, blandiendo el tallo—. Se ha terminado.

—No se ha terminado. Para nada. Y no hagas como que no sabes de qué estoy hablando. No se ha terminado. Al contrario, esto no ha hecho más que empezar. Y durará hasta mucho después de que tú y yo hayamos muerto.

Petrus lo mira con aire meditabundo, sin fingir que no entiende.

—Se casará con ella —dice por fin—. Se casará con Lucy, solo que todavía es demasiado joven, demasiado joven para casar. Todavía es un niño.

—Un niño peligroso. Un joven maleante. Un cachorro de chacal.

Petrus pasa por alto los insultos.

—Sí, es demasiado joven. Demasiado. Puede que un día pueda casar, pero ahora no. Yo casaré.

—¿Que tú casarás con quién?

—Yo casaré con Lucy.

No da crédito a sus oídos. Así pues, esto es lo que hay: esta es la razón de todo el boxeo con la sombra. Esta propuesta, este golpe. Y frente a él se encuentra Petrus, recio e imponente, a la espera de su contestación.

—Que te casarás con Lucy —dice despacio—. Explícame qué quieres decir. No, espera: mejor, no me lo expliques. Esto es algo que no me apetece nada oír. No es así como nosotros hacemos las cosas.

*Nosotros*: a punto está de decir *nosotros, los occidentales*.

—Claro, ya me doy cuenta, me doy cuenta —dice Petrus. No cabe duda de que se ríe para sus adentros—. Pero yo se lo digo a usted y usted se lo dice a Lucy. Y así habrá terminado toda esta maldad.

—Lucy no quiere casarse. No quiere casarse con nadie. Es una opción que ella no ha de considerar siquiera. No creo que pueda decírtelo con mayor claridad. Ella quiere vivir su propia vida.

—Sí, lo sé —dice Petrus. Y puede ser que en efecto lo sepa. Sería una rematada idiotez subestimar a Petrus—. Pero es que aquí —dice Petrus— eso es peligroso, demasiado peligroso. Una mujer ha de casar.

—Traté de tomármelo a la ligera —dirá a Lucy más tarde—. Y eso que me costó trabajo dar crédito a lo que estaba oyendo. Fue un chantaje puro y duro.

—No fue un chantaje. En eso te equivocas. Espero que no perdieras los estribos.

—No, no perdí los estribos. Le dije que te haría llegar su oferta, eso fue todo. Le dije que dudaba mucho que pudiera interesarte.

—¿Te sentiste ofendido?

—¿Ofendido ante la perspectiva de convertirme en el suegro de Petrus? No. Me quedé pasmado, asombrado, atónito. Pero no, ofendido no, puedo asegurártelo.

—Te lo digo porque no es la primera vez, y es importante que lo sepas. Petrus lleva un tiempo insinuándose. Mejor dicho, dando a entender que yo me encontraría más a salvo si pasara a ser parte de su hacienda. No es una broma, no es una amenaza. A ciertos niveles, habla muy en serio.

—No me cabe duda de que a ciertos niveles habla muy en serio. Lo preocupante es averiguar a qué niveles, en qué sentido. ¿Está al corriente de que tú estás…?

—¿Que si está al corriente de mi estado? Yo no se lo he dicho, pero estoy segura de que su mujer y él sabrán sumar dos y dos.

—¿Y eso no lo llevará a cambiar de opinión?

—¿Por qué iba a cambiar de opinión? Así yo sería parte de su familia, más a su favor. En cualquier caso, no soy yo lo que él va buscando: va buscando la granja. La granja es mi dote.

—¡Pero esto es una ridiculez, Lucy! ¡Si ya está casado! De hecho, tú me dijiste que tiene dos mujeres. ¿Cómo es posible que siquiera contemples esta posibilidad?

—Creo que no has terminado de entender todo esto, David. Petrus no me propone una boda en una iglesia y una luna de miel en la costa. Me ofrece una alianza, un trato. Yo aporto la tierra, a cambio de lo cual se me permite refugiarme bajo su ala. De lo contrario, lo que desea recordarme es que carezco de protección, que estoy al alcance de cualquier cazador.

—¿Y eso no es chantaje? ¿Qué me dices del aspecto personal de todo esto? ¿No tiene esa oferta un aspecto personal?

—¿Quieres decir que si Petrus cuenta con que yo me acueste con él? No creo que Petrus desee siquiera acostarse conmigo, a no ser que así consiguiera dejarme bien claro cuál es su mensaje. Pero si quieres que te lo diga con toda sinceridad, no: no quiero acostarme con Petrus. Definitivamente no quiero.

—En tal caso no tenemos por qué seguir dándole vueltas a este asunto. ¿Quieres que transmita tu decisión a Petrus? ¿Quieres que le diga que su oferta es inaceptable, sin que le indique el porqué?

—No. Espera. Antes de ponerte a pontificar con Petrus tómate un instante para considerar objetivamente mi situación. Objetivamente, soy mujer y estoy sola. No tengo hermanos. Tengo un padre, pero vive lejos de aquí y además carece de poder en las cuestiones que aquí importan. ¿A quién puedo acudir en busca de protección, de patrocinio? ¿A Ettinger? Solo es cuestión de tiempo que a Ettinger lo encuentren con un balazo en la espalda. En términos prácticos solo queda Petrus. Puede que no sea un hombre grande, pero es lo suficientemente grande para una persona tan pequeña como yo. Y al menos conozco a Petrus. No me he hecho ilusiones respecto a él. Sé muy bien qué me esperaría si accediese.

—Lucy, tengo previsto vender la casa de Ciudad del Cabo. Estoy dispuesto a enviarte a Holanda. En caso de que no quieras, estoy dispuesto a darte todo lo que necesites para instalarte de nuevo en algún lugar más seguro. Piénsalo.

Es como si no lo hubiera oído.

—Vuelve con Petrus —dice—. Proponle lo siguiente: di que acepto su protección. Di que puede contar por ahí todo lo que le dé la gana acerca de nuestra relación, que yo no lo contradeciré. Si quiere que a mí se me conozca en calidad de tercera esposa suya, así ha de ser. Si quiere que pase por ser su concubina, otro tanto de lo mismo. Pero acto seguido el niño pasa a ser también hijo suyo. El niño pasa a ser parte de su familia. En cuanto a la tierra, dile que estoy dispuesta a firmar un contrato de venta y cederle la tierra con tal que la casa sea de mi propiedad. Me convertiré en la arrendataria de una pequeña parte de su tierra.

—Una pobre *bywoner*.

—Una pobre *bywoner*, así es. Pero la casa seguirá siendo mía, repito. Sin mi permiso nadie entra en la casa, incluido él. Y me quedo con las perreras.

—Lucy, eso es inviable. Legalmente es inviable, y tú lo sabes.

—Entonces, ¿qué propones?

Ella sigue sentada y se abriga con la bata de estar por casa, con las zapatillas puestas y el periódico del día anterior sobre el regazo. Tiene lacio el cabello; ha engordado de manera torpona, contraria a su buena salud de siempre. Cada día que pasa se parece más y más a una de esas mujeres que arrastran los pies por los pasillos de un asilo hablando a solas consigo mismas. ¿Por qué se tomará Petrus la molestia de negociar? Es imposible que ella aguante: basta con dejarla sola, que a su debido tiempo caerá como la fruta podrida.

—He hecho mi propuesta. Dos, para ser exactos.

—No, ni hablar. No me marcho. Ve a ver a Petrus y dile lo que he dicho. Dile que le cedo la tierra. Dile que se la quede, con el título de propiedad incluido. Le encantará.

Se hace el silencio entre ambos.

—Qué humillante —dice él por fin—. Con tan altas esperanzas, mira que terminar así...

—Estoy de acuerdo: es humillante, pero tal vez ese sea un buen punto de partida. Tal vez sea eso lo que debo aprender a aceptar. Empezar de cero, sin nada de nada. No con nada de nada, sino sin nada. Sin nada. Sin tarjetas, sin armas, sin tierra, sin derechos, sin dignidad.

—Como un perro.

—Pues sí, como un perro.

## 23

A media mañana ya lleva un buen rato de paseo con *Katy*, la bulldog. Es sorprendente que *Katy* se haya mantenido a su paso, tanto si es porque él camina más despacio que antes como si es porque ella anda mejor. Jadea y resopla tanto como siempre, pero esto es algo que a él ya no parece fastidiarle.

Según se acercan a la casa se fija en el chico, el chico del que Petrus dijo que era *de mi pueblo*. Está de pie, cara a la pared de la parte trasera. Al principio piensa que está orinando; luego comprende que está mirando por el ventanuco del cuarto de baño, que está espiando a Lucy.

*Katy* ha comenzado a gruñir, pero el chico está tan absorto que no presta atención. Cuando se da la vuelta ya se hallan junto a él. Con toda la palma de la mano alcanza al chico en la mejilla.

—¡*Cerdo!* —le grita, y le atiza otra bofetada que hace que se tambalee—. ¡*Cerdo asqueroso!*

Más sobresaltado que dolido, el chico trata de echar a correr, pero tropieza y cae. La perra se planta sobre él en el acto. Cierra las fauces en torno a su codo; aprieta las patas delanteras y da tirones sin dejar de gruñir. Con un grito de dolor, él trata de zafarse. Le lanza algún puñetazo, pero son golpes que carecen de fuerza, y que la perra apenas encaja.

La palabra sigue zumbando en el aire: ¡*Cerdo!* Nunca había sentido una rabia tan elemental. Le gustaría dar su merecido al chico: una buena tunda. Algunas frases que ha evitado a lo largo de toda su vida parecen de pronto justas, exactas: *Darle una lección, enseñarle cuál es su sitio en el mundo.* ¡Entonces, así es todo esto!, piensa. ¡Así es como actúa un salvaje!

Propina al chico un buen puntapié, de modo que rueda de costado. ¡Pollux! ¡Vaya nombre!

La perra cambia de postura y monta sobre el cuerpo del chico sin dejar de tironearle del brazo, desgarrándole la camisa. El chico intenta apartarla, pero el animal no cede.

—¡Ay, ay, ay, ay, ay! —exclama dolorido—. ¡Voy a matarte!

Aparece Lucy en la escena.

—¡*Katy*! —llama con voz de mando.

La perra la mira de lado, pero no la obedece.

Arrodillándose, Lucy sujeta a la perra por el collar, y le habla con voz queda, pero apremiante. A regañadientes, la perra suelta su presa.

—¿Estás bien? —dice ella.

El chico gimotea de dolor. Se le han caído los mocos.

—¡Voy a matarte! —solloza. Está a punto de echarse a llorar sin poder contenerse.

Lucy le retira la manga de la piel. Se ven las huellas de los colmillos del perro; mientras las estudian, sobre la piel oscura se forman perlas de sangre.

—Venga, vamos a lavarte esa herida —dice ella. El chico se sorbe los mocos y las lágrimas, niega con la cabeza.

Lucy solo lleva una toalla enrollada en torno al cuerpo. Al incorporarse, la toalla resbala y sus pechos quedan expuestos a la luz del día.

La última vez que vio los pechos de su hija eran los recatados capullos de rosa de una chiquilla de seis años de edad. Ahora son pechos redondos, grandes, casi lechosos. Se hace la quietud. Él la mira fijamente; el chico también la mira con toda su desvergüenza. La rabia de nuevo se hincha en su interior y le nubla la mirada.

Lucy se aparta de los dos hombres, se cubre. Con un solo, rápido movimiento, el chico se pone en pie y corre hasta quedar fuera del alcance de los otros.

—¡Vamos a mataros a todos! —vocifera. Se vuelve; pisoteando adrede el patatal, se cuela por debajo de la verja de alambre y se retira hacia la casa de Petrus. Vuelve a caminar con aire chulesco, aunque va sujetándose el brazo.

Lucy tiene razón. Le pasa algo raro; no está bien de la cabeza. Es un niño violento en el cuerpo de un joven. Pero hay algo más, hay en todo el asunto algún detalle que él no entiende. ¿Qué se propone Lucy protegiendo al chico?

—Esto no puede seguir así, David —dice Lucy—. Puedo apañármelas con Petrus y sus *aanhangers*; puedo apañármelas contigo, pero es imposible que me las apañe con todos vosotros a la vez.

—Estaba mirándote por el ventanuco. ¿Lo sabías?

—Es un perturbado. Un chiquillo perturbado.

—¿Y eso es una excusa? ¿Una excusa por lo que te hizo?

Lucy mueve los labios, pero él no acierta a descifrar lo que le dice.

—Yo no me fío de él —sigue diciendo él—. Es artero. Es como un chacal que anda al acecho, buscando pendencia. En los viejos tiempos había una palabra para designar a los que son como él. Es deficiente. Es un deficiente mental. Un deficiente moral. Debería estar internado en un sanatorio.

—Decir eso es una temeridad, David. Si prefieres pensar de ese modo, te ruego que no me lo digas. En cualquier caso, lo de menos es lo que tú puedas pensar acerca de él. Está aquí y seguirá aquí, no va a desaparecer envuelto en una humareda. Forma parte de la vida misma. —Ella lo mira impertérrita, entornando los ojos para protegerse del sol. *Katy* está tumbada a sus pies y jadea levemente, contenta consigo misma, con sus hazañas—. David, no podemos seguir así. Estaba ya todo apaciguado, estaba todo en paz hasta que tú volviste. Debo gozar de paz a mi alrededor. Estoy dispuesta a lo que sea, a cualquier sacrificio, con tal de conseguir la paz.

—¿Y yo formo parte de lo que estás dispuesta a sacrificar?

Ella se encoge de hombros.

—Yo no he dicho eso. Lo has dicho tú.

—Entonces voy a hacer las maletas.


Horas después del suceso, la mano todavía le cosquillea debido a las dos bofetadas. Cuando piensa en el chico y en sus amenazas se revuelve de ira. Al mismo tiempo, está avergonzado. Condena su actuación sin paliativos. A nadie ha dado una lección; desde luego, no al chico. Todo lo que ha logrado es alejarse más aún de Lucy. Se ha mostrado ante ella en un momento de pasión incontrolable, y está claro que a ella no le gusta lo que ha visto.

Debería pedir disculpas, pero no puede. Parece que sigue sin haber recuperado el dominio de sí. Hay algo en Pollux que le inspira esa rabia: sus ojillos feos y opacos, su insolencia, pero también la idea de que, como una mala hierba, ha tenido ocasión de enmarañar sus raíces con Lucy y con la existencia misma de Lucy.

Si Pollux vuelve a insultar a su hija, hará lo mismo que ha hecho. *Du musst dein Leben ändern!*: debes cambiar de vida. En fin: es demasiado viejo para hacer caso, demasiado viejo para cambiar. Lucy tal vez sea capaz de plegarse ante el temporal. Él no puede, o no puede hacerlo con honor.

Por eso ha de prestar atención a Teresa. Teresa puede ser la última que lo salve. Teresa está más allá del honor. Expone sus pechos al sol; toca el banjo ante los criados, le importa un comino que se rían de ella. Tiene anhelos de inmortalidad y los canta. No ha de morir.

Llega a la clínica cuando Bev Shaw está a punto de marcharse. Se abrazan con cierta prevención, como dos desconocidos. Cuesta creer que yacieron desnudos, el uno en brazos del otro.

—¿Se trata de una visita o vas a quedarte una temporada? —pregunta ella.

—Me quedaré todo el tiempo que sea necesario, pero no con Lucy. Está claro que no nos llevamos bien. Voy a buscarme una habitación en la ciudad.

—Cuánto lo siento. ¿Cuál es el problema?

—¿Entre Lucy y yo? Espero que ninguno, o ninguno que no tenga remedio. El problema está en las personas junto a las cuales vive. Si me añado yo al conjunto somos demasiados. Demasiados para un espacio tan reducido. Como las arañas en el fondo de una botella.

Le viene a la cabeza una imagen tomada del *Inferno*: el gran marjal de la laguna Estigia, dentro del cual brotan las almas como setas. *Vedi l'anime di color cui vinse l'ira*. Almas sobrepasadas por la ira, almas que se roen las unas a las otras. Un castigo adecuado al delito.

—Veo que hablas de ese chico que se ha ido a vivir con Petrus. Debo decir que no me agrada su aspecto, pero al menos mientras Petrus esté presente sé con seguridad que a Lucy no le pasará nada malo. Tal vez haya llegado la hora, David, de que te alejes un poco y dejes que Lucy encuentre ella sola las soluciones. Las mujeres tienen una gran capacidad de adaptación. Lucy la tiene. Además, es joven. En comparación contigo o conmigo, ella anda más con los pies sobre la tierra.

¿Que Lucy tiene capacidad de adaptación? Desde luego que no, al menos según su experiencia.

—A todas horas me aconsejas que no me meta —dice—. Si no me hubiera metido desde el primer momento, ¿dónde estaría Lucy ahora?

Bev permanece en silencio. ¿Habrá en él algo que ella sabe cómo ver y que a él se le escapa? Por el hecho de que los animales confíen en ella, ¿también debe él confiarse a sus consejos, aprender una lección de ella? Los animales confían en ella, pero ella emplea esa confianza para liquidarlos. ¿Qué lección cabe aprender de eso?

—Si dejara de meterme en toda esta historia —sigue diciendo a duras penas— y sobreviniera un nuevo desastre en la granja, ¿cómo iba a poder seguir viviendo conmigo mismo?

Ella se encoge de hombros.

—¿Es esa la cuestión, David? —le pregunta con toda tranquilidad.

—No lo sé. Yo ya no sé cuál es la cuestión. Es como si entre la generación de Lucy y la mía hubiera caído un telón impenetrable. Y yo no me di cuenta de cuándo cayó.

Hay un largo silencio entre ambos.

—De todos modos —prosigue—, está claro que no puedo seguir con Lucy, así que estoy buscando alojamiento. Si te enteras de alguna cosa en Grahamstown no dejes de comunicármelo. Lo que vine a decirte por encima de todo lo demás es que estoy disponible para echar una mano en la clínica.

—Pues nos vendrá muy bien —dice Bev Shaw.


A un amigo de Bill Shaw le compra una camioneta de media tonelada de tara, por la cual le paga con un cheque de mil rands y otro más por siete mil, aunque con fecha de final de mes.

—¿Para qué tiene previsto emplearla? —le dice el hombre.

—Transporte de animales. Perros.

—Tendrá que poner unos rieles al fondo de la caja, no sea que se le vayan de un salto. Sé de alguien que se los puede instalar.

—No se preocupe. Mis perros no saltan.

Según la documentación, la camioneta tiene doce años de antigüedad, pero el motor ronronea como la seda. Además, se dice, tampoco tiene por qué durar para siempre. Nada tiene que durar para siempre.

Tras localizar un anuncio en el *Grocott's Mail*, alquila una habitación en una casa cercana al hospital. Al formalizar el contrato dice apellidarse Lourie, paga un mes por adelantado y dice que se encuentra en Grahamstown para recibir tratamiento médico como paciente externo. No dice a qué se debe el tratamiento, pero sabe que ella piensa que es un cáncer.

Está gastando el dinero como si fuera agua. Da igual.

En una tienda de artículos de acampada compra un calentador por inmersión, un hornillo de gas, un perol de aluminio. Cuando vuelve a su habitación con las compras, se encuentra a la dueña en la escalera.

—No está permitido cocinar en las habitaciones, señor Lourie —le dice—. Es por el riesgo de incendio.

La habitación es oscura y sofocante, está amueblada en exceso, y el colchón de la cama tiene bultos, unos más duros que otros. Se habrá de acostumbrar, como a tantas otras cosas.

En la casa vive otro realquilado, un maestro de escuela ya jubilado. Se saludan al desayunar, pero no se dirigen la palabra durante el resto del día. Después del desayuno se marcha a la clínica y allí pasa el día entero, domingos incluidos.

Más que la pensión, la clínica se convierte en su hogar. En el solar desierto que hay tras el edificio construye una especie de nido con una mesa y un sillón viejo que le regalan los Shaw, así como una sombrilla de playa para resguardarse durante las horas más inclementes del sol. Se lleva el hornillo para hacerse un té o calentar alguna lata de comida: espaguetis y albóndigas, *snoek* con cebolla. Dos veces al día da de comer a los animales, limpia las perreras y de vez en cuando les habla; el resto del tiempo lo pasa leyendo, dormitando o, cuando se halla a solas en el recinto, ensayando con el viejo banjo de Lucy la música que va a dar a Teresa Guiccioli.

Hasta que nazca el niño, así ha de ser su vida.

Una mañana levanta la mirada y se encuentra con las caras de tres chiquillos que lo observan encaramados a la tapia de cemento. Se levanta; oye ladrar a los perros; los chiquillos saltan de la tapia y se dan a la fuga, gritando de excitación. Vaya cuento para contarlo en sus casas: un viejo medio loco que se sienta entre los perros y se pone a cantar cuando está solo.

Y tan loco. ¿Cómo podría explicarles a los chiquillos o a sus padres, a todos los habitantes de D Village, lo que han hecho Teresa y su amante para merecer que alguien, él en este caso, los devuelva a este mundo?

## 24

Con su camisón blanco, Teresa se halla de pie ante la ventana del dormitorio. Tiene los ojos cerrados. Es la hora más negra de la noche: respira hondo, aspira el crujido del viento, el croar de las ranas.

—*Che vuol dir* —canta, y su voz apenas pasa de ser un susurro—, *che vuol dir questa solitudine immensa? Ed io* —canta—, *che sono?*

Silencio. Esa *solitudine immensa* no responde. Hasta el trío de la esquina permanece tan callado como las piedras.

—¡Vamos! —susurra—. ¡Ven a mí, te lo ruego! ¡Ven, mi Byron! —Abre los brazos como si quisiera abrazar las tinieblas, abrazar lo que quieran llevarle.

Desea que él venga en alas del viento, que la envuelva como el viento, que entierre su rostro en el valle que hay entre sus pechos. Si no, desea que llegue con el alba, que aparezca en el horizonte como un dios solar que proyecte el resplandor de su calidez sobre toda ella. A toda costa ansía que vuelva.

Sentado ante su mesa en el patio de los perros, tiende el oído para captar la triste curva descendente de la súplica que hace Teresa al enfrentarse a las tinieblas de la noche. Es para Teresa un mal momento del mes, está dolorida, no ha pegado ojo en toda la noche, está demacrada de tanto anhelar. Desea que la rescate... del dolor, del calor del verano, de la Villa Gamba, del malhumor de su padre, de todo.

Toma la mandolina de la silla sobre la que descansa. Acunándola como a un niño chico, vuelve a la ventana. *Plinc, plunc*, dice la mandolina en sus brazos quedamente, para no despertar a su padre. *Plinc, plunc*, rezonga el banjo en un desolador patio de África.

*Una cosilla para enredar y matar el tiempo*, había dicho a Rosalind. Mentira. La ópera no es una afición, o al menos ha dejado de serlo. Ahora lo consume día y noche.

Sin embargo, a pesar de algunos buenos momentos más bien fugaces, la verdad es que *Byron en Italia* no va a ninguna parte. Carece de acción, de desarrollo, no es más que una larga y estática cantinela que Teresa lanza al vacío, al aire, puntuada de vez en cuando por los gemidos y los suspiros de Byron, siempre fuera de escena. Olvidados quedan el marido y la amante rival, como si no existieran. El impulso lírico que lleva dentro tal vez no haya muerto, pero tras décadas de pasar hambre solo consigue salir a rastras de su covachuela como un tullido, famélico, deforme. Carece de los recursos musicales, de recursos y de energía, que le permitan levantar *Byron en Italia* por encima de la monótona pista por la que lleva circulando desde que lo empezó. Ha pasado a ser una de esas obras que podría escribir un sonámbulo.

Suspira. Habría sido agradable disfrutar de un regreso triunfal a la sociedad en calidad de autor de una excéntrica ópera de cámara, pero no podrá ser. Ha de albergar esperanzas más atemperadas: así, que en algún lugar, en medio del fárrago sonoro, brote directa al cielo, como un ave, una sola nota, una nota auténtica de anhelo de inmortalidad. En cuanto al reconocimiento, lo deja en manos de los eruditos del futuro, si es que para entonces aún quedan eruditos. De hecho, él no percibirá esa nota caso de que suene, pues demasiado sabe acerca del arte y de las manías del arte, de modo que no cabe esperar tal cosa, ni siquiera si llega a sonar. Y eso que habría sido grato que Lucy oyera una prueba al menos mientras viviera, y que lo hubiera tenido en mejor concepto.

¡Pobre Teresa! ¡Pobre muchacha dolorida! Él la ha traído de la sepultura, le ha prometido una vida nueva, y ahora siente que está decepcionándola. Espera que sinceramente tenga en su mano la posibilidad de perdonarlo.

De los perros del patio hay uno por el que ha empezado a tener un cariño especial. Es un macho joven que tiene una de las patas traseras tan reseca que solo puede arrastrarla. Desconoce si ha sido así desde que nació. Ningún visitante ha mostrado el menor interés por adoptarlo. Su período de gracia está a punto de expirar; pronto tendrá que someterse a la aguja de la jeringuilla.

Algunas veces, mientras lee o escribe, lo libera de la jaula y le permite corretear, aunque sea grotesco, por el patio. A veces se tumba a dormitar a sus pies. No es suyo, de ninguna manera; ha puesto cuidado en no darle siquiera un nombre (aunque Bev Shaw lo llama *Driepoot* aludiendo a su defecto); no obstante, es sensible al generoso afecto que emana del perro y que se dirige a él. De manera arbitraria e incondicionalmente es él quien ha sido adoptado; el perro daría la vida por él, y eso lo sabe.

Al perro lo fascina el sonido del banjo. Cuando pulsa las cuerdas, el perro se yergue, ladea la cabeza, escucha. Cuando toca la línea de Teresa, y cuando tararea esa línea melódica y comienza a henchirse de sentimiento (es como si se le engordase la laringe: siente el pálpito de la sangre en el cuello), el perro abre y cierra la boca y parece a punto de ponerse a cantar, o a aullar.

¿Será capaz de atreverse a eso: introducir a un perro en la ópera, permitirle que devane su propio lamento y que lo lance al cielo entre las estrofas de Teresa, perdidamente enamorada? ¿Por qué no? ¿Seguro que en una obra que jamás se representará está permitido todo?


Los sábados por la mañana, previo acuerdo, acude a Donkin Square a echarle una mano a Lucy con su puesto en el mercado. Después la invita a comer.

Lucy se mueve cada vez con mayor lentitud. Ha comenzado a tener esa mirada absorta y plácida. No es que se le note el embarazo, pero si él empieza a advertir las señales, ¿cuánto tiempo ha de pasar hasta que las hijas de Grahamstown, con sus ojos de águila, las capten también?

—¿Qué tal le va a Petrus? —pregunta.

—Ha terminado la casa, pero aún falta por rematar el tejado y la fontanería. Ya ha comenzado la mudanza.

—¿Y el niño? ¿No lo esperaban para ahora?

—Sí, para la semana que viene. Todo muy bien sincronizado.

—¿Ha seguido insinuándose?

—¿Insinuándose?

—Sí, contigo. Hacia el lugar que ocupas dentro de sus planes.

—Pues no.

—Tal vez las cosas cambien una vez que el niño… —Hace un gesto sumamente tenue hacia su hija, hacia el cuerpo de su hija—. Una vez que nazca. A fin de cuentas será un hijo de esta tierra. Eso no habrá quien lo niegue.

Se abre un largo silencio entre ambos.

—¿Ya has empezado a quererlo?

Aunque las palabras sean suyas y hayan salido de sus labios, a él mismo lo sorprenden.

—¿Al niño? No. ¿Cómo podría quererlo? De todos modos lo querré. El amor crecerá con el tiempo. Para eso podemos fiarnos de la Madre Naturaleza. Estoy decidida a ser una buena madre, David. Una buena madre y una buena persona. Tú también deberías tratar de ser buena persona.

—Sospecho que ya es demasiado tarde para mí. Yo no soy más que un veterano en prisión que termina de cumplir su condena. Pero tú has de seguir adelante. Tú vas por buen camino, y llevas un buen trecho recorrido.

Una buena persona. No es una mala resolución que tomar, y menos en tiempos tan oscuros.

Por un acuerdo tácito, de momento no acude a la granja de su hija. No obstante, un día laborable decide dar un paseo en camioneta por la carretera de Kenton. Deja la camioneta en el cruce y sigue el resto del camino a pie, y no por el camino, sino atravesando los prados.

Desde el último altozano alcanza a ver la granja: la casona antigua y tan recia como siempre, los establos, la casa nueva de Petrus, la presa sobre la que acierta a entrever unas manchas que han de ser los patos, y otras de mayor tamaño que sin duda serán los gansos silvestres, los visitantes que año tras año, desde tan lejos, vienen a ver a Lucy.

A esa distancia los arriates de flores son masas de colores sólidos: magenta, carmesí, azul ceniza. La estación en que florecen. Las abejas deben de estar en el séptimo cielo.

De Petrus no ve ni rastro, ni tampoco de su mujer, ni del cachorro de chacal que corretea con ellos. Lucy en cambio sí está faenando entre las flores. Cuando empieza a bajar por la ladera también vislumbra a la bulldog, una mancha de color leonado en el sendero, al lado de ella.

Llega a la verja y se detiene. Lucy, de espaldas a él, todavía no lo ha visto. Lleva un vestido veraniego azul claro, botas y un sombrero de paja de ala ancha. Cuando se inclina a recortar una rama, a atar otra, a quitar una mala hierba del arriate, le ve la piel lechosa y recorrida por venas azuladas, los tendones anchos y vulnerables que le marcan las corvas: la parte menos bella del cuerpo de una mujer, la menos expresiva y, por consiguiente, tal vez la que mayor ternura suscita.

Lucy se endereza, se estira, vuelve a agacharse. Faenas del campo, tareas de campesinos, inmemoriales. Su hija se va convirtiendo en una campesina.

Sigue sin estar al tanto de su presencia. En cuanto al perro, diríase que el perro está roncando.

Pues sí: una vez fue un minúsculo renacuajo dentro del cuerpo de su madre, y ahora está ahí delante, una mujer sólida y de existencia sólida, más sólida de lo que nunca ha sido. Con un poco de suerte aguantará mucho más que él, hasta mucho después de que muera, y es de suponer que seguirá dedicándose a sus tareas cotidianas entre los arriates de flores. Y de su interior su voluntad habrá dado pie a otra existencia, que con suerte será igual de sólida, igual de duradera. Y así habrán de continuar las cosas, una cadena de existencias en la que su parte, su aportación, irá inexorablemente a menos hasta terminar por caer en el olvido.

Un abuelo. Un José. ¡Quién lo hubiera dicho! ¿A qué bella moza puede contar con engatusar a base de arrumacos, cuál se mostrará dispuesta a irse a la cama con un abuelo?

Dice su nombre con voz queda.

—¡Lucy!

Ella no lo oye.

¿Qué traerá consigo el hecho de ser abuelo? En calidad de padre no ha sido gran cosa, a pesar de haberlo intentado con más ahínco que la mayoría. En calidad de abuelo seguramente quedará también por debajo de la media. Carece de las virtudes de los viejos: ecuanimidad, afabilidad, paciencia. Pero tal vez lleguen esas virtudes tal como otras desaparecen: la virtud de la pasión, por ejemplo. Tendrá que echar un nuevo vistazo a Víctor Hugo, el poeta que mejor ha plasmado la condición del abuelo. Puede que en él consiga aprender alguna cosa.

Deja de soplar el viento. Hay un instante de calma absoluta que hubiera querido prolongar por siempre: la suavidad del sol, la quietud de la tarde, el ajetreo de las abejas en un campo repleto de flores; en el centro, la imagen de una mujer joven, *das ewig Weibliche*, incipientemente preñada, protegida del sol por un sombrero de paja. Una escena casi perfecta para un Sargent o un Bonnard. Los dos eran chicos de ciudad, como él, pero incluso los chicos de ciudad saben reconocer la belleza cuando se la encuentran delante, y pueden quedarse sin aliento.

Lo cierto es que él nunca ha tenido una gran sensibilidad para la vida rural, a pesar de lo mucho que ha leído a Wordsworth. Nunca ha tenido una gran sensibilidad para otra cosa que las chicas guapas, ¿y adónde le ha llevado eso? ¿Es ya demasiado tarde para educar su sensibilidad?

Carraspea.

—Lucy —dice en voz más alta.

Se rompe el hechizo. Lucy se yergue, se da casi la vuelta, sonríe.

—Ah, hola —dice—. No te había oído.

*Katy* alza la cabeza y mira, miope, hacia donde él se encuentra.

Atraviesa la verja. *Katy* se acerca y le olisquea los zapatos.

—¿Y la camioneta? —pregunta Lucy. Está colorada por el esfuerzo, y tal vez algo quemada por el sol. De repente parece la imagen misma de la salud.

—La aparqué más abajo y di un paseo.

—¿Quieres venir a tomar un té?

Hace la invitación como si fuera una visita. Está bien. Una visita, una visitación: un nuevo arranque, un nuevo punto de partida.

Vuelve a ser domingo. Bev Shaw y él están de lleno en una de sus sesiones de *Lösung*. Uno por uno, él lleva primero a los gatos y luego a los perros: los viejos, los ciegos, los tullidos, los impedidos, los tarados... pero también a los jóvenes, a los sanos: a todos aquellos a los que les ha llegado la hora. Uno por uno Bev los toca, les habla, los acaricia, los consuela y los despacha, y se aparta un poco a contemplar cómo sella él los restos en un sudario de plástico.

Bev y él no cruzan palabra. Él ha aprendido a estas alturas, gracias a ella, a concentrar toda su atención en el animal que van a matar, a darle lo que él ya no tiene dificultad alguna en llamar por su nombre propio: amor.

Sella la última bolsa y se la lleva a la puerta. Veintitrés. Solo queda el perro joven, el perro que ama la música, el que, de haber tenido la posibilidad, habría acudido cojeando tras sus camaradas hasta el edificio de la clínica, hasta el teatro de operaciones y la encimera de cinc, donde todavía penden olores intensos, mezclados, incluido uno con el que todavía no se ha topado a lo largo de su vida: el olor del último hálito, el olor suave y efímero del alma liberada del cuerpo.

Lo que el perro jamás llegará a saber (¡ni siquiera de chiripa lo sabría nunca!, se dice él), lo que su olfato no le dirá jamás, es cómo se puede entrar en lo que parece una habitación normal y corriente y no salir jamás de ella. Algo sucede en esa estancia, algo innombrable: ahí es donde se arranca el alma del cuerpo, donde brevemente pende en el aire, retorciéndose y contorsionándose; ahí es donde luego es succionada y desaparece. Lejos está de entender que esa estancia no es una estancia, sino un agujero en el que uno deja atrás la existencia gota a gota.

*Cada vez es más difícil*, le dijo Bev Shaw una vez. Más difícil, pero también más sencillo. Uno se acostumbra a que las cosas sean cada vez más difíciles, ya no se sorprende de que lo que era todo lo difícil que podía ser pueda ser más difícil todavía. Si quiere, puede dejarle al perro joven una semana más, pero habrá de llegar un momento, no hay forma de evitarlo, en que haya de llevarlo a presencia de Bev Shaw, a su quirófano (tal vez lo lleve en brazos, tal vez eso es algo que pueda hacer por él), y acariciarlo y cepillarle el pelaje a contrapelo hasta que la aguja encuentre la vena, y susurrarle y consolarlo en el momento en que, desconcertantemente, las patas cedan bajo su peso; entonces, cuando el alma haya salido del cuerpo, podrá doblarlo en dos e introducirlo en su bolsa, y al día siguiente llevarse la bolsa a las llamas y comprobar que termine quemada, requemada. Todo eso es algo que hará por él cuando le llegue el momento. De poca cosa habrá de servir, de menos aún: de nada.

Atraviesa el quirófano.

—¿Era el último? —pregunta Bev Shaw.

—Queda uno más.

Abre la puerta de la jaula.

—Ven —dice, y se agacha y abre los brazos. El perro menea el trasero inválido, le olisquea la cara, le lame las mejillas, los labios, las orejas. Él no hace nada por impedírselo—. Ven.

Llevándolo en brazos como si fuera un cordero, vuelve a entrar en el quirófano.

—Pensé que preferirías dejarlo para la próxima semana —dice Bev Shaw—. ¿Vas a renunciar a él?

—Sí, voy a renunciar a él.